KNAUR

*Von Lauren Blakely sind bereits folgende Titel erschienen:*
One Dream
One Love

*Über die Autorin:*
Die US-Amerikanerin Lauren Blakely ist eine Nummer-1-*New-York-Times*-Bestsellerautorin. Ihre Spezialität sind Liebesromane voller Charme, Romantik und Leidenschaft. Sie lebt mit ihrer Familie in Kalifornien.

LAUREN BLAKELY

# one Passion

ROMAN

Aus dem Amerikanischen
von Kristina Frey

KNAUR

Die amerikanische Originalausgabe erschien 2017
unter dem Titel »The Hot One«.

**Besuchen Sie uns im Internet:**
**www.knaur.de**
**Instagram: @KnaurRomance**

FSC
www.fsc.org
MIX
Papier aus verantwortungsvollen Quellen
FSC® C083411

Deutsche Erstausgabe April 2019
Knaur Taschenbuch

Covergestaltung: ZERO Werbeagentur, München
Coverabbildung: shutterstock.com
Satz: Sandra Hacke
Druck und Bindung: CPI books GmbH, Leck
ISBN 978-3-426-52352-0

2 4 5 3 1

**Für Karen.**

*Für die eine Nachricht,
die mir so viel bedeutet hat.*

## Sein Prolog

Wenn man es genau nimmt, habe ich bei unserem ersten Wiedersehen gar nicht die Hüllen fallen lassen, sondern nur ein paar Jonglierbälle.

Und das lief so: Stellt euch einen Sonntagmorgen im Central Park vor. Einen perfekten Sommertag. Das Gras war grün, die Luft mild, und ich hatte während der letzten Stunden Freundschaft mit Schildkröten und Fröschen im Kinderzoo geschlossen, weil ich einfach ein super Onkel bin und Carly eine coole Siebenjährige.

Die Kleine liebt alle Tiere, aber ganz besonders alles, was hüpft und kriecht, also haben wir genau diesen Kreaturen einen ausgedehnten Besuch abgestattet. Danach hat sie an meinem Ärmel gezupft, mit ihren langen Wimpern geklimpert und herzallerliebst um ein Eis gebeten.

Als hätte ich ihr jemals widerstehen können. *Pustekuchen.* Die Tochter meines Cousins hat ihren Charme eindeutig von unserem Zweig der Familie geerbt.

Also sind wir neben dem Trimm-dich-Pfad Hand in Hand über die Wiese gelaufen, um Ausschau nach dem nächsten Eisverkäufer zu halten.

Aber weil Kinder offenbar häufig plötzlich grundlos loskreischen müssen, stieß Carly mitten auf der Wiese einen spitzen Schrei aus – nur um dann auf einen unmöglich langen Kerl mit Baskenmütze zu zeigen, der mit zwei Zauberwürfeln, zwei orangefarbenen Bällen und einer kleinen grünen Kugel jonglierte.

»Schau mal, Onkel Tyler, der kann es sogar mit fünf!«, staunte sie mit weit aufgerissenen Augen.

»Fünf ist ziemlich gut«, gestand ich achselzuckend ein.

Mit einem herausfordernden Blick drehte sie sich zu mir um. »Ich habe noch nie gesehen, wie *du* mit fünf Sachen jonglierst.«

»Das liegt daran, dass ich dir noch nicht alle meine Tricks gezeigt habe.«

»Kannst du wirklich mit fünf Sachen jonglieren?«

»Pfff. Das kann ich mit geschlossenen Augen.«

Schließlich habe ich mir mit dem Jonglieren das Jurastudium finanziert.

War ein Scherz.

Für das Jurastudium jongliert man höchstens wahnwitzige Stundenpläne und Schlafmangel.

Carly hob zweifelnd eine Augenbraue. Genauso wie der Jongleur, der aber dabei weiter sein Quintett durch die Luft wirbeln ließ. *Angeber.*

»Das will ich sehen. Jetzt gleich«, verlangte Carly.

Ach ja, der Apfel fällt nicht weit vom Stamm. Wie ihr Vater legt Carly es ständig darauf an, mich herauszufordern – und Herausforderungen konnte ich noch nie widerstehen.

Und dann hat mir die Vogelscheuche mit der Baskenmütze auch noch abschätzig zugenickt. »Hier, Kumpel. Versuch dein Glück.«

Mit der Präzision eines Uhrwerks ließ er die beiden Bälle aus ihrer Umlaufbahn in seine Hand fallen. Dann folgten die Zauberwürfel und die kleine grüne Kugel. Mit einem überlegenen Grinsen trat er an mich heran und überreichte mir die Gegenstände. »Na dann zeig mal, was du kannst.«

*Darauf kannst du wetten.*

Um uns herum waren jede Menge Jogger unterwegs, Radfahrer rollten über den schwarzen Asphalt, zwischen ihnen die Inlineskater. Mit hüftbreit aufgestellten Beinen stand ich am Rand der Wiese und versuchte, ein Gespür für die Objekte in meiner Hand zu bekommen. Dann warf ich sie eins, zwei, drei, vier, fünf in die Luft, wo sie einen hohen Bogen beschrieben. Immer rundherum, fünf hintereinander in perfekter Flugbahn.

Begeistert klatschte Carly in die Hände, bevor sie mich aufforderte: »So, und jetzt mach die Augen zu!«

Innerlich stöhnte ich auf. Was hatte ich mir nur dabei gedacht? Mit geschlossenen Augen zu jonglieren ist verdammt knifflig. Aber ein paar Sekunden lang würde ich es schon schaffen, schließlich war es mein besonderes Talent. Fünf erfolgreiche Sekunden später schlug ich die Augen wieder auf.

Und mein Blick fiel direkt auf einen Geist aus meiner Vergangenheit.

Eine blonde Schönheit mit langen Beinen, perfekt geformtem Po und einem sportlichen Pferdeschwanz, der beim Laufen hin und her wippte. In einer dieser winzigen Laufshorts, die geradezu danach bettelten, dass sie ihr jemand mit den Zähnen vom Körper schält, rannte sie über den Trimm-dich-Pfad. Und dieses Gesicht! Himmel, sie sah aus wie ein Engel. Hohe Wangenknochen, tiefbraune Augen, deren Blick bis ins Mark geht. Rote, geschwungene Lippen, die mich sofort daran erinnerten, was sie einst mit diesen Lippen anstellen konnte. Schließlich war ich es, der ihrem heißen Mund all diese Tricks beigebracht hat.

Auf jeden Fall wusste Delaney, wie sie ihn einzusetzen hatte. Und damit meine ich nicht nur im Schlafzimmer.

Gott und die Welt haben wir während unserer gemeinsamen College-Zeit bequatscht. Nicht nur die Nächte, sondern auch die Tage mit ihr waren die besten meines Lebens gewesen, so viel Feuer hatte diese Frau besessen, so viel Leidenschaft. Und jetzt lief sie hier an mir vorbei.

*Wahnsinn.*

Sie war nicht allein, neben ihr liefen zwei andere Mädels und ein paar Hunde.

Und ich? Herr der Sprüche, Meister der Worte, der noch nie in einer Situation gesteckt hat, aus der er sich nicht hätte herausreden können? Aus und vorbei. Mit einem dumpfen Geräusch fielen erst die Würfel, dann die kleine grüne Kugel und die beiden orangefarbenen Bälle zu Boden.

Als Letztes klappte mir der Unterkiefer herunter.

Und um das Ganze noch zu toppen, war alles, was ich herauskriegte, ein heiseres »Hey«.

Tatsache. Acht Jahre waren vergangen, und ich kam nicht über eine Silbe hinaus.

Absoluter Höhepunkt meines Versagertums.

Im Vorbeilaufen verdrehte sie die Augen und schüttelte den Kopf. Dann rief sie mir über die Schulter zu: »Na, Tyler? Läuft's jetzt besser mit dem Jonglieren?«

Das saß.

Sie hatte gewonnen.

»Ja. Übung macht den Meister.« Etwas Besseres fiel mir nicht ein.

Aber dann verriet sie sich, für den Bruchteil einer Sekunde, und wären wir im Gerichtssaal gewesen, hätte ich in diesem Moment gewusst, dass mir der Sieg sicher war. Denn statt sich einfach wieder abzuwenden, ließ sie ihre Augen einen winzigen Moment zu lange mit diesem mir nur allzu vertrauten Ich-hab-letzte-Nacht-von-dir-geträumt-Ausdruck über mein Gesicht, meine Brust und ja, weiter nach unten bis zu ihrem Lieblingskörperteil wandern.

Aber wir waren nicht im Gerichtssaal.

Denn als der Blick aus ihren hübschen braunen Augen auf meine Nichte fiel, konnte ich buchstäblich sehen, wie Delaney im Geist die Jahre überschlug, bevor sie trocken antwortete: »Das sehe ich.«

Dann richtete sie ohne ein weiteres Wort den Blick wieder auf den Weg und setzte zum Sprint an.

Flankiert von ihren Freundinnen und den zwei Hunden zischte sie an mir vorbei und ließ mich mit offenem Mund und dem kläglichen Haufen Jonglierbälle, der zusammen mit meinem Selbstbewusstsein zu meinen Füßen im Staub lag, einfach stehen.

Zu sagen, ich hätte während der letzten acht Jahre jeden Tag an sie gedacht, wäre gelogen. Aber zu sagen, ich hätte die letzten acht Jahre nicht an sie gedacht, wäre eine noch viel größere Lüge.

Jedenfalls hatte ich ganz sicher nicht damit gerechnet, sie eines schönen Sonntagmorgens hier im Park zu treffen. Unsere Begegnung überrumpelte mich völlig. Mein erster Gedanke war, ihr hinterherzurennen und ihr das Missverständnis zu erklären. Ich hatte sie damals nicht verlassen, um mit einer anderen ein Kind zu bekommen! Eingeholt hätte ich sie schnell, denn wenn ich will, kann ich laufen wie der Wind. Aber schließlich war ich nicht allein, und auf keinen Fall wollte ich Carly in die Sache hineinziehen. Auch nicht, wenn es um ein Mädchen ging, das ich einst geliebt hatte wie die Sonne selbst.

Aber irgendetwas musste ich versuchen.

Also nahm ich Carly mit schnellem Griff an die Hand und schrie ihr nach: »Delaney!«

Keine Chance. Sie drehte sich nicht einmal um, und kurz darauf war sie auch schon um die nächste Kurve verschwunden.

Rückblickend betrachtet, hätte ich unsere Beziehung wohl nicht mit den Worten »Es ist einfach zu schwierig, die Uni und dich gleichzeitig zu jonglieren« beenden sollen.

## Ihr Prolog

Ich muss verflucht sein.

Eine andere Erklärung für das, was jedes Mal mit mir passiert, wenn ich mich dem Gipfel nähere, gibt es nicht.

Und damit meine ich nicht beim Wandern.

Sondern ich meine jedes Mal, wenn ich meinen Rabbit-Vibrator für einen Ausritt aus der Schublade hole. Bunny, so nenne ich ihn liebevoll. Aber Bunny macht mir immer wieder unmissverständlich klar, dass er einen ganz bestimmten Hengst braucht, um mich zum Gipfel der Lust zu bringen.

Verstehen sich Hasen überhaupt mit Pferden?

Ich habe keine Ahnung, aber es macht mich verrückt, dass mein verräterischer Körper immer nach diesem einen Mann verlangt, um bis ganz nach oben zu fliegen.

Ich habe wirklich nicht um diese Art sexuelle Heimsuchung gebeten. Himmel, ich glaube noch nicht einmal an Geister! Aber der Geist meines Ex-Freundes spukt schon seit Jahren durch meine Fantasie. Ich gebe mir alle Mühe, mir Henry Cavill, Jamie Dornan oder Michael Fassbender vorzustellen. Ich meine, im Ernst jetzt. *Michael Fassbender.* Und wir wissen alle, was der in der Hose hat.

Aber nein.

Dieser Typ bringt mich nicht mal zum Schwitzen.

Mittlerweile habe ich aufgegeben und mache einfach mit, wenn mein Ex sich wieder in meine Solonummern schleicht. Ich beiße die Zähne zusammen und halte es aus, wenn er und Bunny mich gemeinsam ins Zauberland tragen. Und danach schalte ich das pinke Spielzeug ab, verstaue es wieder in der Schublade und schlafe zufrieden ein. Oder auch nicht.

So haben jedenfalls die letzten anderthalb Jahre meines Lebens ausgesehen. Alle großen und kleinen Höhepunkte laufen mit Unterstützung zweier AA-Batterien. Wenigstens sind Bunny und ich uns wirklich nähergekommen. Manchmal gehen wir sogar zweimal in Folge miteinander aus.

Und wenn ich morgens aufwache, tue ich so, als hätte ich nicht wieder einmal mit dem Bild von Tyler Nichols vor Augen masturbiert.

Dieser Typ.

Dieser arrogante Wichser, der mir das Herz gebrochen hat.

Aber auch wenn er immer wieder in meinen feuchten Träumen auftaucht, finde ich Trost in der Tatsache, dass ich über ihn hinweg bin. Ich bin so was von darüber hinweg, wie er vor acht Jahren mit mir Schluss gemacht hat! Daran verschwende ich keinen Gedanken mehr, Gott sei Dank. Meine Besessenheit ist rein körperlich, sonst nichts. Und es ist ja auch nicht wirklich überraschend, dass ich immer wieder zu seinen besonderen Talenten zurückkehre, wenn man bedenkt, was er damals mit mir angestellt hat. Aber trotzdem wünsche ich mir, er würde aufhören, sich selbst zu meinen privaten Mitternachtspartys einzuladen.

Der Schlüssel zum Tyler-Exorzismus kam mir eines Sonntagmorgens wie aus dem Nichts: Ich stand auf, wusch mir das Gesicht, putzte die Zähne, band mein Haar zum Pferdeschwanz hoch und schlüpfte in meine Laufshorts.

Kurz darauf traf ich meine Freundinnen Penny und Nicole am Eingang zum Central Park, und wir begannen unser Training für den Zehn-Meilen-Lauf, an dem wir in ein paar Wochen teilnehmen wollten. Ursprünglich dachte ich, es wäre ein ganz normaler Morgen, eine Runde Joggen, gefolgt von einem Teller mit zwei Rühr- oder Spiegeleiern und einer Tasse starkem grünen Tee in meinem Lieblingscafé, dem Charming Breakfast Spot.

Stattdessen habe ich *ihn* gesehen.

Beim Jonglieren.

Natürlich musste er ausgerechnet jonglieren.

Was für eine Ironie.

Am Rand der Wiese wirbelte er mit wahnsinniger Geschwindigkeit fünf Gegenstände durch die Luft, und neben ihm stand ein unglaublich süßes braunhaariges Mädchen. *Und sie war sein absolutes Ebenbild.*

Augenblicklich kochte Wut in mir auf.

Und Enttäuschung.

Mit zusammengebissenen Zähnen rannte ich weiter. Der Anblick war so schmerzhaft wie nie zuvor etwas in meinem Leben. Alles, woran ich denken konnte, war, dass dieser Bastard es schließlich doch geschafft hat, sein Liebesleben und die Uni unter einen Hut zu kriegen. Unfassbar, wie schnell er mich vergessen und sich offensichtlich nicht nur mit einer neuen Freundin abgelenkt, sondern sich auch noch darauf eingelassen hatte, ein Kind zu zeugen.

Und das Schlimmste daran? Das absolut vollkommen Ungerechteste? Er sah immer noch so verdammt gut aus wie früher: das kastanienbraune Haar, das den Wunsch in mir weckte, meine Hände darin zu vergraben, der markante Kiefer, den ich so gern berührt hätte, und diese Lippen, die nur dafür gemacht schienen, mich an meinen intimsten Stellen zu küssen.

Genau das hatte er jedenfalls getan, als er mir letzte Nacht mal wieder ungebeten im Traum erschienen war. Damals war er mein Erster gewesen, und was das anging, war er immer noch ungeschlagen.

Was das anging … und alles andere auch.

Jede Frau, die behauptet, ihre Liebhaber nicht in eine Rangfolge zu bringen, lügt. Vielleicht hat sie keinen Zettel oder kein Tagebuch mit einer durchnummerierten Liste, aber wir wissen alle, welcher Kandidat uns im Bett die Sterne vom Himmel geholt hat.

In meinem Fall stand sein Name jedenfalls ganz oben. Mit Abstand.

Aber das war jetzt endgültig vorbei.

Ab heute würde ich ihn aus meinen Gedanken verbannen, koste es, was es wolle.

»Guckt mal«, zischte ich meinen Mädels zu. »Da drüben steht Tyler ›der Jongleur‹ Nichols.«

Penny klappte der Unterkiefer herunter, und ihre bernsteinfarbenen Augen wurden groß wie Suppenteller. Mit einer schnellen Drehung sah sie sich nach Tyler um. »Heiliger Bimbam, der ist aber heiß«, flüsterte sie, ohne ihren Lauf mit der winzigen Chihuahua-Hündin an ihrer Seite zu unterbrechen.

Am liebsten hätte ich sie dafür geschubst, aber ich mag sie einfach zu sehr. Und ihre kleine Hündin auch.

»Ist er nicht«, gab ich keuchend vor Anstrengung zurück.

Aber Tyler Nichols war tatsächlich ein Augenschmaus, genauso wie damals im College. Eines Tages saß er mir in einem Politikwissenschaftsseminar gegenüber, und es war sofort um mich geschehen. Er wurde mein bester Freund, heißester Liebhaber, ärgster Konkurrent, treuster Gefährte – und meine erste große Liebe.

Bis er mir das Herz brach und meinem Ego ein paar Wochen später bei einem Debattierwettbewerb den Rest gab.

Die Erfahrung war vernichtend … und gleichzeitig auch wieder nicht. Aber noch bevor ich daran denken konnte, wie jenes ereignisreiche letzte College-Jahr meine Zukunft verändert hatte, veränderte sich auch die Gegenwart. Tylers Gesichtsausdruck war unbezahlbar, als er den Kopf hob und meinem Blick begegnete. Ein kurzes Blinzeln, dann blitzte die Erkenntnis in seinen braunen Augen auf.

Offensichtlich war die Begegnung ein Schock für ihn, jedenfalls war es mit dem Jonglieren plötzlich vorbei. Aber gleichzeitig wirkte er irgendwie aufgeregt, als freue er sich über meinen Anblick. Sein Blick gab mir beinahe das Gefühl, ebenfalls eine regelmäßige Besucherin *seiner* privaten One-Man-Shows zu sein.

Aber falls dem so war, wollte ich ihn bluten lassen.

Denn dieses Mal würde ich das letzte Wort haben. Und das erste. All der Schmerz und all die Trauer verwandelten sich in etwas Wunderbares – in die richtigen Worte zur richtigen Zeit. »Na, läuft's jetzt besser mit dem Jonglieren, Tyler?«

Eine Sekunde später war ich auch schon an ihm vorbei und hörte nur noch seine lahme Erwiderung: »Ja, Übung macht den Meister.«

»Das sehe ich«, gab ich daraufhin mit einem schnellen Blick auf seine hübsche Tochter zurück.

Dann wandte ich mich ab und dankte den Sternen, dass ich endlich alles hatte, was ich brauchte, um ihn endgültig aus meinen Träumen zu verbannen. Auch als er meinen Namen rief, lief ich einfach weiter.

Er blieb dort zurück, wo er hingehörte – weit hinter mir.

Denn eins stand fest: Ab sofort begann der Tyler-Entzug. Auf gar keinen Fall würde ich jemals wieder allein im Bett an jemanden denken, der ein Kind mit einer anderen Frau hatte.

Auf Wiedersehen, Tyler-Nichols-Fluch.

Ab heute bist du Vergangenheit.

# KAPITEL EINS

## Delaney

Seufzend lasse ich mich auf einen der Holzstühle am mintgrünen Tisch unseres Lieblingscafés fallen und schaue meine beiden engsten Freundinnen an – Penny mit den dunklen und Nicole mit den roten Haaren. Penny ist damit beschäftigt, ihre winzige Chihuahua-Dame Shortcake am Stuhlbein festzumachen, während Nicole ihre Irish-Setter-Hündin Ruby anbindet.

»Ich kann einfach nicht glauben, dass er ein Kind hat«, sage ich, noch immer schockiert über die Vorstellung, dass Tyler damals so schnell zur Fortpflanzung übergegangen ist.

Auch Penny schüttelt mit ungläubigem Blick den Kopf. »Dabei ist er noch so jung.«

Nicole sieht auf, als der junge Hilfskellner einen Krug Wasser und vier Gläser auf den Tisch stellt. Offenbar kennt er unser Ritual, aber schließlich sind wir auch Stammkundinnen. Als er einschenkt, bedankt sie sich lächelnd und reicht ein Glas nach unten an ihre Hündin weiter, die unter dem Tisch alle viere von sich gestreckt hat. »Ja klar«, sagt sie dann mit vor Sarkasmus triefender Stimme, während Ruby laut schlabbernd ihr Glas leert. »Als könnte seine Jugend ihn daran hindern, während eines seiner zweifellos zahllosen Abenteuer sein Sperma auf ein wartendes Ei loszulassen.«

Ganz offensichtlich hat sie recht, aber ich kann nicht abstreiten, dass ich neugierig bin. »Ich frage mich, ob er sie gleich nach mir kennengelernt hat. Wie alt sah die Kleine aus? Sechs? Sieben? Und wir haben unsere Beziehung vor acht Jahren beendet. Glaubt ihr, dass er gleich die Nächstbeste geschwängert hat? Noch vor dem Abschluss? Wir hatten uns ja gerade erst getrennt!« Beim Reden ziehe ich mir entrüstet den Pferdeschwanz fest. »Nachdem er mit mir Schluss gemacht hat, habe ich ihn nicht ein einziges Mal gesehen oder mit ihm gesprochen. Ich wusste nicht mal, dass er in Manhattan wohnt.«

»Ob er mittlerweile verheiratet ist?«, fragt Penny. »So wie er dich angesehen hat, interessiert mich das schon.«

Ich horche auf. »Wie hat er mich denn angesehen?«

»Als hätten ihm deine Laufshorts ziemlich gut gefallen«, antwortet sie und zieht vielsagend eine Augenbraue hoch.

»Eher so, als wollte er sie dir ausziehen«, fügt Nicole zwinkernd hinzu.

Mit aller Macht wünsche ich mir, ihre Kommentare würden mich kaltlassen. Stattdessen regt sich schon wieder meine verräterische Libido. Entschlossen rufe ich mir ins Gedächtnis, dass das jetzt ein Ende hat, und hebe abwehrend beide Hände. »Vielleicht ist er ja verheiratet, wie Penny schon gesagt hat.«

»Hast du einen Ring an seinem Finger gesehen?«, fragt sie.

»Tut mir leid, aber mein Röntgenblick ist gerade außer Betrieb«, gebe ich zurück, auch wenn ich mich wundere, wie ich es schaffe, jetzt einen Witz zu machen. Ein Teil meines Selbst schämt sich noch immer für die Rolle, die er in meinem einsamen Liebesleben gespielt hat. Der Typ hat mich eiskalt abserviert und behauptet, er müsse sich auf sein Studium konzentrieren. Er hat mich behandelt, als sei ich nichts weiter als eine Art Geschwür, das man wegschneidet, und nicht seine Freundin, mit der er schon Zukunftspläne geschmiedet hatte. Und dann hat er sich offenbar umgedreht und eine andere geschwängert.

»Vielleicht wollte er die Kurse an der Uni nur nicht neben *mir* jonglieren.« Ich schlucke trocken. »Vielleicht war ich einfach nicht die Richtige für ihn, und er hat für mich nie das empfunden, was ich für ihn gefühlt habe.«

Wie ich es hasse, dass meine Stimme bei diesen Worten bricht. Es ist Jahre her, dass Tyler und ich zusammen waren. Mittlerweile sollte ich rein gar nichts mehr für ihn empfinden, und es sollte mir auch vollkommen egal sein, ob er sein Leben mit einer anderen teilt, obwohl wir damals von einer gemeinsamen Zukunft geträumt hatten. Denn wir hatten vorgehabt, auch nach der Uni zusammenzubleiben.

Mit einem tiefen Atemzug versuche ich, meine innere Mitte wiederzufinden. Genau das empfehle ich allen meinen Klienten – sich auf die Dinge zu fokussieren, die sie kontrollieren können. Den Stress des Alltags loszulassen und sich an den Ort ihrer inneren Harmonie zu begeben.

»Wir müssen einfach alles über ihn herausfinden«, beschließt Penny und schaltet in den Geheimagentinnen-Modus, streicht sich geschäftsmäßig das dunkle Haar hinter die Ohren und richtet sich auf. »Wir gucken uns sein Facebook-Profil an«, sagt sie und hebt einen Finger. »Finden raus, wen er geheiratet hat.« Ein zweiter Finger. »Und wo er arbeitet.« Noch einer. »Und dann basteln wir Voodoo-Puppen von ihm.«

Wenn sie nur wüssten, dass ich diejenige bin, die hier einen Voodoo-Zauber braucht.

»Okay«, sagt Nicole, schlägt die Beine übereinander und nimmt die Speisekarte in die Hand. »Ich weiß, dass der Typ unsere Hübsche hier angestarrt hat, als wolle er sie zum Frühstück verspeisen, aber wie wäre es denn erst mal mit einem richtigen Frühstück? Könnten wir uns jetzt vielleicht auf Eier und Kaffee konzentrieren, statt über Eier und Sperma zu reden? Außerdem magst du die Eier hier, Delaney. Jedenfalls verdrehst du immer genüsslich die Augen beim Essen.«

»Natürlich mag sie die Eier hier«, sagt Penny. »Schließlich sind die so gut, dass ich davon überzeugt bin, sie stammen von magischen Hühnern, die Zaubereier legen.«

Ich muss lachen, ich kann einfach nicht anders.

»Glaubst du nicht auch, dass sie hier im Hinterhof verzauberte Hühner halten?«, fragt Penny und deutet verschwörerisch auf die Schwingtür, durch die gerade eine Kellnerin den Gastraum betritt.

Abgelenkt nicke ich. »Ja, doch. Ein ganzer Stall voller magischer Kreaturen«, erwidere ich und versuche, nicht darüber nachzudenken, dass mich diese Unterhaltung an meine heimlichen Spitznamen für gewisse Körperteile meines Ex-Freundes erinnert. Aber was soll ich sagen, seine Zauberzunge und sein Schwanz *waren* einfach magisch.

»Also, was sagst du?«, fragt Penny weiter. »Sollen wir uns sein Profil mal ansehen?«

Mit einer ausladenden Handbewegung zeigt Nicole auf mich, als sei ich ein Ausstellungsstück, und antwortet, noch bevor ich dazu komme: »Sie hat sich nicht gerade all die Jahre nach ihm verzehrt, oder?« Der Blick aus ihren grün-grauen Augen schwenkt zu mir herüber. »Du hast ihn seit Jahren nicht mehr erwähnt. Wen interessiert es, ob er ein Kind hat? Ist doch egal, ob er verheiratet ist. Was vorbei ist, ist vorbei.« Um ihren Standpunkt zu unterstreichen, haut sie mit der Faust auf den Tisch, und ihre Hündin Ruby hebt alarmiert die Schnauze. Während Nicole fortfährt, streichelt sie Ruby liebevoll über die lange Schnauze. »Tyler

Nichols ist Vergangenheit. Also können wir uns jetzt auf all die Möglichkeiten konzentrieren, die vor uns liegen? Frühstück, zum Beispiel.«

So ist Nicole einfach, zukunftsorientiert bis in die Haarspitzen. Ihr Motto ist »Es gibt immer einen Grund, warum ein Ex ein Ex ist, und deshalb soll er es auch bleiben«.

»Noch besser«, schlägt Penny vor, »wir könnten uns aufs Frühstück konzentrieren und Delaney dazu überreden, mal wieder mit jemandem auszugehen.«

Der Vorschlag bringt Nicole zum Strahlen. »Gute Idee.«

Entnervt schüttle ich den Kopf. »Bitte. Das letzte Mal hat mir das nur eine unerträgliche Aneinanderreihung von Mamasöhnchen, Aufreißern und eindeutig zu vielen Penisfotos eingebracht, dabei habe ich es noch nicht mal über eine Dating-Website versucht.« Die Erinnerung an die Sammlung furchtbarer Bilder, die mein Handy ertragen musste, lässt mich erschauern. »Das mache ich nicht noch mal mit.«

»So ein Quatsch. Es gibt jede Menge anständige Männer da draußen.« Nicole wirft die Speisekarte auf den Tisch. »Und auch jede Menge, denen jemand beigebracht hat, keine Penisbilder ohne ausdrückliche Erlaubnis zu verschicken.« Dann beugt sie sich vor und raunt mit gesenkter Stimme: »Aber gib es zu. So ein Foto von einem richtigen Mann kann schon was haben.«

Angewidert verdrehe ich die Augen. »Wird das der Titel deiner neuen Kolumne, Nicole? Hübsche Schwanzfotos und wie man sie bekommt?«

»Klar. Diese Fähigkeit ist absolut notwendig für jede moderne Frau, die versucht, sich im Minenfeld des Online-Datings zurechtzufinden«, gibt sie zurück.

Nicole schreibt eine humorvolle Dating-Kolumne für mehrere bekannte Frauen-Lifestyle-Seiten. Es geht um

Schlüsselthemen für die Single-Frau von heute, von der Frage, ob man mit Wildwuchs, Landing Strip oder nackt wie ein Babypopo besser ankommt, bis zur Hilfestellung für den perfekten Schlussmach-Brief – den man im besten Fall nicht aus Versehen von einem geheimen Account auf demselben Online-Portal an den Typen verschickt, den man gerade datet. Das war einer ihrer Leserinnen passiert, und Nicole hat der aufgelösten Frau nicht nur geholfen, ihren Fehler wiedergutzumachen, sondern sich sogar wieder mit dem Kerl zu versöhnen.

Sie ist ein wahrer Dating-Guru.

Penny nimmt ihre kleine Chihuahua-Mischlingshündin auf den Schoß. »Ich weiß, dieser ganze Dating-Kram kann echt bescheuert sein, aber wir helfen dir da durch«, bietet sie an. Penny ist glücklich verlobt, und Nicole ist Single und … auch einfach glücklich.

»Außerdem gibt es keinen besseren Tag, um wieder damit anzufangen, als den, an dem man überraschend seinen Ex-Freund trifft«, fügt Nicole hinzu.

Erneut verdrehe ich die Augen. »Ach, Nicole, wenn nur die ganze Welt so abgeklärt sein könnte wie du, wenn es um Ex-Freunde geht.«

Nachdrücklich sticht sie mit dem Finger auf die Speisekarte ein. »Aber das bist du doch. Wenn du dich wirklich noch für sein Leben interessieren würdest, hättest du dir sein Facebook-Profil schon vor einem Jahr, einem Monat oder einer Woche angeschaut. Aber du bist nur neugierig, weil er dir heute plötzlich vor die Füße gelaufen ist.« Mit einem Lächeln tätschelt sie mir die Hand. »Du schaffst es, ihn einfach wieder zu vergessen.«

Ich lege die Stirn in Falten. »In der Theorie klingt das ja alles wunderbar. Aber unter anderem aus beruflichen Gründen finde ich Detox-Kuren gut, und dieser Mann ist definitiv eine Art Gift.«

Nicole wirft ihr Haar nach hinten und lacht. »Okay, du hast gewonnen.« Sie streckt die Hände aus und imitiert die Bewegung, die ich in meinem Berufsalltag ständig ausführe. »Vielleicht sollten wir das Ganze noch durch eine anständige Lymphmassage unterstützen?«

»So weit müssen wir nicht gehen, denke ich.« Auch wenn ich tatsächlich daran glaube, dass eine Massage in vielen Bereichen des Alltags helfen kann, schließlich bin ich Massage-Therapeutin von Beruf. Im übertragenen Sinne ist es eigentlich sogar mein Lebensmotto – gehe deinen Problemen nicht aus dem Weg, sondern nimm sie in die Hand.

»Wenn du Tyler erst noch einmal gründlich durchleuchten musst, bevor du wieder mit jemand anderem ausgehst, dann sei es so. Lasst ihn uns austreiben.«

Penny zieht ihr Handy aus der Tasche, legt es auf den Tisch und öffnet die Facebook-App. Ihr Finger schwebt über dem Bildschirm. »Bist du bereit, Delaney? Willst du wissen, was er so tut?«

Ein entschlossenes Nicken. Ich muss es wissen, sonst kann ich Tyler Nichols einfach nicht vergessen. Und jetzt, da ich ihn wiedergesehen habe, muss ich ihn ein für alle Mal aus meinen Gedanken verbannen.

»Das Reinigungsritual beginnt«, murmelt Penny, während sie seinen Namen in das Suchfeld eingibt.

»Genau. Ich stehe quasi an der Saftbar von Facebook, um mir einen Detox-Cocktail zu bestellen«, sage ich und fühle mich seltsam gut mit unserem Plan. Meine Mädels haben recht. Es ist Zeit, nach vorn zu blicken und einen neuen Versuch zu starten. Und deshalb muss Tyler Nichols jetzt dran glauben.

Nach ein paar Minuten hebt Penny den Kopf. »Ich habe ihn!«, verkündet sie. Sie schiebt mir das Handy hin, und ich wappne mich in Erwartung einer Präsentation verschiedener Close-ups dieses gut aussehenden Mistkerls.

Aber sein Profilfoto zeigt gar nicht ihn, sondern eine Comic-Katze, die mit den Augen Regenbögen in eine Müslischüssel schießt. Unfähig, mein Gefühl in Worte zu fassen, deute ich auf das Bild. »Was zum Teufel ist das?«

Neugier packt mich, und ich klicke das Icon an, aber die Mieze mit dem Laserblick gibt keine weiteren Informationen preis. Also suche ich in seinem Profil nach dem Beziehungsstatus.

Single.

Ich schlucke trocken, aber dann fällt mir ein, dass er ja auch alleinerziehender Vater sein könnte. Sein Status besagt nur, dass er momentan nicht mit der Mutter seines Kindes zusammen ist. Nacheinander klicke ich noch ein paar Bilder an, und plötzlich geht mir ein Licht auf. Trotz aller Mühe, mich zu beherrschen, überzieht ein Lächeln mein Gesicht. Ein ziemlich breites. Aus irgendeinem Grund macht es mich unglaublich froh, einem Trugschluss aufgesessen zu sein.

»Sie ist die Tochter seines Cousins«, sage ich leise, und meine Mundwinkel wandern noch ein paar Zentimeter höher. Warum fühlt es sich so an, als sei ich plötzlich zehn Kilo leichter und hätte einen Schwarm Schmetterlinge gefrühstückt?

Begeistert klatscht Penny in die Hände. »Na also, das sind doch gute Neuigkeiten!«

Nicole starrt sie finster an. »Warum klatschst du? Weil er niemanden geschwängert hat?« Beschützend legt sie mir eine Hand auf die Schulter. »Das heißt noch lange nicht, dass wir unsere Schönheit hier noch mal auf denselben Zug aufspringen lassen sollten.«

Mit aller Macht dränge ich das unerwartete Glücksgefühl zurück. Okay, es war nicht seine eigene Tochter, na und? Kein Grund, gleich in Jubelschreie auszubrechen.

»Allerdings. Ich springe überhaupt nicht auf irgendeinen Zug«, sage ich und setze wieder einen ernsthaften Gesichtsausdruck auf.

Meine beiden besten Freundinnen starren sich an wie zwei Tennisspieler bei Wimbledon – und ich bin der Ball. Mein Liebesleben, besser gesagt.

»Was ist denn so schlimm daran, wieder mit einem Ex zusammenzukommen? Gabriel und ich könnten nicht glücklicher sein«, sagt Penny, die sich gerade mit einem Mann verlobt hat, den sie vor zehn Jahren kennengelernt und dann bis zu ihrem Wiedersehen vor ein paar Monaten aus den Augen verloren hatte.

»Das ist etwas anderes«, gibt Nicole scharf zurück. »Gabriel und du, das war einfach Schicksal. Ihr wart dazu vorherbestimmt, euch wieder zu treffen.« Mit hochgezogenen Brauen wendet sie sich zu mir. »Wenn ich mich dagegen recht erinnere: War nicht Tyler Nichols der Grund, warum du keinen Jura-Abschluss gemacht hast? Irgendetwas mit einem Debattierwettbewerb?«

Die bittere Erinnerung an diesen letzten Schlagabtausch mit ihm fühlt sich auch nach all den Jahren noch immer an wie ein Schlag in die Magengrube. Zwar hatte ich meine Entscheidung bereits kurz davor getroffen, aber dieser Wettstreit war tatsächlich der letzte Sargnagel meiner Rechtsanwaltskarriere gewesen.

»Nicht wirklich.« Mit einer Handbewegung beende ich die unnötige Diskussion. »Mädels, ich komme nicht wieder mit Tyler zusammen, das ist einfach keine Option. Ich war einfach nur neugierig, ob er Single, Vater oder sonst was ist. Jetzt weiß ich es, und mehr brauche ich nicht. Ich denke schon gar nicht mehr an ihn.«

Die Bedienung erscheint und wir bestellen. Als sie wieder geht, reibe ich mir entschlossen die Hände. »Also gut. Ich bin jetzt bereit, mich wieder auf die Männerwelt einzulassen.« Ein neues Abenteuer wird es mir jedenfalls leichter machen, diese einseitige Beziehung zu Tyler zu beenden, die meine Fantasie eingegangen ist.

Nicole wirft die Arme in die Luft. »Eins zu null für mich! Und ich weiß auch schon, mit wem du anfangen kannst. Dieser Typ, mit dem ich zusammenarbeite … Er heißt Trevor und ist echt heiß, aber auch ziemlich clever«, legt sie los und rattert eine Liste von Charaktereigenschaften herunter, die zeigen sollen, dass Trevor und ich einiges gemeinsam haben. Dann mischt sich Penny ein und schlägt vor, ich solle mit dem Geschäftspartner ihres Verlobten ausgehen, und es dauert nicht lange, bis meine Mädels mitten in der Dating-Planung stecken.

Noch während sie sich über die Zukunft meines Liebeslebens unterhalten, vibriert mein Handy und ich ziehe es zu mir heran. Das Icon einer Facebook-Mitteilung erhellt den Bildschirm. Plötzlich schlägt mein Herz schneller, und ein seltsames Gefühl überkommt mich. Als wäre wider besseren Wissens ein Wunsch in Erfüllung gegangen.

Mit einem tiefen Atemzug öffne ich die Nachricht. Denn sie ist von ihm.

# KAPITEL ZWEI

## Tyler

Wenn man ein Jahr lang mit einer Frau zusammen war, fast jede Nacht mit ihr verbracht, gemeinsam College-Hockeyspiele angesehen, zahllose Mitternachtssnacks bei Josiah Carberry's gegessen, unter Decken eingekuschelt CSI-Wiederholungen gesehen, einander auf dem Hof mit Schneebällen beworfen und sie dann im Wohnheim, in der Dusche, hinter Bibliotheksregalen, im eigenen Auto, einem Taxi, dem Bett seines besten Freundes, unter den Decken nach einer Folge CSI, im Wandschrank ihrer Mitbewohnerin und einmal sogar im Vorlesungssaal gevögelt hat, nachdem alle gegangen waren – wenn du all das mit einer Frau gemacht hast, hast du sie richtig kennengelernt.

Und damit meine ich nicht nur körperlich. Ich kenne nicht nur jeden Zentimeter von Delaneys Haut, ich kenne *sie*. Ich weiß, dass sie ihre Mutter und ihren Bruder liebt, Märchen, Schuhe, den Duft von Flieder und 90er-Jahre-Langhaar-Bands, ihr Zugeständnis an die Retro-Bewegung. Poison, Guns N' Roses und Aerosmith waren schon immer ihr Laster. Sie hat oft Witze darüber gemacht, wie gern sie Axl Rose heiraten würde, weil sie seine langen Haare so sexy fand. Aber dabei hat sie ihre Hände in meinem Kurzhaarschnitt vergraben.

Ich weiß, dass sie noch kein Gemüse probiert hat, das sie nicht mochte, und dass sie sich gern – fachlich – mit unseren Professoren stritt. Oder dass sie panische Angst davor hatte, in Schwierigkeiten zu geraten, und immer versucht hat, es allen recht zu machen, weil ihr Vater weder mit ihr noch mit ihrer Mutter je zufrieden gewesen war. Deshalb hat der Mistkerl auch die ganze Familie sitzen lassen, als sie und ihr jüngerer Bruder Teenager waren. Aber genauso glaubt sie an die Kraft der Veränderung, dass echte Freunde ihr Gewicht in Gold wert sind und dass man alles erreichen kann, was man wirklich will.

Und es gibt noch etwas, das ich mit Sicherheit weiß. Ich war einmal der Mittelpunkt ihres Universums.

Hey, ich bin nur ehrlich, nicht eingebildet. Wir waren wie die Sterne und der Nachthimmel, wie greller Blitz und lauter Donner, eine Fender Stratocaster und ein Hightech-Verstärker.

Ich weiß nicht, warum, aber sie heute Morgen wiederzusehen, hat all diese Erinnerungen innerhalb von Sekunden an die Oberfläche katapultiert.

Und aus genau diesem Grund umarme ich Carly ein bisschen schneller als sonst, als ich meine Nichte etwas später nach Hause bringe, und mache mich auf den Weg zur Tür, während sie schon davonspringt, um mit ihrer Mutter und ihrem Hund zu spielen. Ich muss Delaney finden und das Missverständnis aufklären, denn das Gefühl, sie könnte etwas über mich oder uns oder den Grund unserer Trennung denken, das nicht stimmt, ist einfach unerträglich.

»Du hast es aber eilig.«

Mit großen Schritten kommt mir Clay über den Parkettboden seines Hauses in Greenwich Village entgegen. Er ist mein Cousin, mein Mentor und mein Geschäftspartner. Gut, der Seniorpartner. Vor ein paar Jahren bin ich in seine Firma eingestiegen, und seitdem mischen wir die Medienrechtslandschaft gemeinsam auf. Die Namensliste unserer Klienten kann sich sehen lassen, und ich habe mir wirklich den Arsch abgearbeitet, um uns die Besten der Besten zu sichern.

»Ja, ich hab noch was vor«, sage ich und deute mit einer nichtssagenden Geste zur Tür.

Mit zusammengezogenen Brauen streicht Clay sich über das Kinn und sieht mich an. »Ach ja? Vielen Dank, dass du Carly mit in den Park genommen hast, sie ist echt gern mit dir unterwegs. Hoffentlich hat sie dir keinen Stress gemacht.«

Wenn er wüsste. Aber die Kleine kann ja auch nichts für den Fehlschluss, dem Delaney offenbar aufgesessen ist. Ich winke ab. »Niemals. Nichts passt besser zum Durcheinander meines Lebens als deine Tochter, und ich bin ihr ergebenster Fan.«

Clay klopft mir auf den Rücken. »Willkommen im Club. Willst du einen Button?«

Ich lache, aber innerlich brenne ich darauf, endlich loszukommen. Das Bedürfnis, Delaney zu finden, lässt keinen anderen Gedanken zu.

Clay sieht mich misstrauisch an. »Zu viel Kaffee getrunken heute Morgen?«

»Nein. Aber mir ist Delaney über den Weg gelaufen, und jetzt will ich sie wiederfinden«, sage ich, denn ich war noch nie gut darin, meinem Cousin etwas zu verheimlichen.

Sein Mund formt ein O. »*Die* Delaney?«

Ich nicke. Clay weiß Bescheid. Er weiß auch, was vor acht Jahren passiert ist, auch wenn er mich nicht gerade unterstützt hat, als ich Schluss gemacht habe. »Wie war's?«

»Erhellend. Hast du dich schon mal so gefühlt, als hätte dich aus dem Nichts eine Erkenntnis getroffen? Einfach so, zack?« Mit der flachen Hand schlage ich mir gegen die Stirn.

»Zum Beispiel, dass man seine Ex trifft und bedauert, nicht mehr mit ihr zusammen zu sein?«, fragt er mit dem überlegenen Unterton in der Stimme, den glücklich verheiratete Freunde allzu oft an den Tag legen.

»Ich würde es nicht *bedauern* nennen«, sträube ich mich. Auch wenn mein dreißigster Geburtstag hinter mir liegt, ich noch immer Single bin und meine letzten Kurzzeitbeziehungen sich noch bedeutungsloser angefühlt haben, als ich mir vorgestellt hatte, heißt das noch lange nicht, dass mich jetzt der große Jammer heimsucht.

Eher eine Art Verlangen.

Ein Wunsch.

Und Wünsche sollte man sich erfüllen.

»Ach nein? Wie würdest du denn dann das spontane Bedürfnis nennen, plötzlich seine große Liebe aus dem College wiedersehen zu müssen?«

So wie er es formuliert, klingt mein Leben nach einem fiesen Chick-Flick-Streifen.

»Neugier«, sage ich entschlossen. »Ich wusste nicht, dass sie hier in New York wohnt. Und dass sie aussieht wie …« Ich halte inne. Nicht, dass mir die Worte fehlen. Ich bin mir nur nicht sicher, ob ich sie aussprechen will.

»Die Frau deiner Träume?«, bietet Clay an, der sich offenbar daran erinnert, was ich damals über sie gesagt habe.

Sehr gut, dann muss ich es wenigstens nicht selbst aussprechen. »Ja, genau.«

Mit dem Finger tippt sich Clay an die Lippen. »Hm.«

Ich lege den Kopf schief. »Hm was?«

Nachdenklich stützt er sich mit der Hand am Türrahmen ab. »Ich weiß, was jetzt passiert. Aber beschwer dich ruhig, wenn du das Gefühl hast, dass es sich so gar nicht nach dir anhört«, sagt er trocken.

Ich verdrehe die Augen. »Schieß los.«

»Du wirst es wieder tun. Dich ungeachtet aller möglichen Konsequenzen und ohne Plan B in etwas hineinstürzen, das du nicht kontrollieren kannst, oder?«

Spontan mime ich einen Sprung aus dem Flugzeug. Oder zumindest etwas Ähnliches. »Du hast mich doch nicht ohne Grund Bungee Jump Tyler getauft.«

»Und du glaubst, mit einer solchen Aktion kannst du einfach wieder bei ihr landen? So wie du es Anfang des Jahres mit dem ›Powder‹-Deal gemacht hast?«, fragt er und bezieht sich auf eine Show, die wir vertreten haben. Während der Verhandlungen bin ich ziemlich nach vorne gegangen, und es war einer der risikoreichsten Deals, die wir je abgeschlossen haben. Aber mit dem absoluten Augenmerk auf alle vorhandenen Schlupflöcher haben wir einen echt großen Fisch an Land gezogen.

»Wenn mich die Erinnerung nicht täuscht, hat meine Kopf-durch-die-Wand-Taktik bestens funktioniert, oder etwa nicht?« Mit schiefgelegtem Kopf warte ich auf sein Eingeständnis, dass mein Tatendrang manchmal das perfekte Gegengewicht zu seiner Besonnenheit ist.

Aber Clay schüttelt den Kopf. »Nein. Deine offensive Herangehensweise hätte uns ohne deinen unglaublichen Blick für Details rein gar nichts gebracht. Zugegeben, für einen Business-Deal war die Kombination ziemlich perfekt.« Er zuckt mit den Schultern. »Aber bei einer Frau? Wenn man es bedauert, jemanden verletzt zu haben, könnte ein wenig mehr Umsicht nicht schaden, wenn du mich fragst.«

»Ich bedauere nichts. Ich bin neugierig.«

»Ach ja, richtig. Du bist die Katze, die in jeden leeren Karton springen muss, um zu sehen, was wohl drin ist. Koste es, was es wolle.«

»Exakt.« Und wie eine Katze lande ich dabei jedes Mal auf den Füßen.

Clay klopft mir auf die Schulter. »Viel Glück.«

Mit hochgezogenen Brauen sehe ich ihn an. »Was soll das denn heißen?«

Der Druck auf meine Schulter verstärkt sich. »Das heißt ... viel Glück.«

»Nein, tut es nicht, Herr Rechtsberater. Es heißt etwas ganz anderes. Raus damit, Kumpel. Erleuchte mich mit deiner Weisheit.«

»Es heißt viel Glück dabei, völlig planlos wieder in ihr Leben hineinzuplatzen.«

»In Ordnung. Du bist also der Meinung, ich brauche einen Plan?«

»Davon kannst du ausgehen«, erwidert er lachend.

»Warum?«

Seufzend sieht er mich an. »Frauen sind keine leeren Kartons, die man einfach so in Besitz nehmen kann. Sie sind komplizierte, wunderbare, anspruchsvolle Wesen mit einem absolut narrensicheren Bullshit-Detektor. Und vor dem Hintergrund, dass du ihr damals das Herz gebrochen hast, solltest du vielleicht überlegen, diesmal mit ein wenig Finesse vorzugehen.«

»Pff. Die Finesse lasse ich mir unterwegs im Fahrstuhl einfallen.«

»Na dann viel Spaß«, sagt er und verzieht die Lippen. »Wir sehen uns morgen nach deinem Meeting mit LGO wegen ›After Dark‹.«

Ich salutiere. »Da bin ich auch mit vollem Einsatz dran.« Dann werfe ich einen Blick auf die Uhr. »Aber jetzt muss ich los.«

Der Blick aus Delaneys Augen war eindeutig. Sie denkt,

ich habe eine Tochter, die ich sofort nach unserer Trennung mit einer anderen gezeugt habe. Das kann ich nicht zulassen. Mit einer schnellen Verabschiedung durchquere ich den Eingangsbereich, und noch während sich die Türen des Aufzugs schließen, gebe ich ihren Namen bei Google ein. In welcher Kanzlei sie wohl arbeitet? Himmel, ich weiß ja nicht mal, ob sie überhaupt weiter Jura studiert hat! Mit unserer Trennung ist der Kontakt vollständig abgebrochen, anders hätte ich es nicht geschafft. Kalter Entzug war die einzige Möglichkeit für mich, meine Träume zu verwirklichen, ganz gleich, wie unsere Wunschvorstellung einer gemeinsamen Zukunft aussah. Ich war zweiundzwanzig und, ja, ich *wollte* alles haben. Aber so etwas ist nun mal nicht möglich. Also habe ich mich einzig und allein auf eine Sache konzentriert – meine Karriere. An Ehrgeiz stand Delaney mir in nichts nach, und sie war genauso entschlossen wie ich, das Jurastudium mit Prädikatsexamen abzuschließen. Ich zweifele nicht daran, dass sie das auch geschafft hat. Diese Frau war die härteste Konkurrentin, der ich je in einer Debatte gegenübergestanden hatte.

Und genauso viel Feuer hatte sie auch im Bett, aber das war gleichzeitig der Ort, an dem sie ihre verletzliche Seite gezeigt hat. Nähe zugelassen hat. Wenn die Hüllen fielen, konnte sie sich mir ohne Rückhalt hingeben, und ich habe sie vollkommen in Besitz genommen, jedes Mal.

Danach konnten wir immer am besten reden. Zwischen den zerwühlten Laken konnte Delaney ihre Hoffnungen und Träume mit mir teilen, ihre Ängste und Enttäuschungen. Manchmal war es schwierig, sie dazu zu bringen, sich mir gegenüber zu öffnen, aber ich wollte sie kennenlernen, mit allem, was dazugehört. Auch wenn sie immer versucht hat, einen Teil von sich zurückzuhalten, kannte ich doch den Schlüssel zu ihrem Schloss. Es war nichts weiter, als sie zu küssen, zu lieben und ihr Lust zu bereiten, dann vermochte sie sich zu öffnen.

In diesen Momenten hat sie ganz mir gehört.

Es dauert nicht lange, sie zu finden. Als ich ihr Facebook-Profil anklicke und sehe, wo sie arbeitet, blinzle ich und muss mich kurz am metallenen Handlauf des Fahrstuhls festhalten. Niemals hätte ich geglaubt, dass Delaney Stewart, einst angehende Anwältin, mittlerweile ein Erholungs-Spa an der Upper West Side namens Nirvana betreibt.

Zugegeben, magische Hände hatte sie schon immer. Wie oft hat sie meinen verspannten Nackenmuskeln wieder neues Leben eingehaucht, wenn ich zu lange über den Büchern gesessen hatte? Wie oft mir mit sanften Fingern die Schläfen massiert und mir dabei zärtlich ins Ohr geflüstert? Nichts war entspannender.

Aber ich hätte nie gedacht, dass sie dieses Talent zum Beruf macht. Mit ihrem Verstand hätte sie das Jurastudium mit links geschafft. Für den Bruchteil einer Sekunde verdunkeln sich meine Gedanken. Es kann doch nichts mit meinem streitlustigen Auftreten bei unserer letzten Debatte zu tun haben, oder?

Zugegeben, bei diesem Debattierwettbewerb habe ich keine Gnade walten lassen, auch nicht ihr gegenüber. War es das, was sie davon abgehalten hat, ihr Studium zu beenden? Großer Gott, ich hoffe wirklich, dass nicht ich es war, der all ihre Träume in einer einzigen Debatte zerstört hat!

Mit einem Klingeln hält der Aufzug im Erdgeschoss, und ich schiebe den Gedanken entschlossen zur Seite. Auf dem Weg nach draußen klicke ich mich durch ihr Fotoalbum. Wahnsinn, dieses Lächeln!

Mein Körper reagiert unmittelbar auf ihren Anblick.

»Ganz ruhig, Kumpel«, murmele ich leise. Mein Schwanz erinnert sich – wenig überraschend – nur allzu gern an sie.

Neugierig scrolle ich durch ihre jüngsten Bilder. Delaney und ihre Freundinnen im Park bei irgendeinem Event voller Hunde und Menschen. Auf einem Bild stößt sie in fröhlicher Runde gerade mit einem Glas Martini an – offenbar ein Mädelsabend. Auf dem nächsten liegt sie neben den beiden Frauen, mit denen sie heute beim Joggen unterwegs war, in einem gelben Bikini am Strand.

Für einen Prozess wären es Beweise genug. Offenbar führen alle Wege zu Delaney über ihre Freundinnen. Sie sind beinahe auf jedem Bild zu sehen, wie ein eingeschworenes Team. Ich gehe jede Wette ein, dass sie einander beschützen wie ein Rudel Wölfe seine Jungen.

Mit der Rechten tippe ich eine Nachricht.

Hey, Delaney. Schön, dir und deinen Freundinnen heute Morgen über den Weg gelaufen zu sein. Die Hunde waren auch süß. Alles klar bei dir? Ich habe gerade gelesen, dass du mittlerweile ein Spa leitest. Klingt toll!

Aber bevor ich auf Senden klicke, lese ich die Nachricht noch einmal durch.

So ein Quatsch.

Das ist es nicht, was ich ihr sagen will. Das bin nicht ich. Ich will sie wiedersehen, mit ihr reden. Wissen, wie es ihr ergangen ist. Nach zahllosen Dates mit nichtssagenden Gesprächen habe ich die Nase voll von belanglosem Small Talk.

*Diese* Frau war *nie* belanglos.

Sie war alles andere als das, und genau das war der Grund, aus dem ich sie vor all den Jahren so rigoros aus meinem Leben streichen musste.

Entschlossen lösche ich die Nachricht und fange noch einmal von vorn an.

Clays Ratschlag ignoriere ich. In diese Sache stürze ich mich ohne Fallschirm und Sicherheitsnetz, etwas anderes kann ich nicht. Immer volle Fahrt voraus.

Hey, Delaney ... dich heute früh zu sehen, hat mich total aus der Bahn geworfen. Falls mein Gesichtsausdruck es nicht deutlich genug gemacht hat, liest du es hier noch mal schwarz auf weiß. Ich bin oft mit meiner Nichte im Park unterwegs – sie war die süße Kleine, die mir beim Jonglieren zugesehen hat –, aber ich hätte nie im Leben damit gerechnet, dich zu treffen. Vielleicht erinnerst du dich ja noch an Clay, meinen Cousin. Carly ist seine Tochter, und ich versuche, so viel Zeit wie möglich mit ihr zu verbringen. Aber auch wenn ich nicht damit gerechnet habe, dir heute Morgen zu begegnen, freue ich mich sehr darüber. Du siehst immer noch so umwerfend aus wie früher, genauso stark und entschlossen. Es tut gut zu sehen, dass du das Leben in New York mit deinen Freundinnen genießt. Ich würde dich wirklich gern auf einen Drink treffen, um über alte Zeiten zu plaudern. Jedenfalls hätte ich dir einiges zu sagen. Vielleicht hast du ja diese Woche noch Lust und Zeit?

Kurzerhand schicke ich die Nachricht ab.

# KAPITEL DREI

## Delaney

Lieber Tyler,
mich hat es auch überrascht, dich zu sehen. Unglaublich, wie die Zeit vergangen ist. Mir geht es gut, danke der Nachfrage. Ja, das Leben ist wirklich wunderbar, und ich bin Single, auch wenn du nicht gefragt hast. Du bist einfach davon ausgegangen. Was mich zu der Überzeugung bringt, dass du dich kein bisschen verändert hast. Schließlich bist du auch in deiner Nachricht direkt zu dem gekommen, was du gern möchtest, ohne auch nur einmal daran zu denken, was ich vielleicht gern von dir hätte. War es nicht damals auch schon so? Ganz oben standest immer nur du selbst. Du hast nicht einmal gefragt, was aus meinem Studium geworden ist. Ob ich weitergemacht habe. Ob ich noch mal ein Stipendium bekommen habe. Wahrscheinlich ist es dir einfach egal.
Dabei würde ich eigentlich gern mit dir ausgehen, denn ich habe es immer genossen, Zeit mit dir zu verbringen. Unsere Mitternachtsgespräche über Gott und die Welt und deine geliebten Los Angeles Dodgers waren mir sehr wichtig. Schließlich konnten wir über die absurdesten Themen reden. Erinnerst du dich noch an unsere Unterhaltung darüber, ob ich als Vegetarierin eigentlich Speck oder Schinken ekliger finde? Also ja, du hast recht, auch ich habe sicher viel zu sagen. Aber woher soll ich wissen, dass du es auch hören möchtest?
Delaney

* * *

Am nächsten Morgen starre ich zum x-ten Mal auf mein Handy und die Nachricht auf dem Bildschirm. Vor dem Spiegel im Badezimmer lese ich den Entwurf wieder und wieder, während ich ein leichtes Rouge auf meine Wangen auftrage.

Tatsache ist, dass ich ihn nicht für meinen Berufswechsel verantwortlich mache. Wie könnte ich? Tyler hat meine Anwaltsträume vielleicht mit Füßen getreten, aber den Entschluss hatte ich, wie gesagt, bereits vor jener letzten Debatte getroffen. Meinen Sinneswandel habe ich einem anderen Mann zu verdanken. Meinem Vater.

Die Erinnerung an ihn lässt einen Sturm gemischter Gefühle in mir aufkommen, schön und traurig zugleich. Irgendwie ironisch, dass ein einziges Telefonat mit ihm meine gesamte Zukunftsplanung umgeworfen hat. Aber so ist es nun mal. Manchmal ist die Zeit einfach reif für eine Veränderung.

Jedenfalls bin ich mit meinem jetzigen Beruf viel glücklicher, als ich es als Anwältin je gewesen wäre.

Aber das weiß Tyler nicht. Schließlich hat er noch nicht mal gefragt. Keine einzige Frage danach, wie es mir ergangen ist. Genauso hat er sich auch während der letzten Tage unserer Beziehung benommen. Kalt und abweisend, völlig auf sich selbst konzentriert. Wahrscheinlich habe ich ihm deshalb nie erzählt, was während des Gesprächs mit meinem Dad passiert ist und warum es dazu geführt hat, dass ich auf einmal mein ganzes Leben hinterfragt habe.

Es war ja auch nur ein einziger Anruf.

Eine nebensächliche Bemerkung von dem Mann, der meine Mutter, meinen Bruder und mich sitzen gelassen hat. Mein Dad hatte mich damals angerufen, um mir zu meiner Zulassung für den Masterstudiengang zu gratulieren, auch wenn er mit dem Timing völlig danebenlag. Die Zulassungsbescheide waren noch nicht mal verschickt worden. Und dann hatte er gesagt: »Ich bin mir sicher, du wirst eine großartige Anwältin, Delaney.«

»Meinst du wirklich?«, fragte ich begierig. Seit Jahren wollte ich nichts mehr als seine Bestätigung, ich konnte nicht anders.

»Auf jeden Fall«, antwortete er mit einer Gewissheit, die nur ein Vater gegenüber seiner Tochter an den Tag legen kann.

»Was lässt dich das glauben?« Noch nie hatte ich verzweifelter auf ein Lob gehofft.

»Du bist eben meine Tochter. Du brauchst den Streit. Genau wie ich mit deiner Mutter.«

Stocksteif stand ich da, das Telefon an meinem Ohr fühlte sich plötzlich an wie ein Eisklotz. Unter keinen Umständen wollte ich sein wie er. Niemals wollte ich mit jemandem so umgehen wie er mit meiner Mutter. An dieser Art von Streit hatte ich kein Interesse.

Nachdem er aufgelegt hatte, sank ich auf meine Matratze und dachte über jeden einzelnen Aspekt meines Berufswunsches noch einmal nach. Ich ließ mir Zeit. Statt mich sofort zu entscheiden, sagte ich mir, ich würde den letzten Debattierwettbewerb abwarten, um zu sehen, wie ich mich dabei fühlte. Konnte ich den Streit noch genießen? Würde es sich immer noch so gut anfühlen wie früher, gegen einen anderen Menschen meinen Standpunkt zu vertreten?

Oder hatten die Worte meines Vaters alles verdorben, was ich mir für meine Zukunft vorstellte?

Die Debatte sollte mein letzter Prüfstein sein, und tatsächlich hat sie mir schonungslos aufgezeigt, was ich zum Glücklichsein brauchte.

Und genau das bin ich jetzt – glücklich. Doch während ich mein Make-up auftrage, verursacht die Erinnerung an jenen Moment am Telefon mir noch immer beinahe physischen Schmerz.

Aber ich bin auch nicht Massagetherapeutin geworden, weil ich sauer auf meinen Vater war. Ich wollte nur nicht mehr selbst zu der Art von Welt beitragen, die mich in meiner Kindheit so unglücklich gemacht hatte. Meine Zukunft sollte auf Harmonie, nicht auf Streit begründet sein.

Die Hand, mit der ich den Rouge-Pinsel umklammert halte, entspannt sich.

*Lass die Vergangenheit ruhen. Die Zukunft entfaltet sich von selbst. Die Gegenwart ist ein Geschenk.*

Ich kann Tyler einfach keine Nachricht schicken, in der so viel Wut steckt. Aber nach mittlerweile fast vierundzwanzig Stunden verdient er wenigstens eine Antwort auf seine Einladung.

Ein Drink mit ihm klingt verlockend.

Aber viel zu gefährlich. Schließlich hat er jahrelang meine Fantasien heimgesucht, da will ich mir nicht vorstellen, welche Auswirkungen es auf meinen Kampf gegen diese unsägliche Abhängigkeit haben würde, ihm mit einem Glas voller Alkohol in der Hand gegenüberzusitzen. Letzte Nacht habe ich Ernst gemacht und ihn aus meinen Träumen ausgesperrt. Erfolgreich. Ein ganzer Tag ohne – ich darf mir den ersten Sticker ins Album kleben. Und einen Rückfall will ich nicht riskieren.

Entschlossen lege ich den Pinsel beiseite, fasse mein Haar zu einem Pferdeschwanz zusammen und schreibe eine neue Nachricht.

Lieber Tyler,
deine Nichte ist wirklich süß, sie sieht dir ähnlich! Ich war auch überrascht, dich zu sehen. Vielen Dank für die Einladung, aber mein Terminkalender ist leider schon voll. Hoffe, dir geht es gut.
Viele Grüße,
Delaney

Ich kopiere die Nachricht in den Messenger. Mein Finger schwebt über dem Bildschirm, als versuche er, sich mir zu widersetzen. Aber das hier ist der einzig richtige Weg. Das glaube ich aus ganzem Herzen, auch wenn sich mein Magen immer stärker zusammenzieht, je weiter meine Fingerspitze sich dem Senden-Symbol nähert. Die Schmetterlinge in meinem Bauch flattern wie wild mit den Flügeln in dem Versuch, mich doch noch zu überreden. Was bedeuten schon ein paar Minuten mit ihm in einer Bar?

Aber ich gebe nicht nach und schicke die Nachricht ab.

Auf dem Weg zur Arbeit lasse ich das Handy in der Tasche. Den ganzen Morgen über sehe ich nicht einmal nach, ob er zurückgeschrieben hat. Zugegeben, meine Termine folgen heute Schlag auf Schlag, das macht es einfacher.

Trotzdem – Fortschritt ist Fortschritt, und ich schaffe es, dem Verlangen Herr zu werden, indem ich all meine Energie auf etwas anderes richte.

Meine Klienten beispielsweise.

Mit einem Stöhnen lässt sich eine meiner Stammkundinnen auf die Massageliege fallen. Sanftes Meeresrauschen klingt aus den Lautsprechern. Gedämpftes Licht erhellt den Raum, und in der Luft liegt der Duft von Lavendel. Entspannung ist immer das Ziel, aber für manche ist es schwieriger, es zu erreichen, als für andere. Violet braucht jedenfalls immer das ganze Paket.

»Ich schaffe es einfach nicht, mein Tablet im Bett wegzulegen«, beichtet mir meine dunkelhaarige Klientin, während sie die Stirn auf der Kopfstütze ablegt.

Mit einem leisen Zungenschnalzen ziehe ich das Handtuch auf ihrem unteren Rücken zurecht. »Das haben wir doch schon besprochen, Vi. Nachts bleibt das Tablet aus. Deine Schulter wird es dir danken«, sage ich und streiche mit den Fingern sanft über ihre entblößte Schulterpartie.

»Ich weiß«, antwortet sie schuldbewusst. »Meine rechte Schulter bringt mich um. Aber ich schaffe es einfach nicht. Die ganze Nacht liege ich wach und lese Nachrichten. Ich hasse Nachrichten, aber ich kann einfach nicht aufhören. Und die ganze Zeit über ist mein Arm ausgestreckt, und die Schmerzen in der Schulter werden immer schlimmer.«

Ich greife nach dem angenehm duftenden Öl und gieße mir ein paar Tropfen auf die Handfläche. »Ich bin mir sicher, du schaffst es, wenigstens dein Bett zur iPad-freien Zone zu erklären. Versuch es doch einfach mal eine Woche lang.«

»Ich glaube nicht, dass ich das hinkriege.«

»Der erste Tag ist der schlimmste, sagt man«, erkläre ich. »Und es stimmt. Ich zum Beispiel versuche gerade, mir abzugewöhnen, an meinen Ex-Freund zu denken, und gestern Abend hat es plötzlich geklappt. Wenn ich so etwas kann, kannst du es auch.«

Mit einem tiefen Atemzug entspannt sie den Nacken. »Ich versuch's«, sagt sie, und ich höre ihrer Stimme an, dass sie lächelt. »War es schwer?«

»So schwer wie der Versuch, im strömenden Regen in New York ein Taxi zu erwischen. Aber danach …«

»… fühlt es sich an wie der größte Sieg, den man jemals errungen hat«, beendet sie den Gedanken.

»Ganz genau. Es lohnt sich wirklich. Und deshalb weiß ich auch, dass du es schaffen kannst. Dein Körper braucht es. Behandle deinen Körper wie einen Tempel, und er zahlt dir deine Mühen tausendfach zurück«, sage ich, und sie stöhnt wohlig auf, als ich mich daranmache, ihre Schulter und den Rest ihrer verspannten Muskulatur zu lockern.

Meine nächsten zwei Klienten halten mich ähnlich auf Trab. Die eine leidet unter wiederkehrenden Kopfschmerzattacken, also behandle ich ihren Nacken, und der nächste hat chronische Probleme mit dem Ischias.

»Sitzen ist das neue Rauchen«, stöhnt er, während ich versuche, die starken Schmerzen zu lindern, die bis in seinen Oberschenkel ausstrahlen.

»Dann ist wohl Massage das neue Ibuprofen«, erwidere ich mit einem fröhlichen Lächeln. »Es wäre doch gelacht, wenn wir da nichts machen könnten.«

Neunzig Minuten später erklärt er, sich endlich wieder wie ein Mensch zu fühlen.

Und ich bin stolz, den ganzen Morgen über kaum an Tyler gedacht zu haben. Erst als ich in der Mittagspause schnell den einen Block zu meiner liebsten Salatbar laufe, hole ich zum ersten Mal seit Stunden mein Handy aus der Tasche.

Und sacke in mich zusammen.

Er hat nicht geantwortet. Mit aller Macht versuche ich, der Enttäuschung Herr zu werden, die sich in mir ausbreiten will, und betrete das Restaurant.

Während ich Rucola und Topinambur in meine Tupperdose schaufle, sage ich mir, dass kein Grund besteht, sich auch nur im Geringsten betroffen zu fühlen. Das Ausbleiben seiner Antwort hat keinerlei Auswirkung auf mich. Schließlich habe ich sein Angebot abgelehnt, warum in aller Welt sollte er also noch zurückschreiben?

Aber als ich ihn kennengelernt habe, konnte Tyler Nichols sich festbeißen wie ein Rottweiler und verfolgte alle seine Ziele ohne Rücksicht auf Verluste.

Seine Hartnäckigkeit kannte keine Grenzen. Wenn also ein Typ wie er nicht einmal zurückschreibt, dann hat wohl sogar der abgemilderte Tonfall meiner Nachricht ausgereicht, um seiner offensiven Art einen Riegel vorzuschieben.

Lächelnd genieße ich das Gefühl, dass ich noch immer in der Lage bin, den einen oder anderen Kampf für mich zu gewinnen.

An der Kasse stelle ich den Salat ab, die Kassiererin wiegt ihn und zieht einen Vierteldollar ab, weil ich meine eigene Schüssel mitgebracht habe. Natürlich tue ich es nicht deswegen, sondern aus demselben Grund, aus dem ich meine eigene Wasserflasche mit Leitungswasser fülle – ich will nicht mit jeder Mahlzeit unseren Müllberg wachsen lassen.

Nachdem ich mir einen Tisch ausgesucht habe, mache ich mich mit Appetit über meinen Salat her. Die grünen Bohnen haben genau den richtigen Biss. Mit der Gabel spieße ich eine Cherrytomate auf, während ich meiner Mom ein süßes Bild von Nicole, Penny und mir schicke, das wir neulich gemacht haben. Meine Mutter war immer mein Fels in der Brandung, und sie liebt es, wenn ich ihr Bilder aus meinem Leben schicke.

Und ich schwöre, dass ich nicht vor Aufregung beinahe die Wasserflasche umwerfe, als das Handy eine Sekunde darauf klingelt. Es muss meine böse Zwillingsschwester sein, die die Hülle aufklappt und heimlich einen Freudentanz aufführt, als sie entdeckt, dass der Anruf von einem unbekannten New Yorker Handy kommt.

»Hallo, Delaney hier.«

»Hi, du.«

Mein verräterischer Magen vollführt einen doppelten Salto mortale. »Hi. Ich esse gerade einen Salat.«

*Ich esse gerade einen Salat?* Warum zum Teufel habe ich das gesagt? So viel zu meiner Schlagfertigkeit.

Tyler lacht, es ist ein raues, kehliges Lachen. »Ich kann also davon ausgehen, dass du noch immer nichts isst, was ein Gesicht hat?«

Meine Lippen verziehen sich zu einem Lächeln. »Klar. Mich verbindet zum Beispiel nach wie vor eine enge Freundschaft mit grünen Bohnen.«

»Wunderbar. Die Dame steht also auch immer noch auf Karotten. Das notiere ich mir. Und ist Speck auch immer noch das Nahrungsmittel, das du am wenigsten gern zu dir nehmen würdest?«

Kopfschüttelnd sehe ich zu einer Frau mit Brille hinüber, die am Tisch neben mir so laut in ihr Telefon brüllt, wer jetzt die Wäsche abholen soll, dass man es im ganzen Laden hören kann. »Mittlerweile ist es Schinken«, sage ich und freue mich darüber, dass meine Unterhaltung wenigstens lustiger ist als ihre. »Hat den Speck schon vor einer Weile in einem langen, harten Kampf ehrlich geschlagen.«

»Armer Speck«, erwidert er in rührseligem Tonfall.

»Armes Schwein«, gebe ich schnaubend zurück.

»Nur um das klarzustellen – Speck ist deutlich leckerer als Schinken. Alles, was man darin einwickelt, wird zur perfekten Mahlzeit«, sagt er, und ich muss lachen.

Schon damals haben wir uns endlos damit aufgezogen, dass ich überzeugte Vegetarierin und er begeisterter Fleischliebhaber war. Ich glaube daran, dass es falsch ist, Tiere zu essen, er dagegen huldigt dem Herrn der Grillmeister.

»Und du? Immer noch verrückt nach Knabberzeug? Salzbrezeln und Erdnüsse zu jeder Tages- und Nachtzeit?«

»Klar. Aber nur, solange es auch Bier gibt«, antwortet er, und mir fällt wieder ein, dass er immer behauptet hat, Bier würde Schluckauf vorbeugen, und schließlich sei er einer der armen Menschen, die unerträglich häufig daran leiden würden.

*Halt.*

Mit aller Macht dränge ich die Erinnerung beiseite. Auf keinen Fall sollte ich hier sitzen und so mit ihm reden, mit ihm lachen. Das fühlt sich viel zu vertraut an. Es hat keine Sekunde gedauert, und ich unterhalte mich mit ihm wie früher, als wären nicht acht Jahre vergangen.

»Sei's drum«, sage ich, und meine Stimme nimmt wieder einen geschäftsmäßigen Tonfall an, während ich mit einer Hand nach der Gabel greife. »Wie bist du an meine Nummer gekommen? Bei Facebook habe ich sie nicht hinterlegt.«

»Ich habe sie mir besorgt.«

»Wie denn? Ist das kompliziert?«

»Nicht unbedingt so kompliziert wie Kernspaltung, aber man muss sich schon ziemlich Mühe geben, ja«, entgegnet er, und ich hasse es, dass es mir gefällt, wie er sich angestrengt hat, um meine Nummer zu bekommen.

Schnell stecke ich mir eine Kichererbse in den Mund. »Also, wie geht es dir?«

»Mir geht es gut, aber es ging mir noch viel besser, bevor ich heute Morgen deine Nachricht gelesen habe.«

Ich seufze. »Tyler ... ich habe einfach keine Zeit«, sage ich, schließlich kann ich jetzt nicht nachgeben. Mit geballter Faust versuche ich, daran festzuhalten, was ich Violet vor ein paar Stunden erzählt habe. *Es lohnt sich. Größter Sieg des Lebens. Ein Taxi im Regen.*

»Keine Zeit, sich mit einem alten Freund zu treffen?«

Mit einem tiefen Atemzug lege ich die Gabel ab. »Alter Freund trifft es nicht ganz, oder?«, erwidere ich, denn warum um den heißen Brei herumreden? Wir waren ein Paar, verrückt nacheinander, konnten die Finger nicht voneinander lassen. Und rein freundschaftlich waren seine Berührungen ganz sicher nie.

»Aber ich könnte einer werden«, sagt er mit Nachdruck. »Meine freundschaftlichen Talente wurden bereits öffentlich gelobt, wusstest du das?«

Ich verdrehe die Augen. »Ach ja? Was für freundschaftliche Talente?«

»Geh mit mir aus, und ich zeige sie dir. Lass mich dir beweisen, dass ich ein außerordentlich guter Freund sein kann.«

Der Vibrationsalarm meines Telefons bringt mich zurück in die Gegenwart, und ich springe auf. »In fünfzehn Minuten habe ich meinen nächsten Termin. Ich muss los.«

»Denk darüber nach«, sagt er mit fester, aber hoffnungsvoller Stimme. »Versprich mir, dass du darüber nachdenkst.«

Mit der Schulter klemme ich mir das Telefon ans Ohr, während ich den Deckel auf die Tupperdose drücke, um den Rest meines Mittagessens für später aufzubewahren. »Warum? Es ist Jahre her, seit wir uns das letzte Mal unterhalten haben. Warum jetzt? Wir haben uns fünf Sekunden lang im Park gesehen, und jetzt willst du, dass ich darüber nachdenke, mit dir auszugehen?«

»Ja, Delaney«, antwortet er mit weicher, aber bestimmter Stimme. »Ich will, dass du darüber nachdenkst, mit mir auszugehen. Sehr intensiv darüber nachdenkst. So intensiv, dass du Ja sagst.«

Seine Hartnäckigkeit erinnert mich an den jungen Mann, in den ich mich im College verliebt hatte. Der Mann, der mir damals so beharrlich Nachrichten und E-Mails geschickt, nach den Vorlesungen auf mich gewartet und mich mitten in der Nacht im Josiah Carberry's aufgespürt hatte, um mir zu sagen, dass ich mich in ihn verlieben würde, wenn ich ihm nur eine Chance gäbe.

Irgendwann habe ich nachgegeben, ihm alle Chancen der Welt und mein ganzes Herz geschenkt.

Bis er es mit Füßen getreten hat und meine Zukunftspläne gleich mit dazu.

Zugegeben, Pläne ändern sich, oft auch zum Besseren. Aber Menschen? Da bin ich mir nicht so sicher. Nicht solange er sich immer noch so anhört wie derselbe eingebildete Kerl von damals.

»Ich denke darüber nach«, antworte ich beim Verlassen der Salatbar und lege auf.

Auf dem Weg zurück zum Nirvana und während des gesamten Nachmittags gebe ich mir alle Mühe, *nicht* an die Leichtigkeit zu denken, mit der wir unser dreiminütiges Telefonat geführt haben.

Abends setze ich mich in das winzige Büro im hinteren Bereich des Spas und kümmere mich um den Schriftverkehr und die Finanzen. Zwischendurch rufe ich noch einmal meine privaten E-Mails ab. Seit ein paar Tagen warte ich auf eine Nachricht von einem Mann, den ich angeheuert habe, um Informationen über jemanden zu sammeln, den ich vor langer Zeit mal geliebt habe. Ich bin neugierig, sogar nervös, aber ein Blick in meine Inbox verrät mir, dass ich dieses Gefühl noch eine Weile werde aushalten müssen, denn es ist keine neue E-Mail eingegangen. Also versuche ich die Sache zu vergessen, während ich meinen Mailaccount schließe und mich unseren Rechnungen widme, die ich alle freudig begleiche. Schon immer bin ich der Meinung, Rechnungen sollten mit einem Lächeln bezahlt werden, schließlich bedeutet es nichts anderes, als dass man in der glücklichen Situation ist, ein Geschäft zu führen, das Geld abwirft. Plötzlich klopft unsere Rezeptionistin an die offene Bürotür.

»Hi, Jasmine«, grüße ich das hübsche Mädchen, das sich um unseren Empfang kümmert. Sie trägt eine Yogahose mit Schmetterlingsmuster auf den schlanken Hüften, und an ihren Armen klimpern schmale Silberringe. Ihr Nasenpiercing glitzert im Abendlicht.

»Schau mal, ich habe etwas für dich! Ein Geschenk!«, ruft sie. Jasmine liebt Geschenke. Schon deshalb arbeitet sie gern am Empfang, denn dort bekommt sie als Erste alle Blumen und Pakete zu sehen, auch wenn sie für andere bestimmt sind. Sie überbringt sie einfach gern, wie eine der Elfen des Weihnachtsmanns.

Strahlend überreicht sie mir eine Topfpflanze voller hellvioletter Blüten.

Ein winziger Fliederstrauch.

Jasmine reibt ihre Handflächen aneinander. »Von wem ist der? Wie das duftet! Da kennt wohl jemand deine Lieblingsblumen.«

Mein Magen schlägt einen Salto, als wäre er aufgeregt. Als wäre *ich* aufgeregt. Was ich natürlich nicht bin. Auf gar keinen Fall.

Ich schlucke, antworte aber nicht gleich. Er weiß, wie sehr ich Flieder liebe. Aber im Geschenkemachen hat er sich nie besonders hervorgetan, also können sie nicht von ihm sein. Es ist besser, ich hoffe gar nicht erst darauf.

An der Seite des Blumentopfes hängt eine Karte. Nervös

klappe ich sie auf und lese: *Nicht nachdenken. Einfach nur Ja sagen.*

Noch ein Salto. Zwei, drei, vier davon.

Mit geschlossenen Augen beuge ich mich über die Pflanze und atme den Duft ein, der mir auf der ganzen Welt am liebsten ist.

*Cleverer Mistkerl.*

# KAPITEL VIER

## Tyler

Es besteht die Möglichkeit, dass Delaney mittlerweile eine furchtbare Person ist. Vielleicht langweilt sie mich zu Tode. Oder wir haben einander nichts zu sagen.

Aber ich bin ein Spieler, und auf diese Optionen würde ich mein Geld nicht setzen.

»Ich gebe erst auf, wenn ich es geschafft habe, noch einmal mit ihr zu reden«, erkläre ich meinem Kumpel Simon am nächsten Morgen beim Basketballspielen.

Er versenkt einen Korbleger und wirft mir einen zweifelnden Blick zu. »*Reden?* Du willst mich glauben machen, du möchtest nur mit ihr *reden?*«

Meine Antwort besteht aus einem resoluten Nicken. »Ja, verdammt.«

»Und worüber willst du mit ihr reden? Den Aktienmarkt? Das Wetter? Die neusten Kinofilme?«

»Nein, du Depp. Ich will mit ihr über …« Bei der Erinnerung an die Leichtigkeit unseres Telefongesprächs verstumme ich. Dann zucke ich mit den Schultern und breite die Arme aus. »Über alles reden. Einfach über alles.«

»Und das Ganze nur, weil sie im Park einmal an dir vorbeigerannt ist?«

Nach drei schnellen Schritten wirft er mir den Ball zu. Ich fange und werfe, treffe aber nur das Netz. »Wir haben gestern telefoniert«, sage ich, als er den Ball auffängt, bevor er zu Boden fällt.

»Wahrscheinlich ungefähr eine Minute lang.«

»O ihr Kleingläubigen! Es waren drei oder vier Minuten, und wir haben uns auf Anhieb verstanden. Es war wie früher«, versuche ich zu erklären. »Außerdem hat sie mir eine Dankesnachricht für den Fliederstrauch geschickt, nur damit du es weißt. Du bist hier nicht der Einzige, der weiß, wie man mit Frauen umgeht«, ergänze ich, denn Simon hat gerade erst eine ganz spezielle Frau umworben – und für sich gewonnen.

»Was stand drauf? War es ein Ausdruck ihrer tiefen und unsterblichen Liebe zu dir? Wie ›Danke für den Flieder‹?«

»Ja«, gebe ich zu, entnervt, dass er den Nagel auf den Kopf getroffen hat. »Und sie hat geschrieben, dass es immer noch ihre Lieblingsblumen sind.«

»Okay«, antwortet mein Freund und hebt den Ball über seinen Kopf. »Mehr Beweise dafür, dass sie dich unbedingt zurückhaben will, brauchst du wohl nicht.«

»Ich wette hundert Dollar, dass du nicht triffst und ich recht habe. Ich weiß einfach, dass wir wieder zusammenkommen können.«

Lachend wirft Simon den Ball. »Mann, du bist echt der Hammer. Du bist nicht nur Anwalt, du kannst sogar in die Zukunft sehen.«

Vor allem bin ich fest entschlossen, sie zu einem Ja zu bewegen, ganz gleich, was Simon davon hält. Nicht zuletzt, weil sein Ball diesmal weit am Korb vorbeifliegt.

Mein nächster Tag beginnt früh mit einem Meeting mit dem Staranwalt und einem Manager von LGO, einer großen Mediengesellschaft und HBOs härtestem Konkurrenten, was das Online und TV-Geschäft betrifft. Aber auch wenn Craig Buckley, der dunkelhaarige und für seine Risikobereitschaft berüchtigte Vorstandsvorsitzende, einen Heimvorteil hat, da wir uns in seinem Büro treffen, kann ich vier der sechs strittigen Punkte für meinen Klienten entscheiden, den Schöpfer der neuen Nightshow *After Dark*.

Anschließend bedanke ich mich bei Craig mit einem Handschlag, während sein Anwalt mir knapp mitteilt, er werde mich demnächst anrufen.

Bestärkt in dem Gefühl, die noch ausstehenden schwierigen Fragen des Deals über die nächsten Tage ähnlich erfolgreich verhandeln zu können, verlasse ich das Hochhaus am Times Square. Auf dem Weg durch die morgendliche Menschenmenge aus Pendlern und Touristen in Richtung der ruhigeren Eighth Avenue und unserem Büro rufe ich meinen Klienten Jay Benator an, einen brillanten Künstler, der bald seinen großen Durchbruch erleben wird. Schnell bringe ich ihn auf den neusten Stand.

»Das ist großartig. Und was ist mit den anderen Punkten?«, fragt er mit vor Aufregung schriller Stimme. »Seit die Verhandlungen laufen, habe ich kein Auge mehr zugemacht.«

»Entspann dich, Jay. Mit mir zu arbeiten ist wie ein gutes Schlafmittel. Ich besorge dir, was du willst, und süße Träume gibt es noch obendrauf, das verspreche ich.«

»Bist du sicher?«, fragt er mit bebender Stimme.

»Vertrau mir. Ich stehe voll und ganz hinter dir. Der Deal ist bald durch«, beruhige ich ihn und spreche ihm noch etwas Mut zu, während ich auf den Columbus Circle zulaufe. Im Job bin ich für meine Klienten abwechselnd der Haifisch, der Bodyguard, der Wachhund und der Therapeut. Zwar scheint Jay heute tatsächlich alle diese Rollen zu benötigen, aber am meisten bedarf er doch meines psychologischen Talents. Um ihn abzulenken, verwickle ich ihn einfach in eine hitzige Diskussion darüber, welches NBA-Team bislang die beste Saison hat. Mit Erfolg.

An unserem Bürokomplex angekommen, verabschiede ich mich und sage ihm, dass ich ihm den therapeutischen Anruf nicht in Rechnung stellen werde.

»Vielen Dank. Die Dodgers sind übrigens echt mies.«

»Autsch«, sage ich, bin aber froh, dass er sich offenbar wieder wohl genug fühlt, um mich aufzuziehen.

Als ich die Büroräume von Nichols & Nichols betrete, begrüße ich zuerst Holly, unsere selbstbewusste neue Rezeptionistin, die zur Abendschule geht, um die Ausbildung zur Rechtsanwaltsgehilfin abzuschließen.

»Wie läuft's, Holly? Hat jemand für mich angerufen?«, frage ich und drehe vorsichtig den Kopf hin und her. Vom ständigen Sitzen über den Verträgen kriege ich immer einen steifen Nacken. »Soll ich dich irgendetwas abfragen?«

Lächelnd schüttelt sie den Kopf. »Zweimal nein, aber vielleicht später?«

Mit der Faust haue ich auf die Kante des Empfangstresens, dann zeige ich auf sie. »Mach sie fertig.«

»Oh, frag mich was ab, Tyler. Bitte, bitte, frag mich jetzt gleich über Immaterialgüterrecht ab, ja?«, macht sich plötzlich eine dunkle Stimme mit britischem Akzent über mich lustig. Hinter mir erscheint Oliver, unser neuster Topanwalt, der mir gern das Leben schwer macht. Vor allem, weil er denkt, ich flirte mit Holly. Was nicht stimmt. Ich respektiere sie – das Mädchen arbeitet wirklich hart, um weiterzukommen, und ich will ihr einfach nur helfen.

Oliver schlendert zum Empfang, in seinem dunklen Anzug elegant wie immer. Sein Akzent tut das Übrige.

»Für dich habe ich nur eine Frage, Edgecombe«, sage ich und werfe ihm einen gespielt ernsten Blick zu. »Wenn mein

Name an der Tür steht, gehört der Laden hier dann mir oder dir?«

Oliver fährt sich mit der Hand an die Brust, als hätte er eine Kugel abbekommen. »Oh, dieser Schmerz. Dieser furchtbare, immaterielle Schmerz!«

Mit einer abwinkenden Geste laufe ich den Flur hinunter. »Zurück an die Arbeit mit dir.«

Keine Minute später steckt er den Kopf in mein Büro. »Übrigens, der Tipp für den Newton-Deal war Gold wert. Der Sender war begeistert und der Kunde auch.«

Mit einem Seufzen lasse ich mich auf einen Stuhl fallen. »Gut zu wissen. Ich denke, du kannst deinen Job behalten, auch wenn du an deiner griesgrämigen Art arbeiten musst.«

Oliver grinst breit. »Ja, du hast recht. Ich bin wirklich furchtbar griesgrämig.« Er wirft mir eine Kusshand zu, dann flüstert er: »Und benimm dich bei Holly.«

Entnervt verdrehe ich die Augen. »Darüber musst du dir keine Sorgen machen, Edgecombe.«

Als er verschwunden ist, setze ich mich an meinen Schreibtisch und suche online nach der Salatbar neben Delaneys Spa.

Eine Stunde später wird Delaneys Mittagessen frei Haus ins Nirvana geliefert, und die Schüssel ist randvoll mit allem, was sie liebt.

Zwei Stunden später werde ich mit einer neuen Nachricht auf Facebook belohnt. Es ist ein GIF einer tanzenden Karotte, und ich kann mir ein selbstzufriedenes Grinsen nicht verkneifen.

Außerdem reicht mir die Nachricht als Anlass, sie noch einmal anzurufen. »Ist es also erlaubt anzunehmen, dass du keinen Freund hast?«, frage ich, während ich die Füße auf den Schreibtisch lege und mich in meinem Lederstuhl zurücklehne. Schließlich kann man die potenziellen Hindernisse auch gleich aus dem Weg räumen.

Sie lacht. »Wenn dem so wäre, hätte ich den Flieder und den Salat wohl nicht angenommen.«

»Das habe ich mir gedacht, aber ich wollte dieses wichtige Detail doch noch mal persönlich bestätigt wissen. Oh, und wo wir gerade beim Thema sind, ich bin übrigens auch solo, also steht einem gemeinsamen Drink wirklich nichts im Weg.«

Wieder dringt ihr helles Lachen an mein Ohr. »Ja, der Salat war wirklich köstlich, Tyler, vielen Dank.«

Ich muss lächeln. »In Ordnung. Erzähl mir erst was von deinem Salat, bevor du dich mit mir auf einen Drink verabredest«, sage ich. Dann senke ich die Stimme und fahre in scherzhaft anzüglichem Tonfall fort: »War er frisch? War er knackig?«

Sie steigt darauf ein und antwortet mit ebenso viel Sex-Appeal: »Du weißt, dass mich nur wenig mehr erregt als ein grüner Salat. Er war genau so, wie du gesagt hast, und dazu noch mit dem besten Green-Goddess-Dressing im Umkreis von zehn Meilen.«

»Was könnte man mehr von einem Mittagessen verlangen?«

»Nur dass es sich in eine Schüssel Müsli verwandeln kann«, verkündet sie sehnsüchtig. »Hey, da fällt mir ein, ich wollte dich die ganze Zeit schon fragen, was es mit deinem Facebook-Profilfoto auf sich hat.«

»Gefällt dir die Laseraugen-Katze?«

»Sie ist süß und echt bizarr, ich stehe total drauf.«

»Es ist ein Cartoon von einem meiner Klienten. Nick Hammer. Von ihm sind die ›Adventures of Mister Orgasm‹ und –«

»›Naughty Puppet Theater Presents Dirty Girl Mechanic‹. Ich liebe seine neue Show. Sie ist zum Schreien komisch, ich habe jede Folge gesehen.«

»Ich sage ihm, dass du ein Fan bist. Das hört er gern.« Lächelnd stelle ich meine Füße wieder auf den Boden und drehe mich langsam mit meinem Bürostuhl im Kreis. »Habe ich dir mal erzählt, wie ich Nick kennengelernt habe?«

»Ich glaube nicht«, sagt sie neugierig. »Er war nicht mit uns am College, oder?«

»Nein, er war auf der Kunstschule in Rhode Island. Da habe ich ihn auch getroffen, bei einem Wahlpflichtseminar in Kunsthistorik. Er saß im Hochschulmuseum und hat einen Jackson Pollock karikiert.«

»Äh«, sagt sie trocken. »Wie karikiert man bitte einen Jackson Pollock?«

»Berechtigte Frage. Er hat erzählt, er tue immer so, als seien Pollocks abstrakte Gemälde Darstellungen alltäglicher Gegenstände. Einmachgläser, Besen, Müsli … Also hat Nick eine Müslischüssel mit einer Katze gemalt, die sie mit ihrem Laserblick beschießt.«

Delaney lacht. »Das ist genial und gleichzeitig völlig abgefahren.«

»Na ja, auf jeden Fall haben wir uns ein paar Minuten unterhalten und sind dann Freunde geworden.«

»Und als er einen Anwalt brauchte, hat er sich an dich erinnert«, beendet sie die Geschichte.

»Wir sind nach dem Studium in Kontakt geblieben.«

Plötzlich verstumme ich, weil mich ein unerwarteter Anflug von schlechtem Gewissen heimsucht. Wie soll ich ihr erklären, dass ich es zwar geschafft habe, mit meinen Freunden in Kontakt zu bleiben, nicht aber mit dem Mädchen, in das ich bis über beide Ohren verliebt war? Aber ich konnte es einfach nicht, wirklich. Die Versuchung wäre viel zu groß gewesen. Wenn ich nicht alle Brücken zwischen uns abgerissen hätte, wäre ich nie in der Lage gewesen, meinen Traum zu verwirklichen.

»Er war mein allererster Klient«, erzähle ich weiter und konzentriere mich lieber auf das Thema, als noch länger über Dinge nachzudenken, die ich nicht ändern kann.

»Also ist die Zeichnung eine Art Reminiszenz an eure frühe Freundschaft?«

Mit einer Hand schiebe ich den Knoten meiner Krawatte zurecht. »Das kann man so sagen, ja, aber es ist auch ein Konzept für eine neue Show, die er gerade entwickelt. Über eine Katze mit magischen Superkräften. ›Cat Crazypants‹, der große Illusionist.«

»Das muss ich sehen. Eine Katze mit Superkräften, wie cool ist das denn! Außerdem will ich schon lange eine Katze haben.«

»Eine mit Superkräften?«

Sie lacht. »Wenn das geht, klar. Und mit sechs Zehen.«

Jetzt lache ich. »Wie die Hemingway-Katzen?«

»Ja, aber ich kenne solche Katzen von einer meiner Lieblingsautorinnen, Tawna Fenske, die mehrere davon hat. Polydaktylie nennt man das. Das Coole ist, dass die Extrazehe so etwas ist wie ein Daumen«, erklärt Delaney mir begeistert.

»Können sie mit diesen Daumen auch Türen öffnen und so weiter?«

»Klar. Auch Schubladen und Dosen. Tawna hat mir vorab eine Ausgabe ihres nächsten Buches geschenkt – die Hauptfigur erbt ein Bed & Breakfast, in dem mehrere polydaktyle Katzen leben, und jetzt will ich wirklich unbedingt eine haben. Sag deinem Klienten, mit einer Extrazehe kriegt seine Katze echte Superkräfte.«

Ich horche auf, denn plötzlich wittere ich eine Chance, sie doch noch zu einem Date überreden zu können. »Bei einem Drink erzähle ich dir gern mehr über die Show. Alles top secret, versteht sich.«

»Ach, jetzt versuchst du es mit Bestechung?«

»Du nennst es Bestechung. Ich nenne es die Erfüllung eines Wunsches. Du willst eine Katze mit Superkräften – ich kann sie dir bieten. Bei einem Drink.« Meine Stimme klingt selbstbewusst, aber mein Herz klopft vor Aufregung.

Sie muss einfach Ja sagen!

Aber zunächst erntet mein Vorschlag nichts als Schweigen. Dann ein schweres Seufzen. Noch bevor sie spricht, kann ich spüren, wie sich die Leichtigkeit unserer Unterhaltung in Luft auflöst. Einem solchen Schweigen kann nur ein Nein folgen.

»Ich weiß nicht, ob das eine gute Idee ist, Tyler«, sagt sie sanft.

Es ist kein Nein, aber viel besser ist es auch nicht.

»Warum? Wir unterhalten uns doch gerade auch und verstehen uns super.« Ich gebe nicht nach, das würde ich schließlich im Business auch nicht tun. »Was ist so schwer daran, mit mir etwas trinken zu gehen?«

»Nichts. Mit dir ist alles viel zu leicht«, antwortet sie.

»Wie bitte?« Ich runzele die Stirn. »Das ergibt keinen Sinn. Was ist zu leicht?«

»Mit dir zu reden. Zu lachen. Das ist alles zu leicht.«

»Du sagst das, als wäre es etwas Schlechtes.«

»Vielleicht ist es das auch«, antwortet sie leise.

»Wir konnten schon immer gut miteinander reden, Delaney.«

»Ich weiß«, sagt sie noch leiser, aber mit einem Hauch von Sehnsucht in der Stimme, auf den ich sofort anspringe.

»Wir konnten eine Menge Dinge gut«, sage ich und spreche bewusst etwas tiefer, männlicher. »Erinnerst du dich an unseren Ausflug in die Bibliothek?«

»An welchen?« Sie klingt fast ein wenig atemlos, und mehr Ermutigung brauche ich nicht. Schließlich sind wir noch nicht bei einem *Nein* angekommen, also muss ich es einfach weiter versuchen.

»An alle«, sage ich und sehe sie wieder vor mir, den Rücken ans Regal gepresst. Ihr Pferdeschwanz hatte sich gelöst, und ihre Haare umrahmten ihre geröteten Wangen, die Lippen vor Lust leicht geöffnet. Sie war so heftig gekommen, dass sie mir in die Schulter biss, um nicht laut zu schreien. »Aber vor allem an den einen Nachmittag, an dem du diesen kurzen roten Rock anhattest und wir getestet haben, was die Bücher über die Französische Revolution aushalten.«

Beinahe glaube ich, sie leise stöhnen zu hören. Aber dann reißt sie sich wieder zusammen und vertuscht ihren Moment der Schwäche schnell mit einem scherzhaften Lachen. »Die Bücherbarrikaden waren jedenfalls nicht besonders standhaft.« Dann wird ihre Stimme wieder kühl. »Aber ich bin mir trotzdem nicht sicher …«

So leicht gebe ich nicht auf. Der Prozess ist noch nicht verloren, und in diesem Fall habe ich noch jede Menge Beweismaterial, auf das ich zurückgreifen kann.

»Und was ist mit dem Nachmittag im Hörsaal nach der Medienrechtsvorlesung? Der Prof war schon weg, und nur wir beide saßen noch in der letzten Reihe. Das war unser Ding, diese heimlichen, gestohlenen Momente«, sage ich, und wieder steht mir die Erinnerung klar vor Augen. Delaneys Hand, die sich in meine Jeans schiebt, der lustvolle Blick aus ihren wilden Augen, ihre Lippen an meinem Ohr, die mich anflehen, hier und jetzt mit ihr zu vögeln. »Das konnten wir jedenfalls auch ziemlich gut.«

»Tyler«, sagt sie seufzend. »Warum tust du das? Wir wissen beide, dass wir die Finger nicht voneinander lassen konnten. Das bestreite ich ja gar nicht. Aber daran müssen wir uns doch nicht ständig erinnern.«

»Warum ich das tue?«, wiederhole ich. »Weil ich weiß, wie gut wir uns verstanden haben. Aber weißt *du* es denn auch noch?«, gebe ich die Frage an sie zurück. Wieder einer meiner psychologischen Tricks.

Zögernd gibt sie ein Stück nach. »Ja, natürlich.«

»Dann geh mit mir aus.«

»Warum? Um der alten Zeiten willen?« Ihre Stimme klingt jetzt weicher, nicht mehr so abweisend. Vielleicht hat ihre Mauer einen ersten Riss bekommen.

Eine bessere Chance wird es wahrscheinlich nicht geben, also lege ich noch mal nach. »Um alter und um neuer Zeiten willen. Komm schon, sag Ja. Du willst es doch auch.«

Sie schnaubt. »Willst du mich jetzt verarschen?«

Stirnrunzelnd überlege ich, was ich Falsches gesagt haben könnte. »Nein. Ich meine das todernst.«

»*Du willst es doch auch?* Du hast sie wohl nicht mehr alle«, sagt sie mit einem Lachen, aber diesmal klingt es nicht nach Spaß.

Stöhnend lasse ich meinen Kopf in die Hände sinken. Gerade als ich dachte, ich hätte sie fast so weit. »Es hörte sich so an, als wolltest du«, sage ich gedämpft.

»Mag sein«, erwidert sie mit zornerstickter Stimme. »Bis du mal wieder das Großmaul raushängen lassen musstest, um mir zu erklären, was ich alles so will.«

»Ich bin kein Großmaul.«

»Doch. Schon immer. Als bestünde nicht mal die Möglichkeit, dass ich mir etwas anderes wünsche, als mit dir auszugehen.«

»Selbstverständlich kannst du dir jederzeit wünschen, was du willst. Aber ich werde mich nicht dafür entschuldigen, dass *ich* mir wünsche, du würdest mit mir ausgehen. Ich will dich wiedersehen. Warum ist das so schwer zu verstehen?«

»Man kriegt nun mal nicht immer, was man will, Tyler. Warum ist *das* so schwer zu verstehen?«

»Das weiß ich. Aber auch wenn du jetzt sauer auf mich bist, will ich immer noch, dass du Ja sagst.«

»Warum? Damit du wieder als Sieger dastehst? Ist das hier eine Neuauflage unserer letzten Debatte? Glaubst du, ich sage Ja, weil du mich daran erinnerst, wie gut unser Sex war? Dass du es mir im Bett, in der Bibliothek und im Hörsaal besorgt hast? Hast du geglaubt, du müsstest dich nur ausziehen und mir deinen magischen Schwanz zeigen, und all meine Gehirnzellen würden den Spontantod erleiden?«

»Nein. Würde das denn funktionieren?«

Sie lacht, aber ich kann nicht heraushören, ob sie mich damit herausfordern will oder ihr die Frage einfach zu absurd ist. Dann verstummt ihr Lachen, und sie seufzt. Ihre Stimme klingt traurig, als sie weiterspricht. »Du hast bisher nicht einmal gesagt, dass es dir leidtut, wie sehr du mich damals verletzt hast. Wir hatten Pläne, Tyler. Wir hatten eine *Zukunft*. Aber du hast das alles weggeworfen. Alles.«

»Es tut mir leid«, sage ich mit verzweifeltem Ernst. »Ich schwöre, es tut mir leid.«

»Leider kommt das ein bisschen spät. Vor acht Jahren hätte es vielleicht noch etwas geändert.«

»Du hast recht. Aber wenn du dich mit mir triffst und mir die Chance gibst, es dir noch einmal richtig zu sagen, glaubst du mir vielleicht.«

»Mir ist schleierhaft, warum du glaubst, es könnte eine Rolle spielen, *wie* du es sagst«, gibt sie zurück. »Das Einzige, was zählt, ist, dass du es auch so meinst.«

* * *

Als ich Simon am Abend auf einen Drink im Speakeasy treffe, erzähle ich ihm ohne meine übliche Prahlerei, was passiert ist. Ich kenne ihn schon lange, er ist schlau und immer offen und ehrlich. Vor nicht allzu langer Zeit hat er sich unsterblich in die Nanny seiner kleinen Tochter verliebt, und auch sie ist verrückt nach ihm. Wenn sich also jemand damit auskennt, wie Frauen ticken, dann er.

Ernsthaft sehe ich ihn an. »Gib mir einen Rat. Was soll ich tun?«

Er trinkt einen Schluck Bier und stellt das Glas wieder ab. »Was du brauchst, um wieder ins Spiel zu kommen, ist eine große Geste.«

Ich nicke. »Verstanden. Ich stehe auf dem Spielfeld. Jetzt fehlt mir nur noch der Homerun.«

Lachend schüttelt er den Kopf. »Sorry, Kumpel. Im Moment hast du nicht mal ein Ticket. Du stehst auf dem Parkplatz und haust verzweifelt die Schwarzmarkthändler an, aber selbst die wollen dir nichts verkaufen. Die große Geste brauchst du, um überhaupt ins Stadion zu kommen. Irgendetwas, das sie daran erinnert, warum sie sich damals in dich verliebt hat.«

Das Gespräch von vorhin schießt mir durch den Kopf. Was Delaney sich von mir wünschen könnte.

Mit einer schwungvollen Bewegung schnappe ich mein Bier, trinke einen großen Schluck und stelle das Glas wieder auf der Bar ab. »Du hast recht. Voller Einsatz.«

Plötzlich weiß ich genau, was ich tun muss.

# KAPITEL FÜNF

## Delaney

Nicole hatte recht.

Trevor ist echt heiß.

Und nicht auf den Kopf gefallen.

Außerdem kann man sich gut mit ihm unterhalten.

An Mittwochabend in der darauffolgenden Woche treffen wir uns nach der Arbeit vor dem Central Park, holen uns Grillspieße an einem Foodtruck vor dem Eingang und plaudern dann angeregt miteinander, während wir durch den Park schlendern.

Trevor ist eigentlich Braumeister, moderiert aber mittlerweile eine beliebte Internet-Videoserie über Craft Beer. Dafür reist er durchs ganze Land und besucht verschiedene Brauereien, um das Bier zu testen.

»Was gefällt dir am wenigsten an deinem Job?«, frage ich.

Nachdenklich beißt er in seinen Hähnchenspieß, bevor er antwortet. »Das Ausspucken. Ganz ehrlich, es ist das ständige Ausspucken nach dem Probieren.«

Ich lache. »Hast du immer einen Eimer dabei? Oder bevorzugst du so eine altmodische Spuckschale?«

Er hebt einen Finger. »Viel besser. Ich habe einen handgefertigten Becher, auf dem steht: ›Was nicht schmeckt, muss weg.‹« Ein Lächeln erhellt seine strahlend blauen Augen und sein hübsches Gesicht.

»Wirklich?«, frage ich und sehe ihn misstrauisch an.

Lachend schüttelt er den Kopf. »Nein. So vornehm ist das nicht. Ich spucke einfach in ein Glas.«

»Wünschst du dir manchmal, einfach schlucken zu können?«, frage ich und beiße ein Stück von meiner gegrillten Aubergine ab.

Er prustet los. »Mit Sicherheit nicht. Weder schlucken noch ausspucken. Wenn du weißt, was ich meine«, sagt er, und ich nicke grinsend, damit er weiß, dass ich seine Anspielung verstehe. »Im Ernst, bei einem Meisterwerk der Braukunst bedauere ich schon manchmal, dass ich die Probe nicht austrinken kann. Aber ich kann mich ja nicht jeden Tag betrinken, also muss ich wohl oder übel ausspucken.« Als er aufgegessen hat, wirft er seinen Spieß in einen Mülleimer. »Was ist mit dir, Delaney? Was gefällt dir am besten am Massieren?«

Als ich Trevor in die Augen sehe, wirkt alles an ihm offen und aufrichtig. Ohne Zweifel kann ich sagen, dass dies hier eines der besten Dates seit Langem ist. Normalerweise entdecke ich bereits nach einer Stunde die ersten Warnhinweise – dass ein Typ lügt, nur Sex will oder mich einfach zu Tode langweilen wird. Trevor dagegen macht sich richtig gut. Und mit seinem dunkelblonden Haar, der schlanken Figur und den babyblauen Augen sieht er auch noch echt gut aus.

Was bedeutet, dass er eine ganze Menge Leichen im Keller haben muss. Ganz sicher geht gleich irgendetwas schief.

»Am besten gefällt mir, dass ich meistens unmittelbar eine Veränderung bewirken kann. Jemand kommt in meinen Massageraum, legt seinen Stress, Schmerz oder was ihn sonst so plagt in meine Hände, und ich kann zum Heilungsprozess beitragen.«

Er nickt. »Die Antwort gefällt mir. Du bist eine Frau, die die Sachen anpackt.«

»Ja, ich denke schon«, sage ich, als wir am Rand des Weges ankommen.

Plötzlich bleiben wir beide gleichzeitig stehen, bücken uns und strecken die Hand nach demselben Ziel aus – eine weggeworfene Plastiktüte. »Sind die Karmapunkte für dich reserviert, oder soll ich?«

Ein Lächeln breitet sich auf seinem Gesicht aus. »Ich mach schon. Die nächste kriegst du, okay?«

»Einverstanden«, erwidere ich, und Trevor läuft kurz zurück, um die Plastiktüte in den Mülleimer zu werfen.

Eine Welle der Aufregung überkommt mich. Nicole hatte es im Café prophezeit, als sie sagte, wir hätten eine Menge gemeinsam. Schließlich trifft man nicht alle Tage einen Mann, der wie ich den Müll im Park aufsammelt. Es ist nur eine Kleinigkeit, aber es ist Teil meines Beitrags zur Erhaltung des Planeten.

Eine Weile schlendern wir noch über die Wege, unterhalten uns über die Arbeit, Freundschaft und das Leben und genießen die laue Sommerluft. Als wir die Oase im Herzen Manhattans verlassen, sagt Trevor, er würde mich gern wiedersehen.

»Das möchte ich auch gern«, antworte ich.

Verlegen streicht er sich über das Kinn. »Die Sache ist die«, fährt er fort, und ich spüre, wie ich mich verspanne. Jetzt eröffnet er mir sicher, dass er in seiner Wohnung ein geheimes Meth-Labor betreibt oder ihm seine psychopathische Ex-Frau nachstellt. »Ich fahre am Sonntag weg und bin die ganze nächste Woche nicht in der Stadt.«

Jackpot. Vielleicht ist Trevors Keller ja tatsächlich leichenfrei.

Erfreut zucke ich mit den Achseln. »Schreib mir doch einfach eine Nachricht, wenn du wieder da bist, und sag mir, wann wir uns treffen können.« Kein Grund, gleich nach dem ersten Date schon Druck aufzubauen.

Nachdenklich tippt er sich mit dem Finger an die Lippen. »Eigentlich würde ich dich am liebsten noch mal sehen, bevor ich fahre. Freitag habe ich ein Arbeitsessen, aber vielleicht habe ich ja Glück, und du hast morgen oder am Samstag noch nichts vor?«

Na hallo, da hat's aber jemand eilig. »Donnerstags arbeite ich lange, und Samstag ist Mädelsabend.«

»Mädelsabend ist natürlich heilig«, antwortet er, und ich lächle. Nicht viele Männer verstehen das.

»Absolut. Der Abend steht quasi unter dem Schutz der Genfer Mädchenkommission.« Unseren gemeinsamen Abend würde ich für nichts und niemanden aufgeben. Meine Freunde sind mir das Wichtigste, in dieser Stadt sind sie meine Familie.

»Dann treffen wir uns doch einfach, wenn ich vom Bier Festival zurückkomme. Ich bin Juror und Conférencier.«

»Klingt spannend. Hoffentlich bringst du nicht alle Teilnehmer mit deinem vernichtenden Urteil zum Weinen«, ziehe ich ihn auf.

»Ich werde ein sehr nachgiebiger Richter sein, versprochen.« Dann kehrt er zum Thema zurück. »Wenn ich nächsten Sonntag wiederkomme, wie wäre es dann gleich mit Montagabend?«

Wow. Der legt aber ein Tempo vor. Was für eine angenehme Überraschung. »Das klingt super, Trevor.«

Zufrieden klatscht er in die Hände. »Wunderbar. Der Abend mit dir war wirklich schön, Delaney.« Sein Lächeln wird noch breiter. »Ich kann es kaum erwarten, dich wiederzusehen. Darf ich dir einen Abschiedskuss geben?«, fragt er mit einem kleinen Augenzwinkern.

Er ist nicht nur süß, er ist auch noch höflich – wenn auch etwas übereifrig. Aber es ist angenehm, zur Abwechslung mal keine Spielchen spielen zu müssen.

»Natürlich«, sage ich und hebe erwartungsvoll den Kopf. Hoffentlich ist er ein guter Küsser. Hoffentlich wird es einer dieser fantastisch-verheißungsvollen Küsse, kaum spürbar, wie ein Versprechen, dass einen noch viel, viel mehr erwartet. Ein Kuss, der ein ganzes Feuerwerk der Sehnsucht entzündet, weil man sich nach einer Fortsetzung verzehrt.

Leicht hebe ich mich auf die Zehenspitzen, um ihm entgegenzukommen. Während der Abendverkehr um den Central Park sich langsam auflöst, beugt er sich zu mir herunter.

Ich warte.

Hauchzart berühren seine Lippen … meine Stirn.

Ooooookay.

Nichts ist verkehrt an einem kleinen Stirnvorspiel, nehme ich an.

»Bis zum nächsten Mal«, flüstert er.

Als wir in unterschiedliche Richtungen davongehen, warte ich darauf, dass die Schmetterlinge abheben.

Aber mein Magen bleibt schmetterlingsfrei, was bestimmt nur daran liegt, dass er mich auf die Stirn geküsst hat.

Außerdem kann man das ja auch nach dem allerersten Date kaum erwarten.

Beim dritten oder vierten Mal gibt es bestimmt ein ganzes Schmetterlingsfeuerwerk.

Auf dem Weg nach Hause mache ich mir eine mentale Notiz. *Nicole und Penny fragen, wann die verdammten Schmetterlinge auftauchen.*

Ein gutes Thema für unseren Mädelsabend.

* * *

Guns N' Roses schallt in voller Lautstärke durch den Raum, während ich mich bettfertig mache. Zu Axls schmachtenden Klängen über Augen von der Farbe des Himmels lasse ich mir unser Date noch einmal durch den Kopf gehen.

Gedankenverloren wische ich das Make-up von meinem Gesicht und erinnere mich daran, wie leicht es war, sich mit Trevor zu unterhalten, wie er sich für meine Arbeit interessiert hat und natürlich an den kurzen Moment mit der Plastiktüte.

Was diese Gemeinsamkeiten wohl bedeuten? Und verraten sie etwas darüber, wie unser nächstes Date aussehen wird?

Mit sauberem Gesicht lasse ich mich in die Kissen fallen. Plötzlich verkündet mein Handy den Eingang einer neuen E-Mail, und als ich den Betreff lese, wenden sich meine Gedanken einem ganz anderen Thema zu. Schnell stelle ich die Musik ab, denn auf keinen Fall kann ich meine 80er-Jahre-Langhaar-Lieblingsbands hören, während ich das lese. Nervös richte ich mich auf und öffne in der Stille meines Schlafzimmers die lang ersehnte Nachricht.

Sehr geehrte Ms. Stewart,
ich hoffe, es geht Ihnen gut. Ich gehe davon aus, mich demnächst mit neuen Nachrichten über den Aufenthaltsort Ihres Vaters melden zu können. Sie müssen also nicht mehr lange warten.
Beste Grüße,
Joe Thomas, Privatdetektiv

Mein Magen zieht sich zusammen. Es ist über acht Jahre her, dass ich mit meinem Vater gesprochen habe – nach seinem lebensverändernden »Gratulationsanruf« hat er sich nie wieder gemeldet –, und sogar sechzehn Jahre, seit ich ihn das letzte Mal gesehen habe. Das war an dem Nachmittag, als er uns verlassen hat.

Zunächst war er noch über E-Mails zu Weihnachten und zum Geburtstag in Kontakt geblieben – wenn man das so nennen kann. Liebevoll, ich weiß. Aber auch dieser spärliche Kontakt ist nach dem College abgebrochen. Das Letzte, was ich von ihm gehört habe, ist, dass er zu einer neuen Frau nach Oregon gezogen ist. Dann hat er sie geheiratet und uns nicht zu seiner Hochzeit eingeladen. Zugegeben, mit meiner Wut auf den Bräutigam hätte ich mich wohl als Blumenmädchen auch nicht besonders gut gemacht, das war also kein großer Verlust.

Der eigentliche Verlust bestand darin, dass ich seit dieser Zeit nie wieder etwas von meinem Vater gehört habe. Ich habe keine Ahnung, ob er noch in Oregon wohnt oder ob er und seine neue Frau beschlossen haben, die Weltmeere zu besegeln. Ein Haus in Peru zu bauen. Nach Kanada auszuwandern.

Alles ist möglich.

Aber da ich in ein paar Wochen dreißig werde, habe ich beschlossen, dass es an der Zeit ist herauszufinden, wie es dem Mann geht, dessen Nachnamen ich trage. Einem Menschen, der dich über alles lieben sollte, dabei zuzusehen, wie er dich und deine Familie sitzen lässt, hinterlässt ein seltsames Gefühl in Bezug auf … na ja, eigentlich alles.

Ob er noch am Leben oder schon tot ist, frage ich mich nicht. Wenn er gestorben wäre, hätte ich sicher davon gehört.

Ich suche aus einem anderen Grund nach ihm.

Mittlerweile will ich einfach wissen, was aus dem Mann geworden ist, der uns damals im Stich gelassen hat. Wenn ich in Erfahrung bringe, was es mit unserer Beziehung auf sich hat, kann ich vielleicht auch besser verstehen, was ich mit Trevor und dem Augenblick mit der Plastiktüte anfangen soll.

Von Tyler und dem Fliederbusch ganz zu schweigen.

# KAPITEL SECHS

## Tyler

Ich bin der Meister der Details, der König der Schlupflöcher.

Denn was erst als Umweg erscheint, ist oft der schnellste Weg, um ans Ziel zu kommen.

Bei der Arbeit habe ich den perfekten Blick dafür. Mein Cousin ist zwar oft der Meinung, dass ich zu schnell voranpresche, aber er hat auch erkannt, wie detailversessen ich bin und dass diese Eigenschaft wie geschaffen ist für meine unermüdliche Jagd nach unkonventionellen Lösungen.

Und genauso minutiös geplant wie eine Vertragsverhandlung ist heute auch mein Donnerstagmorgen.

Ich ziehe mich fürs Büro an. Dunkelgraue Anzughose, schwarzer Ledergürtel. Gestärktes weißes Hemd und eine dunkelgrüne Krawatte. Für ein Jackett ist es zu warm und sowieso, wer zieht diese Dinger heutzutage überhaupt noch an?

Nachdem ich mir Handy und Portemonnaie geschnappt habe, verlasse ich die Wohnung und setze meine Sonnenbrille auf, so hell ist es draußen. Das Wetter als gutes Omen deutend, laufe ich an den üblichen Läden vorbei durch die Stadt – die Weinbar an der Ecke, der Waschsalon, das hippe Café.

Überall um mich herum laufen, reden, lachen New Yorker. Auch wenn ich in Los Angeles aufgewachsen bin, verleiht dieser Ort mir eine Energie wie kein anderer. Autos sind nicht meine Welt, ich gehe lieber, schnell und zielstrebig.

Und heute habe ich nur ein einziges Ziel.

Manche würden es als Verzweiflungstat bezeichnen.

Andere eher als einen Sprung ins kalte Wasser.

Für mich ist es ein strategischer Einsatz für eine zweite Chance. Die kurzen Gespräche mit Delaney haben diesen Wunsch nur noch zementiert. Im College war ich verrückt nach ihr, und wenn wir uns heute unterhalten, kann ich noch immer spüren, warum ich mich damals in sie verliebt habe. Auch zwischen uns pulsiert eine ganz eigene Art von Energie.

Die Chemie stimmt noch immer. Sie muss nur begreifen, dass es mir tatsächlich leidtut.

Also muss ich es ihr so sagen, dass sie mir glaubt.

Bei der Ankunft an meinem Ziel öffne ich schwungvoll die Tür und trete ein. Das Nirvana ist das genaue Gegenteil der kühlen Geschäftsmäßigkeit meines Büros, für ein Spa also geradezu perfekt. Die beruhigende Wirkung setzt gleich nach dem Eintreten ein. In den Regalen stehen Lotionen und Öle. Daneben liegen Lavendelmasken, Yogamatten, ein Tablett mit Schmuck aus recyceltem Glas und Metall – das verrät ein aufgestelltes Schild – und Postkarten mit Motiven ferner Inselklöster, schneebedeckter Berggipfel und weißer Sandstrände.

Am Empfang melde ich mich an. Die Rezeptionistin sieht auf den Bildschirm, ihr Nasenpiercing glitzert im Morgenlicht, das durch die Fenster fällt. Dann blickt sie auf und lächelt mich an.

»Mr. Pollock«, begrüßt sie mich. Das ist das erste Detail – der Name, den ich für meine Reservierung gewählt habe. »Herzlich willkommen im Nirvana. Delaney ist gerade noch beschäftigt, wird aber in Kürze bei Ihnen sein.«

»Wunderbar.«

»Waren Sie schon einmal im Nirvana?«

In Anbetracht der Tatsache, dass Nirvana ein Synonym für den Himmel, den perfekten Ort oder die eigene Wohlfühlzone ist, müsste ich Ja sagen. »Auf gewisse Weise. Aber nicht hier im Spa. Ich habe gehört, es ist das beste.«

Die Frau nickt freudig. »Möchten Sie sich schon einmal einen Bademantel anziehen? Hinten gibt es einen Entspannungsbereich. Dort können Sie warten und sich gern am Tee oder beim Gurkenwasser bedienen.«

Ich breite die Arme aus. »Wie könnte man mit einem Glas Gurkenwasser etwas falsch machen?«

»Da haben Sie recht. Es gibt nichts Besseres. Felipe bringt Sie gleich nach hinten«, antwortet sie, und ein paar Sekunden später betritt ein schlanker, junger Mann mit warmen braunen Augen und vollständig tätowierten Armen den Empfangsbereich.

»Herzlich willkommen im Nirvana«, begrüßt er mich ebenfalls, bevor er mir eine Holztür aufhält und ich ihm in den hinteren Teil des Spas folge.

Noch ein Detail. Das Terrain kennenlernen. Nur so kann man eine Strategie entwerfen.

Ich habe schon vor ein paar Tagen angerufen und zur Vorbereitung ein paar Fragen zum allgemeinen Ablauf eines Massagetermins gestellt. Die Dame am Telefon hat mir erklärt, was mich erwartet, und genau das kommt mir jetzt zugute, als ich in Felipes Begleitung zu dem Teil des Plans übergehe, der mit einem Bademantel anfängt.

»Schön, dass Sie hier sind, Mr. Pollock«, sagt Felipe. Mein Blick schweift durch den Flur. Vor uns geht ein schwergewichtiger Mann, und eine Dame mit violettem Haar huscht in die Damentoilette. Von Delaney, die noch eine Kundin oder einen Kunden hat, ist zum Glück keine Spur zu sehen.

In der Umkleide, die eher einem ruhigen Meditationsraum gleicht, reicht mir Felipe einen weißen Bademantel, klopft mit der Hand auf einen Garderobenschrank und händigt mir einen Schlüssel aus.

»Diese Bademäntel sind wirklich erstklassig. So weich und bequem«, meint er und klingt fast etwas verliebt.

Alles klar. »Was Sie nicht sagen. Ich stehe eigentlich nicht so auf Bademäntel, aber jetzt werde ich ihn wahrscheinlich gar nicht mehr ausziehen wollen.«

Er lacht und teilt mir dann mit einem Lächeln mit, er sei gleich wieder da, um mich in den Rainfall Room zu bringen. Anschließend nickt er mir zu und fährt mit einem Augenzwinkern fort: »Solange dürfen Sie Ihren Bademantel auch tatsächlich noch anlassen, Mr. Pollock.«

»Verstanden. Ich müsste nur vorher noch einmal für kleine Jungs«, sage ich.

Als er den Raum verlässt, fällt mein Blick auf den Bademantel in meiner Hand, den ich allerdings nicht brauchen werde. Schnell lege ich das weiche Bündel auf die Bank und bin bereit für meinen Abstecher.

Vorsichtig öffne ich die Tür, stecke den Kopf durch den Spalt und spähe in den Flur. Die Luft ist rein. Jetzt muss ich nur noch loslaufen, den Rainfall Room finden und hoffen.

Wenn ich scheitere, dann hier. Es ist bloß eine Vermutung, dass sie den Klienten vor mir nicht im selben Raum behandelt, aber dieses Detail konnte ich nicht vorab in Erfahrung bringen. Also versuche ich einfach mein Glück.

Angespannt drehe ich am Türknauf und atme erleichtert auf, als ich sehe, dass der Raum leer ist. Ich hätte wirklich nicht während einer Massage hineinplatzen wollen.

Leise schließe ich die Tür gerade so weit, dass sie noch einen winzigen Spalt offen steht. Dann ziehe ich meine Schuhe und Socken aus und lockere die Krawatte.

Gerade bin ich damit beschäftigt, mein Hemd aufzuknöpfen, als ich Schritte höre. Plötzlich werde ich nervös. Zum Teil, weil ich Angst habe, dass Felipe reinkommt und mich im Namen der Bademantelpolizei verhaftet, aber vor allem, weil ich keine Ahnung habe, was jetzt gleich passiert.

Ich weiß einfach nicht, wie Delaney reagieren wird, auch wenn sie mehr als deutlich gemacht hat, was sie braucht, um mir zu verzeihen. *Sag, dass es dir leidtut. Mach es glaubhaft. Sage ihr, was du fühlst.*

Alle Hinweise unserer Telefongespräche der letzten Woche deuten darauf hin, dass die Chemie zwischen uns immer noch stimmt – und darauf muss ich mich jetzt verlassen, damit meine Entschuldigung auch ankommt.

Entschlossen öffne ich einen weiteren Knopf.

An der Tür ertönt ein sanftes Klopfen, dann geht sie auf, und jemand betritt mit leisen Schritten den Raum.

»Hallo, Mr. Pollock, schön, dass Sie –«

»Es tut mir leid«, sage ich und begegne ihren braunen Augen. Stirnrunzelnd sieht sie mich an.

Ein weiterer Knopf. »Es tut mir leid, wie armselig ich die Sache damals beendet habe.« Der letzte Knopf. »Ich entschuldige mich für den Kommentar mit dem Jonglieren. Das war unfair und grausam.«

Sie öffnet den Mund, als wolle sie etwas erwidern. Ich rede einfach weiter, während ich den Knoten meiner Krawatte löse und sie offen um meinen Hals hängen lasse – Worte habe ich schon immer geliebt, und ich weiß, wie man sie einsetzen muss, um zu gewinnen. Doch diesmal werde ich alle Buchstaben des Alphabets brauchen, um der Frau vor mir klarzumachen, dass ich nicht mehr der Idiot bin, der ich vor acht Jahren war. Wahrheit ist ihr höchstes Gut, also beschönige ich nichts.

»Ich war ein junger, dummer, eingebildeter und arroganter Wichser.«

Blinzelnd sieht sie zu, wie ich mein Hemd aus dem Hosenbund ziehe.

»Was zum Teufel machst du da?« Wild gestikulierend zeigt sie auf mein aufgeknöpftes Hemd, als sei ich eine Art Denksportaufgabe über zwei Züge, die beide um Punkt zwölf aus entgegengesetzten Richtungen in einen eingleisigen Tunnel fahren.

»Ich bin dein Zehn-Uhr-Termin, und ich bin hier, um dir zu sagen, dass es mir leidtut.«

»Du hast einen Massagetermin gebucht?«, fragt sie, als würde meine Erklärung die Zug-Aufgabe nur noch komplizierter machen.

Ich nicke. »Natürlich. Und einen Termin, um mich angemessen für die Art und Weise zu entschuldigen, wie ich damals mit dir umgegangen bin.«

Mit einer Hand fährt sie sich durchs Haar, als versuche sie noch immer, das Rätsel zu lösen. Und nur um das festzuhalten, es ist durchaus möglich, dass diese zwei Züge einen eingleisigen Tunnel durchfahren, ohne zu kollidieren – einer zur Mittagszeit, einer um Mitternacht.

Wie vor den Kopf geschlagen stemmt sie die Hände in die Hüften. »Weißt du, Tyler, du hast mir wirklich *wehgetan*«, sagt sie, und ich kann den Schmerz in ihrer Stimme hören. Der Klang schneidet mir ins Herz.

Ich nicke. »Das verstehe ich. Damals dachte ich, ich müsste so handeln. Mittlerweile habe ich erkannt, dass ich auch anders damit hätte umgehen können. Auf vielen Ebenen.« Langsam ziehe ich mir die lose Krawatte vom Hals und hoffe inständig, dass sie die Aufrichtigkeit in meiner Stimme hört. Ihre Augen folgen jeder meiner Bewegungen, und ihr Blick geistert hinunter zur grünen Seide in meinen Händen. Unbewusst beißt sie sich auf die Lippen. Auf ein besseres Zeichen hätte ich nicht hoffen können.

»Deine Lieblingsfarbe. Habe ich nur für dich angezogen«, setze ich wieder an, in dem Versuch, sie zu einem Flirt zu bewegen.

»Ich stehe auf Krawatten.« Ihre Worte sagen eines, ihr Tonfall aber etwas ganz anderes. Sie presst jedes Wort hervor, als koste es sie etwas. »Und ich kann nicht glauben, dass du die Dreistigkeit besitzt, meine Lieblingsfarbe zu tragen.«

Ungerührt hebe ich die Augenbrauen. »Dreistigkeit ist mein zweiter Vorname. Außerdem – warum sollte ich etwas anderes anziehen als deine Lieblingsfarbe?«

Mit einem Ruck wendet sie den Blick ab. »Ich kann diese Krawatte jetzt gerade nicht einmal ansehen.«

Achselzuckend werfe ich das schmale Stück Stoff auf einen Stuhl in der Ecke des Zimmers. »Aus den Augen, aus dem Sinn.«

Langsam wendet sie sich mir wieder zu. »Gut.« Sie verschränkt die Arme vor der Brust. »Hat funktioniert.«

Dann ist es jetzt an der Zeit, ihr etwas anderes in den Sinn kommen zu lassen.

Also ziehe ich mich für sie aus. Denn manchmal muss man einfach alles geben, um einer Frau zu zeigen, dass man bereit ist, ihr sein Innerstes zu offenbaren.

Und, seien wir ehrlich, seinen Körper.

Bei einer harten Verhandlung muss man eben alle seine Stärken ausspielen. Man muss wissen, was der Gegner will.

Und manchmal muss man ihm auch etwas anbieten, dem er nicht widerstehen kann. Ich bin absolut in Form, kerngesund und durchtrainiert. Früher hat Delaney meinen Körper als ihre persönliche Spielwiese betrachtet, nichts hat ihr mehr gefallen, als mit mir die Hüllen fallen zu lassen.

Los geht's.

Erst der eine Ärmel, dann der nächste. Das Hemd werfe ich hinter mich. Dann greifen meine Hände nach der Gürtelschnalle.

»Tyler«, entfährt es ihr, aber echter Protest hört sich anders an. Ihre Stimme klingt halb erschrocken, halb erregt.

Entschlossen konzentriere ich mich auf die zweite Hälfte – halb volles Glas und so. »Ich habe dir zugehört. Deine Worte waren, ich müsse es richtig machen und meinen, was ich sage. Also gebe ich jetzt alles, so wie damals im College, als ich nicht mehr aufgehört habe, dich zu fragen, ob du mit mir ausgehen willst«, sage ich und öffne den Gürtel.

Mit hochgezogener Braue fragt sie: »Als du plötzlich in diesem Diner aufgetaucht bist, dich neben mich gesetzt hast und wissen wolltest, was es dich kostet, dass ich endlich mit dir ausgehe?«

»Und du hast gesagt: ›Einen Eisbecher mit Karamellsauce und Schokoladenstreuseln.‹ In dem Diner gab es keine Schokostreusel, also bin ich losgelaufen und habe welche besorgt. Und dann hast du Ja gesagt.«

Mit ungläubigem Blick schüttelt sie den Kopf. »Das war aber etwas anderes als *das hier*«, entgegnet sie und deutet mit der Hand auf meinen Körper.

»Aber möchtest du, dass ich aufhöre? Ich kann auch diesmal irgendwo Schokostreusel besorgen, wenn das hilft.« Mit einem Ruck ziehe ich den Gürtel aus den Schlaufen und lasse das Leder auf den gefliesten Boden fallen.

Ihre Lippen öffnen sich, und sie starrt wie gebannt auf meine Hände, die über dem Reißverschluss schweben. Als keine Antwort kommt, gehe ich davon aus, dass ihr der Sinn eher nach dem Gegenteil steht – sie will, dass ich weitermache.

Langsam öffne ich den Hosenknopf.

Plötzlich holt sie scharf Luft. »Was machst du da?«

»Ich zeige dir, dass es mir leidtut. Dass ich es ernst meine. Und ich bitte dich noch einmal, mit mir auszugehen.«

Nachdenklich sieht sie mich an, und ein winziges Lächeln umspielt ihre Lippen. Doch dann verändert sich ihre Miene, und sie zeigt mit dem Finger auf mich. »Du kannst nicht einfach hier reinkommen und dich ausziehen.«

»Aber ist das nicht genau das, was man vor einer Massage tut?« Nachdenklich lege ich den Kopf schief. »Ich bin mir ziemlich sicher, dass es nicht funktioniert, wenn man dabei vollständig bekleidet ist.«

»Du weißt ganz genau, dass man dabei nackt ist. Aber du weißt auch, dass man davor ganz sicher keinen Striptease hinlegt.«

Wieder runzle ich die Stirn. »Wie erreiche ich denn dann den angemessenen Grad der Nacktheit?«, frage ich.

Frustriert seufzt sie auf. »Mr. Pollock, Sie machen sich lächerlich.«

»Ja, das stimmt wohl. Aber ich war schon im College ein hartnäckiger Kerl, und damals hat es geklappt. Ich hoffe einfach, dass es diesmal genauso läuft.«

Der Rest geht schnell. Ich öffne den Reißverschluss und schiebe mir die Hose über die Hüften. Ihre Augen werden groß.

»Was. Zum. Teufel …«

Lässig zucke ich mit den Achseln und steige aus meiner Hose, die am Boden liegen bleibt.

Einen Moment lang schließt sie die Augen, dann schlägt sie die Lider wieder auf und lässt ihren Blick über meine Boxershorts schweifen. Schwarz und eng anliegend. Kein Ständer wölbt den Stoff. *Also bitte.* Ich versuche schließlich, mich zu entschuldigen. Es wäre wirklich taktlos, wenn mein Schwanz jetzt auf sie zeigen würde. Jedenfalls für den Moment. Aber sie sieht aus wie die Sünde selbst, mehr als sexy in ihrer engen Yogahose und dem schwarzen T-Shirt mit V-Ausschnitt. Um ihren Hals hängt eine schmale Silberkette mit einem Schildkröten-Anhänger, das blonde Haar hat sie zu einem Pferdeschwanz hochgebunden. Ein Schauer der Erregung läuft durch meinen Körper, als ich mich daran erinnere, wie sehr es ihr gefallen hat, wenn ich sie fest an ihrem langen Haar gepackt habe.

Jetzt beginnt sich meine Boxershorts doch zu wölben.

Ihr Blick wandert über meine Brust, als genieße sie den Anblick.

Gut so.

Ich sage ja gar nicht, dass Beziehungen aus rein körperlichen Gründen eingegangen werden sollten, aber es ist ohne Zweifel eine gute Ausgangsbasis. Und ihr Blick lässt erkennen, dass ihr gefällt, was sie sieht. Und mir gefällt die Hitze in ihren dunklen Augen.

»Du siehst unglaublich gut aus«, sage ich, weil ich nicht anders kann.

Sie macht eine fahrige Handbewegung und streift dabei ihre Brüste. Sie sind nicht groß, aber fest und perfekt geformt. Fast, als reckten sie sich mir ein Stück entgegen.

»Danke«, antwortet sie, aber noch gibt sie nicht nach. Also mache ich weiter.

»Und du hast klargemacht, ich muss meinen, was ich sage. Deshalb bin ich hier. Ich ziehe mich für dich aus, aber ich will nicht, dass sich deine Gehirnzellen in Luft auflösen – ich will nur, dass du Ja sagst.«

Mit einer raschen Bewegung ziehe ich meine Boxershorts nach unten, lasse sie auf den Boden fallen und stehe nackt vor ihr. Nervös fährt sie sich mit der Zunge über die Lippen. Sie sieht mich an und ja, mittlerweile steht mein Schwanz in voller Pracht – diese Frau verdient eben keine halben Sachen. Schnell hebt und senkt sich ihre Brust, und mir gefällt es zu sehen, wie sie mit sich kämpft.

Sie schürzt die Lippen und hebt dann ihre Hand an die Stirn, als sei es ein Schock, mich so zu sehen. Als könne sie die Situation nicht verarbeiten.

»Ich weiß nicht, was ich sagen soll«, bringt sie dann hervor und betont jedes Wort. »Du stehst hier nackt an meinem Arbeitsplatz, damit wird mein Gehirn einfach nicht fertig.«

»Ich soll doch nackt sein.«

Sie hebt den Kopf und deutet wild auf die Massageliege. »Du solltest nackt *unter einem Handtuch liegen!* Nicht vor mir stehen und mir deinen Luxuskörper und deinen Prachtschwanz präsentieren. So wie du aussiehst, kann ich nicht nachdenken.«

Nur mühsam unterdrücke ich ein Grinsen.

Sie holt scharf Luft. »Im Ernst. Ich kann so nicht denken.« Auf der Ferse ihrer Flipflops fährt sie herum, reißt die Tür auf und verlässt mit schnellen Schritten den Raum.

Verdammt.

Das war nicht Teil des Plans. Jetzt muss ich improvisieren, schließlich will ich ihr hinterher. Noch einmal lasse ich sie nicht gehen.

Ich werde sie nicht anbetteln, aber auch nicht verhehlen, was ich von ihr will. Mit einer Hand bedecke ich notdürftig meine Blöße und trete hinaus auf den Flur.

Noch mal verdammt.

Diesmal ist die Luft nicht rein. Der Flur ist voller Leute, die zusehen, wie ich ihr im Adamskostüm hinterherlaufe. Leider ist meine Hand nicht so groß wie ein Feigenblatt.

Eine kleine muskulöse Frau in den Vierzigern, die gerade aus der Damentoilette kommt, fährt zu mir herum und macht große Augen.

Eine Masseurin mit einem langen geflochtenen Zopf tritt aus einem Raum und ruft über die Schulter: »Ja, kommen Sie gern morgen wieder!« Dann fällt ihr Blick auf mich, und sie fragt: »Sind Sie mein Zehn-Uhr-Termin?«

Gerade will ich verneinen, als Felipe um die Ecke kommt und stocksteif stehen bleibt, als er mich sieht. Er reißt die Augen auf und schlägt sich eine Hand vor den Mund. »Ach du meine Güte«, haucht er.

Mit der freien Hand winke ich ihm lässig zu. »Wie ich schon sagte, ich stehe nicht so auf Bademäntel.«

Unverhohlen lässt er den Blick über meinen Körper wandern und verkündet dann: »Ich glaube, von jetzt an geht mir das ähnlich.«

Die muskulöse Frau wedelt mit der Hand, als versuche sie, ein Klassenzimmer voller wild gewordener Teenager auf sich aufmerksam zu machen. »Süße –« Mit strengem Blick sieht sie Delaney an. »Gib diesem Mann eine Chance. Er hat sie verdient.«

Delaney lächelt angestrengt und nickt ihr dankend zu, auch wenn es ihr offensichtlich schwerfällt. Immerhin habe ich mehr Unterstützer als sie.

Die Masseurin mit dem geflochtenen Pferdeschwanz schaltet sich ein: »Wenn du nicht willst, übernehme ich gern.«

Mit zusammengebissenen Zähnen winkt Delaney ab, dann fährt sie herum. Wenn sie könnte, würde sie wohl Feuer spucken. Entschlossen legt sie mir eine Hand auf die Brust und schiebt mich rückwärts in den Rainfall Room zurück.

Dann knallt sie die Tür zu.

# KAPITEL SIEBEN

## Delaney

Was für eine verrückte, lächerliche, überzogene Nummer!

Hier splitterfasernackt herumzuspazieren.

Ich kann nicht fassen, wie er so dreist sein kann. Oder so mutig. Ich habe keine Ahnung, was ich davon halten soll. Geschweige denn, was ich jetzt tun soll.

Er ist einfach nackt vor meinen Angestellten und Klienten auf den Flur marschiert!

Und jetzt steht er hier vor mir, immer noch nackt.

Mit vor der Brust verschränkten Armen sehe ich ihm fest in die Augen.

Nur für die Akten – ich habe ihn nicht wegen seines Körpers wieder hier reingeschoben. So oberflächlich bin ich nicht. Aber es ist trotzdem einfach unmöglich, den geilen Anblick nicht zur Kenntnis zu nehmen.

Seine Schultern sind breit, seine Arme muskulös, und seine Brust hat eine magnetische Wirkung auf meine Hände. Mit aller Mühe verschränke ich die Arme noch fester, um seiner Anziehungskraft zu widerstehen.

Von seinem Posterboy-Sixpack will ich gar nicht erst reden. Ich will ihn berühren, mit der Zunge darüberfahren, mich daran reiben wie eine Katze an einem Strauch Katzenminze. Miau, mehr kann ich nicht denken.

Mit aller Macht stemme ich mich gegen seinen Sog und kralle die Zehen in die Sohlen meiner Flipflops, als würde mir das helfen.

Mein Blick wandert tiefer. O Mann, seine Beine sind auch nicht zu verachten. Seine Oberschenkel sind hart und muskelbepackt, seine Unterschenkel wie aus Stein gemeißelt. Er hat sogar sexy Knie, ich weiß nicht, wie das überhaupt möglich ist. Knie haben sonst keinerlei Anziehungskraft auf mich, aber zwischen *seinen* Ober- und Unterschenkeln wirkt selbst dieser Körperteil als mildes Aphrodisiakum. Mir läuft das Wasser im Mund zusammen, während ich ihn mustere, dabei kann ich noch nicht einmal seinen Hintern sehen. Leider.

Es ist einfach unfair. Ich habe es ernst gemeint, als ich sagte, dass ich so nicht klar denken kann. Wie könnte ich auch? Er ist *nackt.* N-A-C-K-T. Direkt vor mir. Und bittet um eine zweite Chance.

Schwerer könnte er mir die Entscheidung nicht machen.

Schließlich ist er Tyler Nichols.

Er ist mehr als die Hauptattraktion meiner feuchten Träume, und er hat mich sitzen lassen. Aber er ist auch der Mann, den ich noch mehr geliebt habe als Schokostreusel. Der mir das Gefühl gegeben hat, wunderschön zu sein, geschätzt und geliebt.

Und eben nicht nur das …

Auch wenn wir uns in die Augen sehen, macht das sein bestes Stück noch lange nicht unsichtbar. Dieser Mann hat einen prachtvollen Schwanz. Lang, dick und mit der perfekten Krümmung.

Aber ohne Tylers Gesicht würde all das keine Rolle spielen. Seine Augen haben die Farbe dunkler Schokolade, seine Wangenknochen könnten von einer römischen Statue stammen, und seine Lippen schreien geradezu danach, geküsst zu werden. Sein braunes Haar ist dicht und weich, die Frisur gerade richtig herausgewachsen. Der leicht verstrubbelte Look weckt in mir den Wunsch, ihm mit den Fingern durch die Haare zu fahren.

Ich weiß, meine Lobeshymne auf seinen Körper klingt, als sei ich furchtbar oberflächlich, aber was ich wirklich nicht aus dem Kopf bekomme, ist, was er hier abgezogen hat.

Und ich weiß einfach nicht, ob ich ihm dafür eine runterhauen oder über ihn herfallen soll.

Auf jeden Fall ist die Nummer so übertrieben, dass ich nicht richtig sauer sein kann. Schließlich ist es gerade diese Eigenschaft, die ich an ihm immer so geliebt habe.

Aber wütend macht es mich trotzdem. Ich meine, was denkt er sich, hier einfach nackt wie Michelangelos David rumzuspringen?

Mit finsterem Blick löse ich meine verschränkten Arme und stemme meine Handflächen gegen seine Brust. »Bist du verrückt geworden?«

Er nickt und zieht scherzhaft eine Augenbraue hoch. »Wer weiß.«

»Du glaubst, du könntest nach acht Jahren einfach hier auftauchen, deinen nackten Körper und eine Entschuldigung im Gepäck, und das war's? Mehr braucht es nicht, um mich rumzukriegen?«

»Ich bitte dich ja nicht, mit mir zusammenzuziehen. Ich will nur mit dir ausgehen.«

Meine Hände drücken fester zu, bis sein Hintern gegen den Rand der Massageliege stößt. »Das weiß ich, Tyler Nichols. Was du willst, ist mir bewusst. Aber es gibt eine Sache, die mich wirklich verrückt macht.«

»Diese ganze nackte Haut direkt vor dir?«, fragt er und deutet auf seinen Körper. »Ich mag nun mal keine Bademäntel, Süße, das weißt du doch.«

Vor meinem inneren Auge taucht das Bild auf, wie er damals im College mit nichts als einem weißen Handtuch um die Hüften über den Wohnheimflur gelaufen ist. Ich hatte in seinem Zimmer übernachtet, und am nächsten Morgen war er mir in die Dusche gefolgt. Dort hatte er das Shampoo in meinem nassen Haar verteilt und mir mit sanften Fingern die Kopfhaut massiert. Das Gefühl war unbeschreiblich, ich glaube, ich habe die ganze Zeit über geschnurrt. Dann, nachdem er mir die Seife aus den Haaren gewaschen hatte, glitten seine Hände liebkosend über meinen Körper, über meine Brüste, meinen Bauch, bis zwischen meine Beine. Das Wasser rann mir heiß über die Haut, während er mit den Fingern über meine empfindlichste Stelle strich und dann in mich eindrang. Er wusste genau, wie er mich anfassen musste, und seine Berührung entfachte ein Feuer in mir, ließ mich aufkeuchen und in seine Schulter beißen, während ich stöhnend zum Höhepunkt kam. Nach dem Duschen lief ich vor ihm den Flur entlang. An seiner Zimmertür drehte ich mich um, und alles, was ich denken konnte, war, wie unglaublich heiß er mit diesem Handtuch aussah, das ihm tief auf den Hüften saß, während seine Haut noch vor Nässe glänzte.

Sein lässiger Gang war voller Selbstvertrauen.

So sexy. Und er gehörte mir. Jeder Teil von ihm – dieser Körper, das Gesicht, sein vorlauter, himmlischer Mund – und sein Herz. Nachdem er zu mir aufgeschlossen hatte, sah ich ihn grinsend an. »Wie gut, dass du keinen Bademantel trägst.«

»Ach ja? Warum das denn?«

»Weil ich dich dann nicht so schamlos begaffen könnte.« Sein Anblick war so unglaublich, dass ich mir auf die Lippe beißen musste, um nicht gleich über ihn herzufallen. »Hast du eigentlich irgendeine Ahnung, wie sexy du bist?«

Mit einem Kopfschütteln legte er mir eine Hand auf die Wange und beugte sich zu mir herab. »Nein. Warum zeigst du es mir nicht?«

Es ist ein Wunder, dass wir überhaupt jemals irgendeine Vorlesung besucht haben, so schwer fiel es uns, die Finger voneinander zu lassen.

Aber trotzdem hatten wir es irgendwie geschafft, alle Bälle in der Luft zu halten – bis es ihm zu viel wurde.

Plötzlich steigt Zorn in mir auf. Ich bin mir nicht sicher, ob es die Vergangenheit oder die Gegenwart ist, die Erinnerung an unseren Morgen unter der Dusche oder das Hier und Jetzt, in dem er nackt vor mir steht. Vielleicht ist es auch beides, auf jeden Fall schlägt mir das Herz bis zum Hals, und mein ganzer Körper kribbelt, während ich meine Handflächen auf seine Brust presse.

Immer fester drücke ich zu, doch er bewegt sich nicht vom Fleck. Ich versuche es noch einmal, auch wenn ich weiß, dass er keinen Raum mehr zum Zurückweichen hat. Stocksteif steht er da. Also packe ich seine Brustwarze und kneife zu.

Überrascht stößt er einen kurzen Schrei aus.

»Ich kann wirklich nicht glauben, was du hier abziehst.«

Entschlossen wiederhole ich meine Behandlung.

Mit einer schnellen Bewegung legt er seine große Hand auf meine und zieht mich näher an sich heran. Ich keuche auf. Jetzt berühre nicht nur ich ihn, wir berühren einander, und ganz plötzlich verebbt der Drang, ihm wehzutun. Eigentlich wollte ich das nie. Ich wollte ihn immer nur für mich haben. Und jetzt, da sich meine Überraschung, meine Enttäuschung und meine Wut auf einmal in Luft aufgelöst haben, ist plötzlich alles ganz einfach.

Seine Hand streicht über meine Finger, und ich gebe nach.

»Du bist vollkommen verrückt«, sage ich leise, aber es klingt kaum noch nach Protest, und meine Hand auf seiner Brust entspannt sich. Ich versuche nicht mehr, ihn wegzuschieben, stattdessen lehne ich mich an ihn und streiche mit den Fingerspitzen über das harte Relief seiner Muskeln.

Es fühlt sich an, als käme ich nach Hause.

Ich wollte ihn nur wegstoßen, um mich nicht in Gefahr zu bringen. Wir sind nun mal auf Selbstschutz programmiert, und seine Nähe weckt einfach zu viele Erinnerungen an Schmerz und Verlust.

Aber die Uni und das Leben haben mich gelehrt, dass man die Dinge immer von mehr als einer Seite betrachten kann. Was für eine Entscheidung und was dagegen spricht. Und dieses Training greift auch jetzt, als ich versuche, seine Einschätzung der Situation zu verstehen. Ja, er mag mich bloßgestellt haben, aber andererseits ist *er* derjenige, der die Hosen runtergelassen und mir auf seine eigene Art und Weise gezeigt hat, wie viel er bereit ist zu geben.

Seine Nacktheit hat meine Angst vor dem Schmerz verdrängt. Ich kann ihn nicht länger als Bedrohung betrachten, wenn er bereit ist, mir ohne Unterwäsche in den Flur zu folgen.

Plötzlich kann ich mich ihm öffnen, wenn auch vorsichtig.

Meine Fingerspitzen gleiten hinab zu seinen Bauchmuskeln und streichen über die oberste Reihe seines Sixpacks. Hitze steigt in mir auf.

Mit aller Macht muss ich gegen den Drang ankämpfen, mich vorzubeugen und mit der Zunge über seine Haut zu fahren. Stattdessen lasse ich meine Finger auf Wanderschaft gehen. Zuerst durch das Tal in der Mitte seines Waschbrettbauchs nach unten, dann seitlich über die erhabenen Muskelstränge bis hinüber zu seiner Hüfte. Ich sehe ihm nicht in die Augen. Ich kann es einfach nicht. Noch weiter nach Süden wage ich mich nicht vor, auch wenn ich mir seiner steifen Härte wenige Zentimeter von mir entfernt schmerzhaft bewusst bin. Dieser Schwanz ist eine Waffe.

Aber zuerst will ich ihn küssen, ihn überall berühren. Ich will mich ihm hingeben und wieder eins werden mit diesem furchtbaren, wunderbaren Mann, den ich früher so geliebt habe. Mit ihm zusammen zu sein, war, wie bei strahlendem Sonnenlicht im Meer zu treiben, leicht und warm.

Doch das muss warten. »Aber dass du nackt bist, macht mich nicht verrückt«, flüstere ich.

Mit einer sanften Berührung legt er einen Finger unter mein Kinn und hebt mein Gesicht an. »Dann sag mir, was es ist«, fordert er mich sanft auf. Seine Stimme klingt ehrlich, als wäre ihm meine Antwort wichtig. Als wäre *ich* ihm wichtig. Und trotz des Gefühls, ihm damals nichts mehr bedeutet zu haben, als er mich so rigoros aus seinem Leben verbannte, spüre ich, dass ich ihm jetzt durchaus etwas bedeute.

Um uns herum dringt das sanfte Geräusch fallenden Regens aus den Lautsprechern, und der ganze Raum knistert vor elektrischer Spannung, als ich ihm antworte. »Was mich verrückt macht, ist die Tatsache, dass ich eigentlich keine Chance habe, Nein zu sagen.«

Überrascht fährt er zurück und sieht mich an. »Wie meinst du das?«

»Du stehst hier vor mir, völlig entblößt, gut aussehend und zerknirscht, und bittest mich um ein Date. Wenn ich jetzt Nein sage, wirkt das einfach grausam.«

»Auf wen?«

»Auf jeden.« Mit dem Daumen zeige ich auf die Tür. »Auf alle, die mich gerade aufgefordert haben, dir eine Chance zu geben.«

»Von denen ist aber niemand da. Hier sind nur du und ich.«

»Aber ich kann fast hören, wie die Leute sagen: ›Jetzt gib dir einen Ruck. Es ist schließlich nur ein Abend. Er hat sich gerade für dich ausgezogen. Geh doch mal mit ihm aus.‹«

Seine Mundwinkel zucken. »Ja, wahrscheinlich sagen sie das. Aber was sagst *du?* Willst du mir eine Chance geben?«

Auch auf meinen Lippen liegt jetzt ein leichtes Lächeln. »Vielleicht …«, necke ich ihn und fahre noch einmal mit den Fingernägeln über seine Brust nach unten, und diesmal antwortet er mit einem tiefen, sinnlichen Stöhnen, das mir einen wilden Schauer der Erregung beschert. Er beugt sich zu mir, sein riesiger Ständer reibt an meiner Yogahose. Mit aller Macht unterdrücke ich den lustvollen Instinkt, mich an seinen Körper zu pressen, meine Arme um seinen Nacken zu schlingen und seine Lippen mit den meinen zu erobern.

Denn ich weiß nicht, ob er sich wirklich verändert hat.

Und mehr noch – ich weiß nicht, ob ich es getan habe.

Ich weiß nur eines: Ein Date hat er sich allemal verdient, und das nicht nur, weil er mich hier gerade anmacht, wie niemand sonst es je konnte.

»Aber jetzt kriegst du erst mal die beste Tiefengewebsmassage deines Lebens, und hinterher gibst du mir tunlichst ein anständiges Trinkgeld«, sage ich plötzlich und gebe ihm einen Klaps auf den Hintern.

Oh, wow.

Wenn das keine feste Arschbacke ist, weiß ich auch nicht. Die muss ich mir unbedingt näher anschauen – und anfassen, natürlich.

Entschlossen klopfe ich auf die Massageliege. »Machen Sie es sich bequem, Mr. Pollock.«

Lächelnd befolgt er meine Anweisungen. Und dann liegt er bäuchlings vor mir auf dem Tisch, und mein Blick wandert über sein Hinterteil.

Als Sexobjekt ist Tyler Nichols wirklich unschlagbar.

Aber damit ist jetzt Schluss. Während der nächsten fünfzig Minuten konzentriere ich mich auf meinen Job. Nachdem ich den hübschen Anblick mit einem Handtuch abgedeckt habe, lasse ich meine Hand über seinen Rücken wandern. Mit einem sinnlichen Stöhnen bringt er seinen Körper in eine etwas bequemere Position.

Daraufhin trete ich einen Schritt zurück, nehme eine Flasche Vanilleöl und gebe einige Tropfen auf meine Handfläche. Dann lege ich die Hände auf seine Schultern und beginne. Beinahe eine Stunde lang bearbeite ich seine Muskeln und löse die Verspannungen in seiner rechten Schulter, über seiner Hüfte und neben der Wirbelsäule. Er seufzt, murmelt etwas Unverständliches und schläft schließlich sogar ein, sein regelmäßiger Atem verrät es mir. Während er unter meiner Berührung im Traumland weilt und das Geräusch des Regens uns einhüllt, entspanne ich mich schließlich auch und lasse die vergangene Woche noch einmal Revue passieren.

Definitiv hatte ich nicht damit gerechnet, ihm im Park über den Weg zu laufen.

Und auch nicht damit, dass er mich im Internet aufspürt, um die Situation aufzuklären.

Und ganz sicher habe ich nicht vorhergesehen, dass er

mir ein Mittagessen und einen Fliederstrauch schickt und wir am Telefon fast die Zeit vergessen hätten.

Aber am unerwartetsten war wohl *das hier*. Und ich muss zugeben, es gefällt mir.

Meinen Angestellten habe ich wohl eine Menge zu erklären. Aber für mich bleiben keine Fragen offen. Ich möchte nur gern wissen, was als Nächstes passiert.

Als ich fertig bin und er sich wieder regt, klingt seine Stimme rau und verschlafen. »Ich glaube, ich bin eingeschlafen.«

»Das bist du in der Tat, Dornröschen.«

Er setzt sich auf, streckt sich und holt tief Luft. »Wow. Du bist der Wahnsinn, Delaney. Ich fühle mich wie ein neuer Mann.«

Natürlich verstehe ich die Doppeldeutigkeit seiner Worte, aber allein die Zeit wird zeigen, ob es wirklich stimmt.

»Genau das war mein Ziel.« Irgendetwas daran, ihn auf diese Art und Weise berührt zu haben, fühlt sich wunderbar an. Es hatte nichts mit Sex zu tun, wie ich seine verhärteten Muskeln bearbeitet habe, aber das Vertrauen, das man braucht, um jemandem seinen Körper so vollkommen zu überlassen, schafft eine ganz besondere Bindung.

Mit einem tiefen Atemzug hebe ich das Kinn und sehe ihn an. »Mr. Pollock. Verraten Sie mir etwas.«

»Alles.«

»Wann wollen Sie mich treffen?«

»Heute Abend um acht«, sagt er, und seine Augen leuchten.

»Das geht nicht«, antworte ich mit einem Kopfschütteln. »Ich muss heute lange arbeiten. Wie wäre es mit morgen?«

»Abgemacht.« Er setzt sich auf, und ich frage mich, ob er mich wohl küsst oder umarmt oder sonst irgendwas. Vielleicht noch ein Stirnkuss. Ich bin so nervös, dass ich mich kaum zurückhalten kann. Aber ich weiß, dass jetzt nicht der richtige Zeitpunkt ist.

»Gleich beginnt mein nächster Termin«, sage ich. »Achte darauf, viel zu trinken. Ich habe jede Menge Giftstoffe aus deinen Muskeln gelöst, und jetzt müssen die ausgeschwemmt werden. Trink ein großes Glas Wasser, iss ein Stück Obst und schlaf dich heute Nacht aus.«

Als er nickt, zeige ich auf seine Kleider. »Ich verschwinde jetzt, dann kannst du dich anziehen.« Mit einer schnellen Bewegung wende ich mich zur Tür, doch dann gehe ich noch einmal zu ihm zurück und lege die Hand auf seine Schulter. »Und – Tyler?«

»Ja?«

»Du warst ein ziemlich guter Zehn-Uhr-Termin.«

»Danke, du warst auch ziemlich gut.«

Mit einem unerwarteten Gefühl der Freude schließe ich die Tür hinter mir, damit er ungestört ist.

Und plötzlich sind sie da. Die Schmetterlinge in meinem Bauch.

# KAPITEL ACHT

## Delaney

Und du hast ihn nicht mal angefasst?«

Mit misstrauischem Blick kommt Penny noch einmal auf die Frage zurück, die ihr offenbar nicht mehr aus dem Kopf geht, seit wir uns vor ein paar Minuten in einem Laden namens Blue Suede zu einer hastig anberaumten Schuh-Shopping-Session getroffen haben.

»Nein, ich habe *ihn* nicht angefasst«, sage ich mit Betonung des relevanten Wortes, während ich mich abwende, um die weißen Regalwürfel der Schuhboutique auf der Columbus Avenue in Augenschein zu nehmen.

Ein Paar hellbraue Wildlederpumps mit einem silbernen Streifen an der Seite springen mir ins Auge. Hübsch, aber für ein Date doch zu schlicht. Ein Paar Mary Janes aus schwarzem Leder mit zwei Schnallen über dem Spann sind da schon vielversprechender.

Mit hochgezogener Augenbraue sehe ich zu Penny hinüber und deute auf die Schuhe. »Zu sexy oder genau richtig?«

»Probier sie einfach an. Sie haben *definitiv* Potenzial.«

Als Nächstes landet mein Blick auf einem Paar purer Eleganz in Rot – signalfarbene Peep-Toes mit einem Riemchen um die Ferse und einem kleinen Anhänger, auf dem steht *Made in the USA.*

Schnell schicke ich ein Stoßgebet Richtung Himmel. »Lieber Gott, bitte mach, dass es diese Schuhe in meiner Größe gibt, man wie auf weichen Kissen in ihnen läuft und ich darin aussehe wie eine Sexgöttin.«

Ich liebe Produkte von lokalen Herstellern, aus vielerlei Gründen. Es ist einfach besser, Waren vor Ort herzustellen und zu vertreiben, denn es bedeutet kürzere Transportwege und weniger Müll, und das ist gut für alle.

Jetzt müssen sie nur noch passen. Und da fängt das Problem meistens an.

Eine geisterhaft dünne Verkäuferin schwebt zu uns herüber, als Penny gerade beide Schuhe in die Hand nimmt.

»Ich bin Jane, kann ich Ihnen helfen?«

Mit einem Lächeln reicht Penny ihr die Schuhe. »Größe 41, bitte.«

Was soll ich sagen? Ich habe einfach riesige Füße, keine Ahnung, warum. Schließlich kann ich mit meinen eins siebzig nicht mal behaupten, dass ich besonders groß wäre. Aber an meiner Schuhgröße ändert das nichts.

»Ich sehe mal nach, was wir haben«, sagt Jane und zeigt beim Lächeln ihre perfekten weißen Zähne. Dann verschwindet sie im Wunderland, das sich hinter allen Schuhgeschäften verbirgt. Ernsthaft, wie ist es möglich, dass jeder Schuhladen all die Paare hat, die er braucht, ohne dass sich hinter dem Vorhang eine Art Zauberschrank oder ein Portal in eine andere Dimension voller Schuhkartons verbirgt?

Penny ergreift meinen Arm und zieht mich in eine Ecke zu einer Reihe von absolut sexy Ankle-Boots.

»Oh, fass die hier mal an«, schwärmt sie und fährt mit ausgestreckter Hand über ein Paar in Taubengrau.

Ich mache es ihr nach und stöhne leise auf. »Wie Samt.«

»Siehst du? Hier konntest du auch nicht widerstehen. Du hast sie angefasst.«

Ich muss lachen. »Du hast mich in eine Schuhfalle gelockt.«

»Dann erklär mir jetzt noch mal, wie das heute Morgen abgelaufen ist. Ich kriege es einfach nicht in meinen Kopf.«

»Ich hab's dir doch schon erzählt. Er stand auf einmal in meinem Spa, hat sich für mich ausgezogen und mich gebeten, mit ihm auszugehen.«

»Ja, den Teil habe ich verstanden.« Erneut sieht sie mich misstrauisch an. »Aber jetzt erzähl mir, wie du irgendwie zu Superwoman mutiert bist und die Kraft gefunden hast, weder vor ihm auf die Knie zu fallen und seinen Schwanz in den Mund zu nehmen noch ihn wenigstens mal anzufassen. Ich meine, er war direkt vor dir!«

Lachend nehme ich ein Paar schwarze Lederstiefel mit glänzendem Reißverschluss auf der Rückseite in Augenschein. »Ich glaube nicht, dass im Handbuch für Führungskräfte kleinerer Unternehmen in Manhattan etwas von Blowjobs am Arbeitsplatz stand.«

Penny schnaubt. »Okay. Und der Rest? Du wolltest ihn nicht mal anfassen? Nur um mal zu prüfen, wie er sich anfühlt? Ich meine, du hättest ja nicht gleich richtig Hand anlegen müssen, aber dieser prachtvolle Schwanz stand direkt vor deiner Nase!«

»Ja, es ist erstaunlich, wie ich es geschafft habe, meine animalischen Instinkte zu überwinden.«

»Aber *wie?* Ich bin einfach neugierig. Nicht, weil ich denke, du seist eine verrückte Perverse« – sie senkt die Stimme –, »sondern weil ich weiß, wie sehr er dir immer gefallen hat. Welche Anziehungskraft er auf dich hatte. Und jetzt hat er extra für dich die Hüllen fallen lassen …«

»Ich war wirklich verrückt nach ihm, und, das streite ich auch gar nicht ab, ich bin es immer noch.« Es tut gut, die Wahrheit auszusprechen. »Aber ich brauchte Zeit, um zu verarbeiten, dass er da plötzlich nackt vor mir stand.«

»Und, hast du es mittlerweile verarbeitet?«

Ich lächle. »Beim Schuhekaufen könnte ich *alles* verarbeiten.«

Schließlich sind es Schuhe!

»Alles klar.« Penny greift nach den schwarzen Stiefeln mit dem Reißverschluss. »Ich habe gesehen, wie du sie angestarrt hast. Schauen wir mal, wie die an deinen Füßen aussehen.«

»Schön, dass du kein Problem damit hast, dich über meine Quadratlatschen lustig zu machen.«

Sie streicht sich die Haare nach hinten und zeigt mir ihre kleinen süßen Ohren. »Meine Ohren hast du schon mal gesehen, oder?«

»Deine Ohren sind niedlich«, entgegne ich lachend.

Entschlossen schüttelt sie den Kopf. »Sie sind winzig. Wie Mäuseohren. Das ist einer der vielen Gründe, warum ich mir vor Jahren die Haare habe wachsen lassen. Aber egal. Jedenfalls werde ich dir gleich nach dieser Notfall-Shopping-Session eine Goldmedaille für inneren Widerstand verleihen.«

»Und ich werde sie mit gebührendem Stolz in meinem Regal ausstellen.« Ich zeige mit dem Finger auf sie. »Aber vergiss nicht – Brust und Sixpack habe ich durchaus angefasst.«

»Ach ja, stimmt. Dann eben die Silbermedaille.«

Als die Verkäuferin schwerbeladen wieder aus ihrem magischen Schuhlager zurückkehrt, setzen wir uns auf eine vornehme blaue Velourledercouch.

»Hier, bitte schön«, sagt sie freundlich und reicht mir die roten Peep-Toes und die schwarzen Mary Janes. »Die roten habe ich in einundvierzig mitgebracht, die Mary Janes hatten wir nur noch in vierzigeinhalb.«

»Vielen Dank«, sage ich, auch wenn ihre Mühe umsonst war. Schuhverkäuferinnen denken immer, eine halbe Größe sei irrelevant. Aber ich habe es noch nie geschafft, meine Füße in irgendetwas hineinzuquetschen, das keine ehrliche einundvierzig war.

Penny reicht Jane die schwarzen Stiefel. »Und bei diesen Schönheiten konnten wir auch nicht widerstehen. Könnten wir die vielleicht auch in einer einundvierzig anprobieren?«

Jane ist aufrichtig geknickt. »Es tut mir leid, aber die gibt es nur bis Größe vierzig.«

Seufzend nicke ich. Der Fluch der Riesenfüße.

Pennys Augen blitzen auf. In lautem Flüsterton raunt sie Jane zu: »Dann bringen Sie sie mir doch einfach in siebenunddreißig.«

Ich werfe ihr einen vernichtenden Blick zu. »So viel Glück will ich mal haben.«

Unbeteiligt mustert sie ihre Fingernägel, während Jane wieder verschwindet. »Ich würde trotzdem jederzeit meine Ohren gegen deine Füße eintauschen.«

Mit der Fingerspitze streiche ich über ihre Ohrmuschel. »Hör auf. Deine Ohren sind perfekt.«

»Genau wie deine Füße«, sagt sie und stößt mich leicht mit dem Zeh an.

»Okay. Wir sind einfach beide super.«

»Definitiv«, pflichtet Penny mir bei.

Mit geübtem Griff öffne ich den Karton und entferne das Papier und die kleinen Päckchen Silika-Gel aus dem linken Schuh. »Aber jetzt mal ernsthaft. Was meinst du? Und ich rede nicht von der körperlichen Ebene, da lässt die Chemie offensichtlich nichts zu wünschen übrig. Aber was hältst du von seinen sonstigen Bemühungen?«

Penny holt tief Luft und schlägt einen etwas ernsteren Tonfall an. »Es ist schon eine ziemlich große Geste, die er da ausgepackt hat. Aber das war wohl auch nötig.« Sie legt mir die Hand auf den Arm. »Und mir gefällt, dass sein Wunsch, dich zu sehen, nicht nur ein Lippenbekenntnis war. Er hat dir einen Salat geschickt – aus deinem Lieblingsrestaurant wohlgemerkt. Und den Flieder. Und dann auch noch sich selbst, in ganzer nackter Pracht.«

Stirnrunzelnd sehe ich sie an. »Also liegen für dich die Blumen, der Salat und die Stripshow auf derselben Ebene?«

Wieder schnaubt sie. »Nein. Die Blumen und der Salat – jetzt mal ehrlich, das war total süß. Aber in aller Öffentlichkeit die Hüllen fallen zu lassen …« Sie fächelt sich Luft zu. »Das ist die eigentliche große Geste.« Dann senkt sie die Stimme. »Und er war doch groß, oder?«

Ich tue so, als würde ich mir mit einem Reißverschluss die Lippen verschließen, und nicke nur bedeutungsvoll.

»Na also. Es ist also nicht nur eine große Geste, sondern eine, die man nicht ignorieren kann. Der Mann wollte eindeutig, dass du die Tatsache ernst nimmst, dass er nicht einfach wieder verschwindet.«

»Wie hätte ich das ignorieren können? Er war schließlich echt gut aufgestellt, wenn du verstehst, was ich meine«, sage ich und zwinkere ihr zu.

Penny hebt die Hand, und ich klatsche sie ab.

Dann räuspert sie sich. »Aber ganz ehrlich, ich glaube, er meint es wirklich ernst. Und ich für meinen Teil bin beeindruckt. Aber sag Nicole nicht, dass ich ihn so unterstütze, sonst köpft sie mich.«

Schnell lässt sie den Blick durch die Boutique schweifen, als würde Nicole uns belauschen, und hebt ein Paar braune

Lederpumps hoch, um darunter zu blicken. »Ich will nur sichergehen, dass sie den Laden hier nicht verwanzt hat.«

Ich pruste los. »Nicole weiß, was passiert ist. Natürlich habe ich euch beide zum Shoppen eingeladen. Aber sie hat eine Deadline für eine Kolumne über den Umgang mit bizarren sexuellen Wünschen, also hat sie im Moment nur Kapazitäten dafür, wie man Dingen wie Pegging, Zehenlutschen oder Chili-Saucen-Fetisch eine Absage erteilt.«

Erstaunt hebt Penny eine Augenbraue. »Chili-Saucen-Fetisch? Gibt's das?«

Ich nicke. »Es gibt nichts, was es nicht gibt. Aber natürlich hat sie trotzdem noch Zeit gefunden, mich eine volle Minute lang zu beschimpfen.« Ein Schauer läuft mir den Rücken hinunter, als ich an das Gespräch mit Nicole denke. Kaum einen Wimpernschlag nach meiner Nachricht hat sie mich angerufen und *»Das ist jetzt nicht dein Ernst?«* ins Telefon geschrien. Auch nach meiner Kurzversion der Geschichte riet sie noch zur Vorsicht. Dann wollte sie, dass ich ihr alle Details über mein Date mit Trevor erzähle, nur um mich noch einmal daran zu erinnern, was für ein toller Typ er ist.

»Er *ist* ein toller Typ. Das bezweifle ich ja gar nicht«, antwortete ich.

»Und er hat erzählt, er hätte einen tollen Abend mit dir verbracht, also bitte, lass ihn ganz oben auf deiner Prioritätenliste.«

»Das mache ich«, versprach ich schnell, bevor sie in aller Eile wieder an den Computer verschwand, um noch ein paar Zeilen zu schreiben.

Aber ehrlich gesagt steht im Moment ganz oben auf meiner Prioritätenliste die Frage, wie ich den Abend mit Tyler gestalten soll. Ich werfe das zerknüllte Papier aus dem rechten Schuh in den Karton und sehe Penny an. »Kannst du mir einen Rat geben?«

»Jederzeit.«

»Woher weiß ich, ob ich ihm wieder vertrauen kann? Wir gehen nur etwas trinken, aber worauf soll ich achten? Ich habe das Gefühl, als ob ich Männer seit ein paar Jahren überhaupt nicht mehr verstehe. Meine Dates waren allesamt furchtbar. Aber du bist mit Gabriel wieder zusammengekommen. Wie hast du es geschafft, die Vergangenheit zu überwinden?«

Penny seufzt. »Unsere Vergangenheit sah etwas anders aus als eure. Aber auch so lag von meiner Seite aus der Schlüssel zu unserem Glück einfach darin, zu verstehen, wer er heute ist. Wie er tickt. Was sich verändert hat, was sich nicht verändert hat. Versuche am besten, dich nicht einfach nur von Erinnerungen überwältigen zu lassen, wenn du Tyler triffst, sondern versuche, den Mann kennenzulernen, der er heute ist. Und dann kannst du überlegen, ob er jemand ist, mit dem du gern deine Zeit verbringen möchtest.«

Das hört sich irgendwie nach etwas an, zu dem ich noch nicht ganz bereit bin. Ich verdränge die Vorstellung erst mal und schüttle die Flipflops von meinen Füßen. »Es ist nur ein Drink, nichts weiter.«

Penny feixt und unterdrückt ein Lachen. Ihrem Gesichtsausdruck nach kostet sie das allerdings größte Mühe.

»Glaubst du mir etwa nicht?«, frage ich beleidigt, während ich mit nackten Füßen in die roten High Heels schlüpfe.

Penny prustet genau in dem Moment los, als die Verkäuferin mit den Stiefeletten wiederkommt.

»Sag. Das. Noch. Einmal«, japst Penny und schnappt vor Lachen bei jedem Wort nach Luft.

»Es ist nur ein Drink«, murmele ich.

Auch die spindeldürre Verkäuferin versucht augenscheinlich, nicht zu lächeln, und Penny deutet mit dem Finger auf sie. »Sogar Blue Suede Jane glaubt dir nicht, dass es nur um einen Drink geht.«

Mit schiefgelegtem Kopf sehe ich beide nacheinander an. »Ernsthaft, Ladys?«

Mit einem freundlichen Lächeln zeigt Jane auf meine Füße in den roten Pumps. »Nun ja, Sie kaufen neue Schuhe. Ich kann mir kein deutlicheres Zeichen vorstellen, dass es eben *nicht* nur um einen Drink geht. Normalerweise heißen neue Schuhe, dass einem der Mann wirklich gefällt.«

Gemeinsam blicken wir nach unten. Jane entfährt ein begeistertes Keuchen, Penny schlägt die Hand vor den Mund, und ich gerate ob des himmlischen Anblicks ins Strahlen.

Diese Schuhe sind einfach göttlich.

Tatsächlich könnte es nichts Besseres für ein Date mit einem Mann geben, der sich unglaublich dafür ins Zeug gelegt hat, als diese roten High Heels.

* * *

Nur ein Drink.

Nur ein Drink.

Nur ein Drink.

Mit diesem Mantra im Kopf laufe ich zur Bar und höre mir unterwegs einen lokalpolitischen Podcast an. Ich habe mich schon immer für Politik interessiert und weiß einfach gern darüber Bescheid, was in meiner Stadt passiert. Aber diesmal fällt es mir schwer, mich auf den Beitrag zu konzentrieren, weil sich mein Herzschlag beschleunigt und meine Haut anfängt zu kribbeln, als lange vergessene Erinnerungen vor meinem inneren Auge auftauchen.

Jahrelang hatte ich mir diese Bilder verboten.

Im College waren Tyler und ich ein Team gewesen, absolut unzertrennlich und nicht zuletzt von dem Verlangen angetrieben, alles zu lernen. Wir saßen gemeinsam über den Büchern, haben uns zu allen möglichen Themen gegenseitig abgefragt und hielten beide Ausschau nach interessanten Gastvorlesungen über die aktuellsten Themen. Fast alle Seminare haben wir zusammen belegt und zahllose Nächte in der Bibliothek vor unseren Laptops verbracht.

Dabei hätten unsere Hintergründe unterschiedlicher kaum sein können. Meine Familie war nie wohlhabend, und als ich vierzehn und mein Bruder Caleb zwölf war, packte mein Vater seine Sachen und haute ab. Noch heute kann ich kaum beschreiben, wie schrecklich das für uns war.

Aber ich bin damit fertiggeworden und stehe mittlerweile auf eigenen Füßen. Deshalb habe ich jetzt auch die Kraft, nach ihm zu suchen.

Als er damals ging, hat er uns ohne einen Penny zurückgelassen. Meine öffentliche Highschool lag in einem Vorort von Tampa, und für einen Platz an einem guten College musste ich alles geben. Aber die Mühe lohnte sich, und ich bekam ein Stipendium für die Brown University. Tyler dagegen stammt aus einer glücklichen und gut situierten Familie in Los Angeles, wo er mit seinem Bruder und seinen Eltern aufwuchs, die gemeinsam ein erfolgreiches Unternehmen leiteten. Seine Eltern hatten das Geld für seine Ausbildung schon zusammen, als er fünf wurde.

Aber die Liebe zum Lernen und der unbedingte Wille zum Erfolg war uns gemein. Ungezählte Abende diskutierten wir bei einem geteilten Eisbecher mit Streuseln über Gott und die Welt. Und zurück im Wohnheim vergaßen wir dann alle Themen wegen unserer absoluten Lieblingsbeschäftigung – den gemeinsamen Stunden im Bett.

Wenn die Hüllen fielen, verschwanden die angehenden Anwälte, und wir verwandelten uns in zwei Menschen, die es nicht schaffen, die Finger voneinander zu lassen. Es war die perfekte Verbindung von gegenseitigem Respekt, Verlangen und Liebe – und das Gefühl vollkommener Wertschätzung, die ich zu Hause nie bekommen, nach der ich mich aber mein ganzes Leben lang gesehnt hatte.

An den Wochenenden unternahmen wir manchmal lange Ausflüge. Tyler besaß einen schwarzen BMW, und im Spätsommer wurde es uns im College oft zu eng und wir verschwanden einfach, fuhren Stunde um Stunde durch die bewaldete Landschaft von Providence und noch weiter. Bis wir irgendwo hinter den Dörfern und zwischen den Hügeln den perfekten Ort fanden und anhielten.

Mit der Zeit hatten wir es raus, wie es auf den Vorder- und Rücksitzen seines BMW am bequemsten war. Jedes Mal, wenn Tyler mich berührte, fühlte ich, wie sehr er mich begehrte. Ob im Auto, in der Dusche, dem Wohnheim, der Bibliothek, dem Bett oder wieder im Auto, er vergötterte mich.

Schließlich hatte er hart um mich kämpfen müssen, und als wir endlich zusammenkamen, war ich immer seine Nummer eins. Ich war ihm ebenbürtig, was meine Liebe zu ihm nur noch verstärkte.

Und deshalb tat es auch so weh, als er mit mir Schluss machte. Der Grund für den Schmerz war nicht das Ende unserer gemeinsamen Pläne, nicht seine taktlosen und schmerzhaften Worte, nicht einmal das, was bei der Debatte passierte.

Der entscheidende Grund für den entsetzlichen Schmerz war, dass ich ihn verloren hatte.

Doch als ich die Bar erreiche, rufe ich mir Pennys Worte in Erinnerung und konzentriere mich auf das Hier und Jetzt.

Was zählt, ist heute Abend.

Nicht die Vergangenheit.

# KAPITEL NEUN

## Tyler

Sie sieht verboten sexy aus, wie sie so auf mich zukommt. Wie Seide fließt ihr blondes Haar über ihre nackten Schultern, und ein Hauch Lipgloss lässt ihre wunderschönen Lippen glänzen.

Und dann diese roten Schuhe! Mehr Sex-Appeal geht nicht.

Ich bin mir nicht sicher, ob ich sie jemals in High Heels gesehen habe. Das College war irgendwie nicht der richtige Ort für sexy Pumps mit Zehn-Zentimeter-Absätzen. Vielleicht weiß sie also gar nicht, dass ich auf Damenschuhe stehe. Gott bewahre, ich würde sie nicht anziehen wollen. Also bitte. Aber es macht mich schon ziemlich an, wie verflucht scharf eine Frau in High Heels aussehen kann.

Und keine, absolut keine Frau dieser Welt hat je so gut in roten Pumps ausgesehen wie Delaney.

»Hey du«, begrüße ich sie.

Mit einem Lächeln erwidert sie meinen Gruß. »Hi.«

Nebeneinander gehen wir durch den Raum.

*»Ladys first.«* Ich deute mit der Hand auf eine kleine, runde Sitznische im hinteren Teil der Bar namens Lucky Spot. Die weiße Kerze auf dem Tisch ist schon ein gutes Stück heruntergebrannt und wirft einen warmen Glanz auf das Holz.

Delaney gleitet auf die Bank, und ich folge ihr.

In meinem Kopf schwirren tausend Fragen. Wie nah kann ich mich neben sie setzen? Frage ich sie sofort, wie ihr

Leben mittlerweile so aussieht, oder fange ich mit ein paar Erinnerungen an, damit ihr wieder einfällt, wie schön unsere gemeinsame Zeit war? Erzähle ich ihr, dass unsere Begegnung neulich etwas in mir aufgewühlt hat? Und damit meine ich nicht nur auf körperlicher Ebene. Ihr zu begegnen war wie ein K.-o.-Schlag, den ich nicht habe kommen sehen.

Clay würde sagen, dass es mir mein Bedauern vor Augen geführt hat. Aber ich begreife es eher als ein plötzliches Gewahrwerden verpasster Möglichkeiten. Das ganze »Was wäre, wenn« kriege ich seitdem nicht mehr aus dem Kopf. Allem voran: Was wäre, wenn ich Professor Blairs Ratschlag damals einfach nicht befolgt hätte?

Mit einem Kopfschütteln verdränge ich die Fragen, die mich den ganzen Tag schon quälen.

Delaney ist hier. Ich bin hier. Unsere Verabredung verdient dieselbe Aufmerksamkeit wie ein erstes Date, nicht wie ein Wiedersehen unter alten College-Kollegen.

Jedenfalls bin ich angezogen wie für ein erstes Date – Jeans, schickes Hemd, die Ärmel bis zu den Ellbogen hochgekrempelt. Delaney trägt ein Paar Jeans, die in mir den brennenden Wunsch wecken, den ganzen Abend lang ihren Hintern anzustarren, was allerdings nicht möglich ist, da wir sitzen. Ihr schwarzes, ärmelloses Top zeigt einen Hauch von Dekolleté, und im gedämpften Licht glänzt derselbe Schildkröten-Anhänger an ihrem Hals, den sie gestern getragen hat.

»Also«, fange ich an und räuspere mich, während ich meine Handflächen an den Oberschenkeln reibe. Warum bin ich so nervös? Das begreife ich nicht. Gestern stand ich nackt vor ihr, und heute Abend fehlen mir die Worte, obwohl ich ihr vollständig bekleidet gegenübersitze.

»Wie geht es dir?«

»Gut«, sagt sie entspannt. »Und wie fühlst du dich?«

*Bescheuert. Aufgeregt. Wütend auf mich selbst.*

»Großartig. Mir geht es echt großartig. Wie war dein Tag?«, schiebe ich hinterher und würde mir für diese Antwort im nächsten Moment am liebsten eine scheuern.

Was ist denn nur los mit mir? Ich muss mich echt zusammenreißen.

»Ich hatte einen aufregenden Tag, bei der Arbeit war ganz schön was los.«

Die perfekte Vorlage für einen amüsanten Kommentar über das, was gestern Morgen an ihrem Arbeitsplatz Aufregendes los war.

Aber aus einem mir unverständlichen Grund sage ich: »Mir gefallen deine Schuhe.«

Okay, jetzt scheuere ich mir wirklich gleich eine. Was zum Teufel war das denn bitte?

Aber sie lächelt, und der Anblick lässt mein Herz schneller schlagen. »Danke. Ich war gestern zwischendurch kurz shoppen.«

»Ach ja?« Interessiert richte ich mich auf. Aus ihren Shopping-Gewohnheiten konnte man schon immer viel herauslesen.

Sie nickt. »Und ich musste nur in einen einzigen Laden. Es war ein Wunder, aber sie hatten die Schuhe in meiner Größe.« Mit einem schiefen Lächeln blickt sie nach unten. »Ich und meine großen Füße.«

»Hey, mir haben deine großen Füße immer gefallen«, erwidere ich und wische mir innerlich den Schweiß von der Stirn, denn es sieht fast so aus, als würde ich es jetzt doch schaffen, eine normale Unterhaltung zu führen.

»Danke«, sagt sie und blickt wieder zu mir auf.

*Jetzt komm schon, Mann. Gib ein bisschen Gas, bevor die Sache hier untergeht.*

Okay, sie mag also Schuhe. Schuhe sind sexy. Also bleibe ich beim Thema. Aber aus irgendeinem Grund gebe ich etwas von mir, das mit dem Sex-Appeal von Schuhen so gar nichts zu tun hat. »Waren auch diese kleinen Päckchen im Karton?«

*Gratuliere, du Vollidiot.*

Stirnrunzelnd schaut sie mich an. »Meinst du das Silika-Gel? Diese kleinen Pakete mit den Kügelchen?«

Irgendwie muss ich jetzt so wirken, als hätte ich das gottverdammte Thema Silika-Gel aufbringen *wollen.* Als gäbe es im ganzen Universum kein faszinierenderes. »Die, auf denen ›Nicht zum Verzehr geeignet‹ steht.«

*Warum zum Teufel fragst du mich das?,* sagt ihr Blick. »Ja. Im Schuhkarton dieser roten Schuhe befand sich in der Tat eins«, sagt sie so langsam, als spreche sie zu jemandem, der ihrer Sprache nicht recht mächtig ist.

Ich versuche gar nicht erst, dieser seltsamen Situation zu entkommen. Stattdessen tauche ich einfach noch tiefer ein und mache sie mir zunutze. »Und, warst du versucht, mal reinzubeißen?«

Ihre Antwort besteht aus einem hellen Lachen, und der Klang verrät mir, dass meine eigenwillige Themenwahl es trotz allem geschafft hat, das Eis zu brechen. »Keine Frage, ohne diese Warnung hätte ich bestimmt mal probiert.«

Erleichtert atme ich auf. Langsam kommen wir in Schwung. »Was, glaubst du, hat die Hersteller dieser Dinger dazu gebracht, das überhaupt draufzuschreiben? Ganz ehrlich.« Ich hebe einen Finger, als wolle ich einen entscheidenden Punkt im Gerichtssaal vortragen. »Dafür muss irgendjemand mal versucht haben, eins zu essen.«

Mit zusammengezogenen Brauen sieht Delaney mich an. »Wahrscheinlich dieselbe Person, die immer die Etiketten von den Matratzen abreißt.«

In gespielter Entrüstung schlage ich mit der Hand auf den Tisch. »Was für eine furchtbare Vorstellung! Irgendwo läuft ein Gesetzesbrecher frei herum und reißt die Etiketten von den Matratzen.«

»Hallo zusammen!«

Überrascht drehe ich den Kopf in Richtung der übermäßig gut gelaunten Stimme. Neben unserem Tisch hat sich wie aus dem Nichts eine Kellnerin materialisiert. Ich habe nicht einmal gesehen, wo sie hergekommen ist. Sie ist jung, vielleicht zweiundzwanzig, und wippt so enthusiastisch auf den Zehenspitzen auf und ab, dass ihr schwarzer Pferdeschwanz hin und her schwingt.

»Hallo«, begrüßt Delaney sie lächelnd.

»Wie geht's euch denn heute Abend?«

»Super«, sage ich und zwinkere Delaney zu. »Einfach super.«

»Noch superer«, stimmt Delaney mit ein.

Die Sorgen und die Nervosität von vorhin sind wie weggewischt. Und niemand ist über ihr Verschwinden glücklicher als ich.

»Toll!«, verkündet die Kellnerin aufgekratzt und stellt eine orangefarbene Keramikschüssel in die Mitte des Tisches. »Hier habt ihr vorab schon mal unsere kleinen Senfbrezeln und ein paar geröstete Honignüsse.«

Erfreut hebe ich die Augenbrauen, da mir das Wasser im Mund zusammenläuft.

Delaney deutet mit dem Finger auf mich. »Glückwunsch. Sie haben gerade seine absoluten Lieblingssnacks aufgetischt.«

Die Kellnerin strahlt. »Das höre ich gern. Diese Brezeln werden Sie lieben! Die Würzmischung ist eine besondere Rezeptur des Hauses.«

»Ja dann«, entgegne ich und nehme mir eine Handvoll. Zusammen mit ein paar Nüssen stecke ich sie mir in den Mund und beginne zu kauen. »Köstlich!« Überschwänglich verdrehe ich die Augen.

Delaney lacht und wendet sich dann wieder an die Bedienung. »Bringen Sie ihm lieber ein Bier. Ohne etwas zu trinken wird er mit den Nüssen nicht fertig.«

Ich schlucke übertrieben trocken und keuche: »Natürlich werde ich das.«

»Für den Herrn bitte ein Helles und für mich ein Glas Riesling«, sagt Delaney und sieht mich fragend an.

Ich nicke bestätigend – mir gefällt ihre Bestellung.

»Alles klar, bin gleich wieder da.« Beschwingt wendet sich die junge Bedienung ab und geht davon.

Noch während ich kaue, spüre ich plötzlich ein seltsames Kratzen im Hals.

Ich schlucke trocken.

Aber das gefürchtete Gefühl wird immer deutlicher. Hektisch blicke ich mich nach einem Glas Wasser um, aber wir haben noch keines. Ich hole tief Luft, auch wenn ich nicht husten muss. Ich ersticke auch nicht sofort. Stattdessen breitet sich das seltsame Gefühl in meiner Kehle immer weiter aus und ruft genau das Körperereignis hervor, das ich auf der ganzen Welt am meisten hasse.

*Schluckauf.*

Delaneys Lachen verstummt. »Oh, nein. Nicht der gefürchtete …«

Ich kann nur noch nicken, als schon das erste *Hicks* aus mir hervorbricht.

So. Ein. Mist.

Ich hasse Schluckauf, weil das Gefühl echt unangenehm ist. Ich hasse Schluckauf, weil man ihn so schwer wieder loswird. Und ich hasse Schluckauf, weil er meine schlimmste Schwachstelle ist. Ich muss einen Cracker, eine Scheibe trockenes Brot oder ein paar Nüsse nur ansehen, und ich kriege Schluckauf. Absolut alles habe ich schon probiert, von Handstand über Luftanhalten, während ich vor einem Spiegel stehe, bis zum Versuch, kopfüber ein Glas Wasser zu trinken. Bei Letzterem wäre ich beinahe ertrunken.

Delaney ergreift meine Hand. »Halt die Luft an.«

Nach einem tiefen Atemzug verschließe ich mit aller Macht die Lippen. Leise beginnt sie zu zählen, ich zähle im Kopf mit. Als sie bei fünfzehn ankommt, entfährt mir ein völlig neues Geräusch.

Es klingt wie ein Piepsen.

Ich fluche.

»Ich hole dir ein Glas Wasser«, sagt sie und springt aus der Nische. Erneut halte ich die Luft an, bleibe aber genauso erfolglos wie zuvor.

Schluckauf und mich verbindet von jeher eine Art Hassliebe. Ich hasse ihn, aber er liebt mich eben. Ein paar Sekunden später wird das Klicken ihrer Absätze wieder lauter, und Delaney gleitet zurück auf ihren Platz. Schwungvoll stellt sie ein großes Glas Wasser vor mir ab. »Danke«, murmele ich, bevor ich es mit einem Zug halb austrinke und ein Stoßgebet Richtung Himmel schicke, in dem ich darum bitte, dass es das Ende der heutigen Schluckauf-Episode *sponsored by* Senf-Brezel sein möge.

Ich stelle das Glas ab und versuche, in mich hineinzulauschen. In meiner Brust ist alles ruhig. In meiner Kehle auch.

Alles scheint wieder in Ordnung zu sein, und ich lächle erleichtert auf.

Delaney wischt sich über die Stirn. »Puh. Ich dachte schon, das würde jetzt ewig so weitergehen wie damals.«

Ein weiterer furchtbarer Hickser rast durch meine Kehle und entkommt nach draußen.

*Damals* war das Abendessen bei Professor Blair, meinem College-Mentor, der mich schon während der Anfänge meines Jurastudiums gefördert hat. Er hatte uns zu sich nach Hause eingeladen, in eine dieser imposanten alten Villen in Providence, ganz in der Nähe des Campus. Seine Frau war als Direktorin einer ortsansässigen Mädchenschule ebenfalls in der akademischen Welt zu Hause. Professor Blair hatte ein paar seiner besten Studenten zum Abendessen eingeladen, was eine absolute Auszeichnung war. Wir zogen uns sogar ausnahmsweise an wie die Studenten einer Eliteuniversität – was wir ja auch waren.

Im Kamin brannte ein Feuer, und seine Frau saß mit einem Glas Rotwein in der Hand steif auf der Kante einer preiselbeerroten Couch mit eleganten Schnitzereien an den Armlehnen. Die eine Wand des Wohnzimmers war vom Boden bis zur Decke mit Regalen voller Bücher bedeckt, deren Seiten beim Aufschlagen den betäubenden Duft von altem, ehrwürdigem Papier von sich gaben.

Die ganze Bande der angehenden Juristen versammelte sich am Kaffeetisch aus Mahagoni, und Professor Blair stellte ein Tablett voller Käse, Cracker und Brot in die Mitte.

Ich schwöre, dieses verdammte Brot war trockener als die Wüste Gobi. Ganz sicher enthielt es noch weniger Feuchtigkeit als ein Eimer Sand. Und natürlich bekam ich auf der Stelle Schluckauf.

Schluckauf ist ein ganz natürliches Phänomen, es ist eher die Reaktion der anderen, die die ganze Sache so unerträglich macht. Wie Mrs. Blairs aufgeregte Frage, ob sie mir irgendwie helfen könne. Wie das krampfhafte Bemühen aller anderen, so zu tun, als sei alles in bester Ordnung, während mein Hicksen alle zwanzig Sekunden das Gespräch unterbrach.

Aber genau das versuche ich jetzt auch. Ich tue einfach so, als sei nichts passiert.

»Also, du hast gerade irgendetwas von Schuhen erzählt«, sage ich.

Mit aufgerissenen Augen zeigt Delaney hinter mich. »Ach du liebes bisschen, hast du den Typen gesehen? Er kommt genau auf uns zu!«

Ich fahre herum, kann aber niemanden entdecken. »Wer?«, frage ich stirnrunzelnd.

Ihre Stimme ist schrill. »Da drüben! Er ist riesig. Der mit dem Nasenring!«

Ich drehe mich wieder zu ihr um und sinke in meinen Stuhl. »Netter Versuch. Aber einfach nicht angsteinflößend genug.«

Noch ein Hickser.

Wieder steht sie auf und tritt aus der Nische, aber diesmal greift sie nach meiner Hand und zieht mich vom Tisch weg. Dann schnappt sie sich das noch halbvolle Wasserglas und befiehlt: »Mir nach. Augen hierhin und nicht abschweifen.« Sie zeigt auf ihr Hinterteil.

»Das schaffe ich«, sage ich, und neues Selbstvertrauen strömt durch meine Adern, während ich beim Durchqueren der Bar ihren hübschen Hintern anstarre. Keinen Augenblick lasse ich die runden, festen Pobacken aus dem Blick, die ich so gern in den Händen hatte, wenn sie auf mir saß.

Sofort wird auch mein Schwanz aufmerksam und regt sich.

Das war ja klar. Schon steht der schamlose Bastard in meiner Hose in Alarmbereitschaft und zeigt auf die wunderbare Frau, die mit großen Schritten vor mir herläuft. Ich glaube tatsächlich, wir haben ein Heilmittel für meinen Fluch gefunden. Jedenfalls ist dieses Gegengift die beste Ablenkung des Universums. Mit schwingenden Hüften biegt Delaney um die Ecke zu den Toiletten, und ich seufze glücklich auf. So will ich immer und immer wieder gerettet werden.

Plötzlich dreht sie sich um und bleibt stehen. »Hat es funktioniert?«, fragt sie und stemmt die Hände in die Hüften.

Unverhohlen wandert mein Blick über meine gut aussehende Ex-Freundin. Hitze durchflutet meinen Körper, während ich ihre warmen braunen Augen betrachte, die hohen Wangenknochen, ihre wunderwunderschönen Lippen.

Ich nicke, langsam und bedächtig. In meinen Augen steht nichts als heißes Verlangen. »Wenn du mit ›funktioniert‹ meinst, dass ich jetzt unglaublich erregt und –«

*Hicks.*

Meine Kehle tut weh, und ich fluche laut.

Missmutig schnipst sie mit den Fingern. »Ich dachte, Ablenkung würde vielleicht helfen.«

Ich zeige auf meinen Schwanz. »Oh, du könntest mich einfach noch ein bisschen mehr ablenken. Ich bin durchaus gewillt, es zu versuchen.«

Sie verdreht die Augen. »Mach mir das nach.« Sie beugt sich vornüber, das Wasserglas immer noch in der Hand, und nimmt von unten einen Schluck. Dann richtet sie sich wieder auf. »Das funktioniert bei mir jedes Mal.«

Ich ziehe eine Augenbraue hoch und sehe sie zweifelnd an.

»Ich schwöre.« Der Blick aus ihren dunklen Augen duldet keinen Widerspruch.

Na gut, ich habe ja nichts zu verlieren. Also nehme ich das Glas, beuge mich vornüber, nehme einen Mundvoll Wasser und schlucke ihn hinunter. Oder hinauf. Oder umgekehrt. Was auch immer. Es fühlt sich komisch an, und ich muss mich darauf konzentrieren, dass mir die Flüssigkeit nicht in die Nase läuft. Ich nehme an, das ist der Punkt.

Plötzlich streicht mir Delaney mit der Hand auf Höhe der Lendenwirbelsäule über den Rücken. Sie hat schon immer gern Menschen berührt. Ein Teil von mir fühlt sich wie ein elender Verlierer, ein dummer, hilfloser Trottel, der es nicht mal ohne Hilfe schafft, eine Brezel zu essen.

Der andere Teil sehnt sich zurück nach Hause, um den Abend noch einmal von vorn beginnen zu können.

Ein seltsames Gefühl der Ruhe erfüllt meinen Körper, als ich das Glas ausgetrunken habe. Fast so, als wäre ich den bösartigen Schluckauf vielleicht los. Lächelnd richte ich mich auf und begegne ihrem Blick. Sicher sieht sie den Triumph in meinen Augen.

»Alles wieder gut?«, fragt sie hoffnungsvoll.

»Ich glaube schon.«

Und auf einmal ist alles anders.

Mit einer schnellen Bewegung nimmt sie mir das Wasserglas aus der Hand, stellt es auf den Boden und drückt mich gegen die Wand. Wie in Trance nimmt sie mein Gesicht in die Hände, und plötzlich fehlt mir die Luft zum Atmen.

Die Welt um mich herum beginnt zu flimmern und verschwimmt vor meinen Augen, als sie ihre Lippen auf meine presst.

Delaney küsst mich hart und heftig, ich spüre nur noch ihre Lippen, ihren Mund, ihren heißen Atem. Mit den Händen zieht sie mich zu sich, während ihre Zunge den Weg in meinen Mund findet und auf ihrer Erkundungsreise ein loderndes Feuer in mir entfacht. Ich verliere den Verstand, in meinem Kopf herrscht nur noch weißes Rauschen, so wenig kann ich begreifen, was hier gerade passiert.

Delaney Steward küsst mich bei unserem ersten Date, und es ist der absolute Wahnsinn.

Mein Körper schaltet auf Autopilot, meine Hände vergraben sich in ihrem Haar. Begierig fahre ich mit den Fingern durch die langen blonden Strähnen und stöhne in ihren Mund, so gut fühlt es sich an.

Als sei die erste Runde des Kusses vorüber, lässt sie langsam die Hände sinken und schlingt mir die Arme um den Hals. »Ich kann nicht glauben, was ich da gerade gemacht habe«, murmelt sie.

»Mich so zu küssen, dass ich beinahe den Verstand verliere?«

Sie nickt mit ungläubiger Miene. »Ich glaube, ich bin verrückt geworden«, flüstert sie.

»Dann gefällt mir diese Art des Wahnsinns.«

»Weißt du, ich hatte nicht vor, dich heute Abend zu küssen.« Es klingt eher so, als wolle sie sich selbst überzeugen, nicht mich. Offenbar ein Versuch, sich zu entlasten.

Der Gedanke, sie könne ihren Überfall bereuen, verursacht mir fast körperlichen Schmerz, also wickle ich mir betont langsam eine Strähne ihres Haares um den Finger. Sie stöhnt leise auf. Keine Frage, sie mag es genauso gern wie ich, wenn ich ihr Haar berühre.

»Denk einfach nicht weiter drüber nach. Und hör nicht auf, mich zu küssen.«

Ein leises Keuchen entfährt ihren Lippen, und ihr kaum merkliches Nicken ist mir Zeichen genug, die Führung zu übernehmen.

Meine Lippen streichen über ihre. Oh, ihr süßer, köstlicher Mund. Sie schmeckt wie die Sünde selbst, es ist unglaublich sexy. Ihr Kuss ist wie eine Mischung aus Feuer und Schokolade, heiß und süß und unwiderstehlich. Mit einer schnellen Drehung tausche ich unsere Positionen und drücke sie mit dem Rücken gegen die Backsteine der Wand. Fest an sie gepresst, verschmelzen unsere Körper wie zwei passende Puzzleteile. Ich spüre ihre harten Nippel an meiner Brust und reibe meinen Ständer an ihrem Bauch. Hungrig sauge ich an ihrer Unterlippe, lasse sie meine Zähne spüren, und sie stöhnt kehlig auf, halb aus Lust, halb aus Schmerz.

Was mir an diesem Kuss am besten gefällt?

Dass wir unbekanntes Terrain betreten.

So haben wir uns damals im College nicht geküsst. Unser gewöhnliches Vorspiel sah anders aus. Dieser Kuss hat nichts von »ich weiß genau, wie du es magst«. Er ist rauer, härter, ausgehungerter.

Es ist ein erster Kuss, der mir fast die Sinne raubt. Das Gefühl schlägt ein wie ein Blitz, durch meine Adern fließt purer Strom. Delaney stöhnt noch einmal und murmelt etwas Unverständliches, reibt ihre Schenkel an meinem Bein, und ihr Verlangen vertausendfacht meine Lust. Ihre Begierde wirkt auf mich wie pures Endorphin, und mein ganzer Körper steht in Flammen. Meine Haut ist brandheiß, mein Blut kocht, und alles, was ich will, ist, in der wilden Hitze dieses leidenschaftlichen Kusses zu ertrinken.

Ich kann nicht mehr aufhören.

Lippen, Zungen, Zähne stoßen aufeinander, verschmelzen, beißen, lecken, zupfen. Es gibt kein Ende. Wir gehen vollständig ineinander auf. Je mehr ich von ihrem Mund koste, desto mehr will ich sie ganz.

Meine Hände lösen sich aus ihrem Haar, streichen über ihre Hüften hinab zu diesem absolut fantastischen Hintern.

»Es hat funktioniert. Ein schlauer Plan«, keuche ich mit den Händen auf ihren Arschbacken und drücke zu. Ein überraschter, aber lustvoller Laut dringt an mein Ohr, während ich ihr himmlisches, festes Hinterteil bearbeite. »Das einzige Problem ist, dass dein süßer Hintern angezogen ist.«

Aufreizend presst sie die Lenden gegen mich. »Und dass du so erregt bist«, antwortet sie mit einem sexy Lachen.

»Stimmt«, gebe ich heiser zu und drücke sie noch fester gegen die Wand. Meine Lippen bringen ihr Lachen zum Verstummen, und stattdessen stößt sie ein hungriges Wimmern aus. Immer heftiger reibt sie sich an mir, und ich bekomme einfach nicht genug von dieser Frau. Erst recht nicht, solange sie sich an mich presst, als hätte ihr Körper die Kontrolle übernommen, und mir ein Gefühl dafür gibt, wie sehr sie sich danach verzehrt, dass dieser Kuss weitergeht, tiefer geht, immer tiefer.

Ich empfinde genauso. Wenn wir garantiert allein wären, würden wir zweifellos wie im Rausch übereinander herfallen, gleich hier im Flur. Die Art von Sex, bei der man es nicht einmal schafft, sich ganz auszuziehen, bei der man es so sehr nötig hat, dass man nur den Rock hochschiebt und die Hose öffnet, fertig.

Das ist es, was ich im Moment mehr brauche als die Luft zum Atmen.

Und allem Anschein nach geht es ihr auch so. Als sich ihre Fingernägel in meinen Nacken bohren, unterbreche ich unseren Kuss für einen Augenblick, hebe eine Hand und streiche mit dem Finger über ihre Wange. Sie schmiegt ihr Gesicht daran, sanft, den Blick voll Verlangen.

»Ich will dich mit nach Hause nehmen, deinen wunderschönen Körper aus diesen sexy Jeans schälen und mit dir das Schönste auf der Welt anstellen«, sage ich atemlos. Und dann drücke ich meine Lippen auf ihre Kehle und ziehe eine heiße Spur bis zu ihrem Ohr, wie sie es früher so gern mochte, und manche Dinge ändern sich wohl nicht. Stöhnend hält sie sich an mir fest, da ihr die Knie weich werden. Mein Arm legt sich um ihre Hüfte und gibt ihr Halt, während ich weiter ihren Hals küsse. Als ich ihr Ohr erreiche, flüstere ich: »In diesen Schuhen siehst du aus wie ein sexy Engel.«

Das hätte ich schon vorhin sagen sollen. Es wäre deutlich besser gewesen als mein bescheuerter Small Talk, der zu der ruhmlosen Brezel-Einlage und damit zu dem fürchterlichen Schluckauf geführt hat.

Andererseits hat der Schluckauf mir das hier eingebracht.

Einen Kuss.

Unser Date hat jedenfalls seitdem deutlich an Qualität gewonnen.

»Die Schuhe solltest du also dabei anlassen.« Ich sehe sie an. »Damit das schon mal klar ist. Nur diese roten High Heels, sonst nichts …« Ich verstumme, während ich die Augen über ihren attraktiven Körper gleiten lasse und ihr Anblick mich aufs Neue erregt.

Sie lächelt und scheint meinen Blick zu genießen, denn sie legt mir sanft eine Hand auf die Brust. »Das will ich auch. Und du weißt es.«

»Ja.« Meine Stimme ist rau vor Verlangen.

»Dabei habe ich unsere furchtbare First-Date-Unterhaltung gerade so genossen«, sagt sie mit einem Grinsen, das meine Mundwinkel auch nach oben zucken lässt.

»Ja, die Königsdisziplin des Small Talks haben wir echt gemeistert, oder?«

»Auf jeden Fall.«

Wir klatschen uns ab wie alte Freunde. Aber so seltsam ist das gar nicht. Schließlich waren wir früher auch Freunde, nicht nur ein Liebespaar.

»Okay. Lass uns die furchtbare Unterhaltung noch ein bisschen fortsetzen.«

»Oder«, entgegnet sie gedehnt, als wolle sie gleich eine revolutionäre Idee verkünden, »wir schaffen es – und jetzt hör mir gut zu –, zur Abwechslung mal eine *anständige* Unterhaltung zu führen.«

Ich muss lachen. »Okay, nehmen wir die Herausforderung an.«

»Ich bin dabei. Und ich bin froh, dass dein Schluckauf weg ist.« Mit beiden Händen richtet sie den Kragen meines Hemdes.

»Kannst du diesen Trick vielleicht von jetzt an einfach immer anwenden?«

Sie klopft mir auf die Schulter und antwortet: »Ja, natürlich. Aber wenn es nach mir ginge, würde ich Schluckauf, Umweltverschmutzung und Bad-Hair-Days sowieso abschaffen.«

Lächelnd lege ich ihr einen Arm um die Schultern. »Ehrlicherweise kann ich von mir behaupten, noch nie im Leben einen Bad-Hair-Day gehabt zu haben, aber bei den anderen zwei Dingen hast du meine Stimme sicher.«

Sie verstrubbelt meine Frisur. »Vielen Dank für deine Unterstützung.«

Grinsend sehe ich sie an. »Obwohl, nur um mal ein Gegenargument auf den Tisch zu bringen ... wenn ich jedes Mal in den Genuss deiner Schluckauftherapie komme, bin ich mir doch nicht so sicher, dass ich für eine Abschaffung stimmen würde.«

»Diese Frage werden wir wohl klären müssen, wenn es so weit ist.«

Das werden wir wohl.

Arm in Arm verlassen wir den Flur und kehren an unseren Tisch zurück.

# KAPITEL ZEHN

## Tyler

Es ist schon seltsam, wie schnell sich die Dinge ändern können.

Als Delaney und ich im College zusammen waren, war ich mir absolut sicher, ich würde Strafverteidiger werden und als Meister des Gerichtssaals brennende Reden schwingen und Jurys überzeugen. *Die Zwölf Geschworenen, Aus Mangel an Beweisen, Eine Frage der Ehre,* die Romane von John Grisham … das waren meine Vorbilder. Ganz zu schweigen natürlich von *Wer die Nachtigall stört,* aber selbst ich war nicht so vermessen zu denken, ich könne der nächste Atticus Finch werden. Die Welt würde ich mit meiner Redekunst wohl nicht verändern können – so eingebildet bin nicht einmal ich.

Dennoch, der Gerichtssaal war meine Berufung, dessen war ich mir ganz sicher. Ich brannte für den Nervenkitzel, die Möglichkeit, zwölf Männer und Frauen mit meinen leidenschaftlichen Plädoyers zu überzeugen.

Vielleicht war es deshalb schlussendlich doch vergleichsweise leicht gewesen, den Ratschlag von Professor Blair zu befolgen.

Am Montagmorgen nach dem Abendessen in seinem Haus hatte er mich in sein Büro bestellt. Mit seinen weisen, grünen Augen sah er mich an, die Brille auf der Nasenspitze. Räusperte sich. Nahm die Brille ab. Griff nach einem Tuch und begann, die Gläser zu reinigen.

Ich fühlte mich wie im Film. *Der Weise Alte Mentor* oder so.

»Tyler, ich gebe dir jetzt einen Rat. Auch wenn du mich nicht darum gebeten hast«, sagte er mit seiner vom Alter rauen Stimme.

»Ungebetenen Rat höre ich mir immer gern an, Sir.«

Bedächtig lehnte er sich im Stuhl zurück und begann, das zweite Brillenglas zu polieren. »Willst du der beste Anwalt werden, der du sein kannst?«

»Definitiv.«

Achtlos warf er das orangefarbene Tuch auf seinen Schreibtisch, setzte die Brille wieder auf und legte die Fingerspitzen aneinander. »Weißt du, was ein guter Anwalt mehr braucht als alles andere?«

»Einen guten Anwalt?«, gab ich scherzhaft zurück.

Sein Mund verzog sich zu einem leichten Lächeln, das aber schnell wieder verschwand. »Er braucht absolute Konzentration.«

Wieder nickte ich. »Kein Problem. Ich bin zu hundert Prozent konzentriert.«

Mit schiefgelegtem Kopf sah er mich an und zog die Brauen zusammen. »Ach, tatsächlich?«

Wie kam er nur auf die Idee, ich könnte unkonzentriert sein? Schließlich war er nicht nur mein Studienberater, sondern bereitete mich auch auf ein anstehendes Debattierturnier vor. *The Elite* war einer der anerkanntesten Debattierwettkämpfe für angehende Juristen, und Delaney und ich arbeiteten schon seit Wochen an unseren Partnervorträgen.

»Auf jeden Fall, Sir. Delaney und ich üben jetzt schon für *The Elite.* Meinen Bachelor-Abschluss habe ich so gut wie in der Tasche, und ich warte nur noch auf die Zulassung zum Masterstudiengang. Und für die Zeit danach habe ich auch schon Pläne.«

»Mit Ms. Stewart?«

Förmlich wie eh und je nannte er Delaney nur bei ihrem Nachnamen. Damals hielt ich es für Höflichkeit. Rückblickend denke ich, dass er versuchte, uns voneinander zu distanzieren.

»Ja«, gab ich zurück. Ich hatte das seltsame Gefühl, mich verteidigen zu müssen. »Wir wollen auf jeden Fall unsere Zukunft gemeinsam gestalten.« Delaney und ich hatten vor, das Masterstudium entweder zusammen oder an nahe beieinanderliegenden Universitäten zu absolvieren und uns dann in derselben Stadt einen Job zu suchen. Aber in den Ohren des Professors klang ich wahrscheinlich wie ein liebeskranker Schwächling.

»Hm.«

»Was möchten Sie mir sagen?«, fragte ich.

Langsam beugte er sich vor, stützte seine Hände auf die Oberschenkel und sah mir direkt in die Augen. »Du willst ein erfolgreicher Anwalt werden, ja?«

»Natürlich will ich das, Sir.«

»Und du weißt auch, dass ich nur das Beste für dich will?«

»Keine Frage«, antwortete ich, während sich mir vor Nervosität der Magen verkrampfte.

»Dann musst du stets bedenken, dass in deinem Alter der Schlüssel zum Erfolg in der Eliminierung aller Ablenkungen liegt. Wenn du der Beste werden willst, kannst du nicht zulassen, dass irgendetwas oder irgendjemand dich vom Weg abbringt.« Hier machte er eine Pause, um seinen Worten Gewicht zu verleihen. »Verstehst du, was ich meine?«

*Ms. Stewart.*

*Ablenkung.*

*Eliminierung.*

Er musste kein Schlussplädoyer mehr halten. Was er mir sagen wollte, war eindeutig – es war nicht gestattet, sich zu verlieben. Mit gemeinsamen Zukunftsplänen war ich schlecht beraten. Sich in meinem Alter schon festzulegen, war ein Fehler.

Ich nickte wie betäubt. »Ja, Sir«, sagte ich mit schwerer Stimme. »Ich verstehe, was Sie meinen.«

Dann überreichte er mir die Hausarbeit, die ich in seinem letzten Seminar geschrieben hatte, und ganz oben auf der ersten Seite prangte in leuchtend roter Schrift eine große *4*. Erschrocken zuckte ich zusammen. So schlecht war ich noch nie benotet worden.

Betont langsam tippte er auf das Deckblatt. »Eine solche Bewertung bei einem meiner besten Studenten will ich nie wieder sehen. Denke darüber nach, was du dagegen tun kannst.«

Und damit war ich entlassen. Eine Welle der Enttäuschung brach über mir zusammen, gefolgt von heftigem Selbsthass. Wie zum Teufel hatte ich so abrutschen können? Auf dem Weg zu meinem Zimmer kratzte ich mich am Kopf und überlegte, was genau bei dieser Arbeit schiefgelaufen war.

Ich machte nicht gleich am selben Tag mit Delaney Schluss. Auch nicht am nächsten oder übernächsten.

Aber während der folgenden Tage fraß sich ein heimtückischer Zweifel immer tiefer in mein Herz, und ich fragte mich, ob ich wirklich beides haben konnte – die Karriere, die ich schon immer anstrebte, und das Mädchen, das ich liebte.

Wäre ich in der Lage, eine ernsthafte Beziehung zu führen und trotzdem ein Prädikatsexamen zu machen? War es überhaupt möglich, eine solche Liebe und die absolute Hingabe an Recht und Gesetz miteinander zu vereinbaren?

Während ich darüber nachdachte, verhielt ich mich Delaney gegenüber kühl und abweisend. Ihr Vater hatte angerufen, was er sonst nie tat, aber ich war so auf mich selbst konzentriert, dass ich noch nicht einmal ernsthaft versuchte, herauszufinden, was er wollte. Stattdessen tauchten immer mehr Fragen in meinem Kopf auf. Was, wenn ich es nicht hinbekam? Was für einen Abschluss würde ich dann schaffen? Würde ich jemals Strafverteidiger werden können?

Dieses Ziel war mir wichtiger als alles andere.

Mein ganzes Leben schon hatte ich darauf hingearbeitet.

Und weil ich letztlich nicht bereit war, ein Risiko einzugehen, musste ich mich von Delaney verabschieden.

Und jetzt sitzt sie hier neben mir und trinkt genussvoll ein Glas Wein, und ich stelle erstaunt fest, dass Clay recht hatte. Ich wollte sie nicht nur wiedersehen, weil ich wissen möchte, wie es ihr heute geht.

Mich treibt etwas ganz anderes an.

# KAPITEL ELF

## Delaney

Unser Kuss geht mir nicht mehr aus dem Kopf.

Ja, ich habe ihn geküsst, damit er den Schluckauf loswird, weil ich weiß, wie sehr er es hasst und wie peinlich ihm das ist.

Schon komisch, dass dieser starke, selbstbewusste Mann immer wieder von einer so langweiligen und gewöhnlichen Körperreaktion heimgesucht wird. Aber irgendeine Schwachstelle haben wir ja alle. Ich wollte einfach nicht, dass er sich unwohl fühlt. Schließlich mag ich ihn, also musste ich alles tun, was in meiner Macht stand.

Gut, um ehrlich zu sein, war es wohl nicht nur mein Wohltätigkeits-Gen, das mich angetrieben hat. Ich *wollte* ihn küssen. Himmel, ich sehne mich danach, ihn anzufassen, seit er sich zurück in mein Leben jongliert hat. Das Verlangen nach diesem Mann brennt einfach schon zu lange in mir.

Und jetzt weiß ich auch wieder, dass er aus gutem Grund der Star meiner mitternächtlichen Fantasien war.

Denn er küsst mich, als gebe es nichts auf der Welt, was er lieber tun würde. Als hätten seine Hände sich nie nach jemandem so verzehrt wie nach mir. Er gibt mir das Gefühl, dass kein Mann jemals eine Frau mit so viel Inbrunst, so viel Leidenschaft geküsst hat.

Es ist schwindelerregend.

Es ist berauschend.

Es ist wunderschön.

Vielleicht ist dieses herrliche Gefühl zu schweben einfach nur das Ergebnis simpler Chemie.

Vielleicht ist aber auch genau das die *Macht* der Chemie. Doch wie kann das Feuer zwischen uns immer heller brennen, wenn die Flammen schon damals so hoch geschlagen sind?

Wenn ich Wissenschaftlerin wäre, würde ich Drittmittel einwerben und das Thema genauer untersuchen. Aber vorerst reicht mir die Feststellung, dass zwischen manchen Menschen die Chemie wohl einfach immer stimmt. Und dass sie offensichtlich stärker werden kann.

Die wahre Frage ist allerdings, ob es auch über die körperliche Ebene hinausgeht.

Und deshalb musste ich den Kuss unterbrechen.

Das ist auch der Grund, warum ich jedes Detail unserer Unterhaltung in mich aufnehme, seit wir in unsere Nische zurückgekehrt sind.

Wir unterhalten uns schon seit zwei Stunden und lernen uns dabei noch einmal kennen.

Mittlerweile habe ich erfahren, dass er so viel Zeit mit seiner Nichte verbringt wie möglich, mit ihr zusammen in den Zoo, den Park, in Töpferstudios und M&M-Läden geht und ihr jeden Wunsch erfüllt – nur weil er es kann. Und ich kann nicht anders, als diesen Teil von ihm ausgesprochen liebenswert zu finden. Daneben erfahre ich auch, dass er zusätzlich zu seinem Medienrechtsjob jedes Jahr einige Zivilrechtsfälle als kostenloser Strafverteidiger übernimmt. Das wärmt mir nicht nur das Herz, sondern gibt mir wieder ein Stück Vertrauen in die Welt zurück.

Auch er stellt mir jede Menge Fragen und will wissen, ob ich das Nirvana nach der Band benannt habe. Lachend erkläre ich ihm, dass ich tatsächlich nur den Geisteszustand im Sinn hatte. Ich erzähle, dass ich mein Spa erst vor drei Jahren eröffnet habe und, auch wenn ich unterschiedliche Massagepraktiken anbiete, dafür bekannt bin, vor allem Menschen mit den verschiedensten Beschwerden zu helfen – von Kopfschmerzen über Nervenschmerzen zu Arthritis und sogar Müdigkeitszuständen durch eine Krebsbehandlung.

Nachdem wir das Thema Arbeit durchhaben, zeigt er auf meine Halskette und fragt nach dem Schildkröten-Anhänger.

»Den habe ich von den Cayman Islands«, sage ich und fahre mit der Fingerspitze über das glatte Silber. »Letztes Jahr war ich zum Tauchen und Klettern mit meinen zwei besten Freundinnen dort – Nicole und Penny. Das sind die beiden, mit denen du mich neulich beim Joggen gesehen hast.«

»Dein Rudel«, meint er mit einem Lächeln. Seine Stimme klingt verständnisvoll. »Sie sind dir sehr wichtig, oder?«

Ich kreuze die Finger vor der Brust. »Sie sind meine zweite Familie. Morgen ist Mädelsabend.«

»Apropos Familie, wie geht es deiner Mutter?«

Wir unterhalten uns kurz über meine Mutter und meinen Bruder, aber ich erwähne nicht, dass ich einen Privatdetektiv angeheuert habe, um herauszufinden, was mein Vater all die Jahre getrieben hat. Tyler weiß besser als jeder andere, dass Familie ein schwieriges Thema für mich ist, und er drängt mich nicht. Was mich froh macht, denn ich möchte ihm auch nicht erklären, *warum* ich mich plötzlich auf die Suche nach meinem Vater gemacht habe. Das ist mir viel zu persönlich.

Der Rest unserer Unterhaltung widmet sich wieder leichteren Themen wie Musik, Büchern, Film und Fernsehen.

Natürlich will er wissen, ob ich immer noch auf »dürre Jungs mit Lederjacke und Augen-Make-up stehe«.

Was für eine Frage!

Um ihm vor Augen zu führen, dass manche Liebe eben nie versiegt, zeige ich ihm meine aktuelle Playlist.

»Und jetzt versuche nicht, mir zu erzählen, du magst Poison nicht. Du standest genauso auf die Band wie ich, als wir damals Guitar Hero III mit ›Talk Dirty to Me‹ gespielt haben.« Ich sehe ihn streng an, als stünde er auf dem Zeugenstand. »Ich habe genau gehört, wie du beim Spielen mitgesungen hast.«

»Okay, ich mochte das Computerspiel. Und der Titel hat mich eben inspiriert – wobei ich übrigens glaube, dir hat der Dirty Talk auch immer ganz gut gefallen.«

Leichte Röte steigt mir in die Wangen. Er hat recht. Es hat mich immer ziemlich angemacht, wenn er so mit mir geredet hat.

Während wir uns gegenseitig auf den neusten Stand bringen, bestelle ich noch ein Glas Wein, und er trinkt sein Bier. Der Riesling schmeckt hervorragend, und es ist vielleicht der Alkohol, der mich von innen wärmt und meine Mauern einreißt. Wie auch immer, das angenehme Gefühl weckt die Lust auf einen Flirt in mir.

Schließlich waren wir damals Meister im Flirten, und ich kann einfach nicht widerstehen.

Den Blick auf ihn gerichtet, wickle ich mir eine Haarsträhne um den Finger und beiße mir sanft auf die Lippe. Meine Standard-Eröffnung, und bei Tyler hat sie ihre Wirkung nie verfehlt. Egal was ich von ihm wollte, ein Buch aus dem Regal, Knabberzeug, die Heizung etwas höher eingestellt – mit diesem Trick hat es jedes Mal geklappt.

Er hat immer Witze darüber gemacht, wie wachsweich er

doch sei und dass ein einziger Blick und die bloße Vorstellung, ich könnte mir gleich auf die Lippe beißen, ihn schon so anmacht, dass er mir den Mond vom Himmel holen und mit Schokostreuseln servieren würde.

Langsam fahre ich mit den Fingerspitzen über seinen Unterarm und dann über seinen Handrücken. In seinen Augen flackert ein Feuer auf, und die Erkenntnis, dass ich immer noch Macht über ihn habe, gefällt mir.

»Glaub nicht, ich hätte vergessen, dass du mir von der Katze mit den Superkräften erzählen wolltest. Also schieß los, Nichols.«

»Ach ja«, sagt er mit einem bedeutsamen Blick. »Ich wusste doch, dass du etwas von mir willst.« Er beugt sich zu mir herüber, und augenblicklich wird mir heiß. »Willst du wirklich noch mehr über die Miezekatze im Fernsehen hören?«

»Nichts lieber als das«, gebe ich atemlos zurück.

Mit der Hand streicht er mir das Haar aus dem Gesicht, und ich erzittere unter seiner Berührung. »Versprichst du, keiner Menschenseele davon zu erzählen?«

»Versprochen.« Meine Stimme ist kaum hörbar, vielleicht bin eher ich es, die wie Wachs in seinen Händen ist. Jedenfalls fühlt es sich so an, als würde ich schmelzen. Stück für Stück, mit jeder seiner Berührungen ein bisschen mehr.

»Schwörst du es?«

Ich schlage ein Kreuz, und sein Blick folgt meinen Fingern und verharrt auf meinen Brüsten. Die Intensität seines Blickes lässt meine Brustwarzen steif werden. Himmel, dieser Mann … Ich will, dass er mich anfasst. Länger als ein paar Minuten ohne Körperkontakt halte ich nicht aus, dann sehne ich mich sofort wieder nach dem intensiven Gefühl, das seine Berührung in mir auslöst.

Er streift mit den Lippen mein Ohr. Scharf ziehe ich die Luft ein, als er flüstert: »Gedankenkontrolle.«

In gespieltem Zorn haue ich ihm auf die Brust. »Hör auf.«

»Ehrenwort«, sagt er mit scheinheiligem Grinsen. »Cat Crazypants, der große Illusionist, kann deine Gedanken kontrollieren. Zusätzlich hat er Pfoten, die wie Saugnäpfe funktionieren, sodass er an Hochhäusern hinauflaufen kann. Er setzt seine Kräfte ein, um die Mächte des Bösen zu besiegen.«

»Ich glaub es nicht – ein Weltverbesserer. Jetzt sag nicht, dass er auch noch fliegen kann.«

Schnaubend sieht er mich an. »Er ist ein animierter Kater mit unglaublichen Superkräften, Delaney. Natürlich kann er fliegen.«

Grinsend stelle ich mir den Charakter vor. Vielleicht steckt noch immer das kleine Mädchen in mir, das einst ein Märchenbuch nach dem anderen verschlungen hat. Vielleicht bin ich einfach nur mit dem Älterwerden in *late-night*-Cartoons und etwas weniger jugendfreie Geschichten hineingewachsen. Aber das Motiv ist dasselbe geblieben – ein bisschen Magie, und schon ist die Welt gerettet. Magische Geschichten waren schon immer meine Zuflucht.

»Ich kann nicht glauben, dass ich all diese Geheiminformationen zu Cat Crazypants erfahren darf. Wie aufregend!« Nach einem weiteren Schluck Wein wechsle ich das Thema. »Ich denke schon lange darüber nach, mir eine Katze zuzulegen. Vielleicht sollte ich sie Cat Crazypants nennen.«

»Da bleibt nur noch eine Frage offen: Wenn du schon dabei bist, Namen auszusuchen, warum hast du die Katze dann noch nicht?«

»Weil ich Bindungsprobleme habe?«, mutmaße ich achselzuckend.

Keine Frage, der Wein tut seine Wirkung. Normalerweise bin ich nicht so voreilig, gleich beim ersten Date den emotionalen Ballast zu offenbaren, den ich mit mir herumtrage. Vielleicht liegt es auch gar nicht nur am Wein. Möglicherweise kann ich mit Tyler so offen reden, weil er ohnehin schon Bescheid weiß. Schließlich hat er am eigenen Leib erfahren, wie schwer es mir dank meines lieben Vaters fällt, echte Nähe zuzulassen.

»Davon kann ich ein Lied singen«, sagt er lachend, und ich atme erleichtert auf. »Dann musst du die Sache mit deinem zukünftigen Katzenfreund wohl langsam angehen lassen.«

»Ich bin mir nicht sicher, ob man es langsam angehen lassen kann, wenn man eine Katze bei sich aufnimmt. Schließlich kann man es nicht erst ausprobieren. Wenn schon, denn schon.«

»Das ist wohl wahr. Mit einem Kater kannst du jedenfalls nicht erst ein paar Mal ausgehen«, sagt er.

»Außerdem will ich einen Schmusekater, und die sind nicht so leicht zu finden.«

»Herrje, du hast aber auch Ansprüche.« In seinen braunen Augen blitzt es auf, als wisse er, dass wir zwischen den Zeilen über viel mehr reden als über Haustiere. Zugegeben, ich habe eine Liste, aber welche Frau von heute hat die nicht? Ich will nun mal etwas ganz Bestimmtes – den besten aller Männer.

Ich meinte Kater.

Ich will einen liebevollen Kater.

Nichts weiter als einen Kater mit vier Beinen und einem Schwanz, der nicht auf den Teppich pinkelt oder meine Möbel zerkratzt. Ist das etwa zu viel verlangt? Klar, eine sechste Zehe wäre echt super, aber das ist wie mit einem überdurchschnittlichen Penis – ideal, aber schwer zu finden. Also erhebe ich mein Weinglas. »Auf die Suche nach dem perfekten Sechs-Zehen-Kater«, sage ich, und lachend stoßen wir an.

Nach dem letzten Schluck Riesling überkommt mich eine weitere Welle der Wärme und droht, meinen Schutzwall vollends zu unterspülen.

Aber eine solche Mauer baut man nicht umsonst auf.

Schließlich haben Kater Krallen.

Die Analogie scheint mir nicht unpassend, denn auch Katzen verführen einen erst dazu, sie zu streicheln – und dann gehen sie auf einen los.

Katzen sind gefährlich.

Dieser Mann ist gefährlich. Das hier ist der Kerl, der mich eiskalt abserviert hat, und zwar ohne ein einziges Wort der Erklärung. Ich kenne noch jemanden, der sich so verhalten hat – meinen Vater. Er hat meine Mutter genauso sitzen lassen. Gedankenverloren blicke ich in mein fast leeres Glas. »Ich sollte besser aufhören.«

»Verträgst du immer noch nichts?«

»Genau. Noch ein Glas, und du kannst mir ein Taxi rufen.« Ich ringe mir ein Lächeln ab, als sei das der wahre Grund für meine Entscheidung. Die Wahrheit ist allerdings, dass ich bei zu viel Alkohol Frühlingsgefühle bekomme. Und das kann ich im Moment nicht riskieren. Auf keinen Fall darf ich zulassen, dass unsere Flirterei unsere Freundschaft oder was auch immer das zwischen uns ist, wiederherstellt, als sei nichts geschehen.

Ganz egal, wie gut er küsst oder wie gut wir uns verstehen, ich darf den Schmerz, den er mir zugefügt hat, nicht vergessen.

Also stelle ich das Flirten ein und komme stattdessen zu der Frage, die mich eigentlich interessiert.

»Tyler«, sage ich und räuspere mich, »ist das der Grund, warum du mich wiedersehen wolltest?«

Aufmerksam legt er den Kopf schief. »Was meinst du?«

»Wolltest du wirklich nur ein bisschen über die Arbeit, Freunde, Katzen und das Leben plaudern? Sonst nichts?«, frage ich und warte auf seine Antwort.

# KAPITEL ZWÖLF

## Tyler

Um ehrlich zu sein, gibt es nur einen Grund, aus dem ich sie wiedersehen wollte. Nein, sie wiedersehen *musste.*

Erst dachte ich, es sei nur Neugier. Das habe ich schließlich auch meinem Cousin letztes Wochenende erzählt. Aber auch wenn mich wirklich alles interessiert, was sie von ihrem Leben erzählt hat, weiß ich jetzt, dass der heutige Abend nicht nur aufgrund meiner Neugier stattfindet.

Dieses Date findet aus genau dem Grund statt, den ich die ganze letzte Woche über verleugnet habe.

Und deshalb muss ich jetzt der Wahrheit ins Gesicht sehen, ich kann sie so wenig ignorieren wie das schrille Läuten meines Weckers um fünf Uhr morgens – ich bedaure, mit ihr Schluss gemacht zu haben.

Wer hätte das gedacht.

Ich bin zunächst wirklich davon ausgegangen, mein Interesse an einem Date habe nichts mit der Vergangenheit zu tun. Aber jetzt, nach all den Worten und dem Gelächter, den Witzen über Bad-Hair-Days und dem heißen, heißen Kuss, der uns beinahe dazu verführt hätte, uns die Kleider vom Leib zu reißen, weiß ich mit absoluter Sicherheit, dass mein Bedauern, sie damals verloren zu haben, die Neugier bei Weitem übertrifft. Das ist es, was mich antreibt. Ich *vermisse* diese Frau. Ich vermisse alles, was wir hätten haben können, wenn ich seinerzeit nicht so verdammt bescheuert gewesen wäre.

Und aus diesem Grund muss ich mit ihr darüber sprechen, was vor acht Jahren passiert ist.

Genau das hatte ich mit meinem Striptease angedeutet. Ich will vollkommen offen sein. Ihr *alles* sagen.

Jetzt muss ich es nur noch tun.

»Auch. Ich wollte wirklich wissen, was du mittlerweile so machst. Aber das ist nicht der einzige Grund.« Nervös trommle ich mit den Fingern auf der Tischplatte. »Weißt du, als ich vorgestern bei dir in der Firma vorbeigeschaut habe …«

Lachend sieht sie mich an. »So nennst du das? *Bei mir in der Firma vorbeigeschaut?*«

Ich werfe ihr ein schiefes Grinsen zu. »Warum? So war es doch, oder?« Dann verblasst mein Lächeln, und ich werde wieder ernst. »Als ich in deiner Praxis war, habe ich gesagt, dass ich damals dachte, ich hätte keine andere Wahl gehabt, als unsere Beziehung zu beenden.«

Ein Schatten legt sich über ihre Augen, und als sie sich aufrichtet, rutscht sie gleichzeitig ein Stück von mir weg. »Ich erinnere mich.«

Ich hebe die Hände, um zu zeigen, dass ich nichts verberge. »Keine Sorge, ich will jetzt nicht die Vergangenheit umdeuten. Und ganz sicher versuche ich nicht, mein Verhalten von damals zu rechtfertigen. Aber ich möchte es erklären. Als ich sagte, ich fühlte mich gezwungen, mit dir Schluss zu machen, lag das schlichtweg an der Tatsache, dass ich nicht geglaubt habe, beides haben zu können – dich und die Karriere, die ich anstrebte.«

»Das weiß ich, Tyler«, sagt sie gereizt. »Das hast du seinerzeit eindeutig klargemacht, das musst du nicht noch mal wiederholen.«

Mist. Ich mache alles nur schlimmer. Besänftigend lege ich meine Hand auf ihren Unterarm. Ihre Haut ist weich und warm, und ich bin ihr so nah, dass ich ihren Duft einatmen kann. Sie riecht frisch, nach Blumen und Frühling.

»Ich will kein Salz in die Wunde streuen und auch nicht versuchen, mich von der Verantwortung loszusprechen. Es war nur einfach dumm von mir, Professor Blair damals zu glauben, das weiß ich jetzt.«

Verwirrt runzelt sie die Stirn.

Daraufhin erzähle ich ihr die ganze Geschichte. Von der Vier in meiner Seminararbeit über sein filmreifes Brillenputzen bis hin zu seinem eiskalten Ratschlag.

Als ich fertig bin, schnaubt sie. »Ganz ehrlich, es überrascht mich nicht, dass er gegen mich war.«

»Warum?«

»Weil ich ihn immer für einen aufgeblasenen Windbeutel gehalten habe.«

Ich muss lachen. »Das war er irgendwie auch. Aber er war zugleich mein Mentor und Berater, und ich hatte den Eindruck, er handelt in meinem Interesse. Damals war ich wirklich besessen von meinem Karrierewunsch und glaubte, keine Wahl zu haben. Und deshalb habe ich unsere Beziehung beendet. Ich sage ja gar nicht, dass es die richtige Entscheidung war. Aber es war nun mal die Entscheidung, die ich getroffen habe. Nicht, dass eine Erklärung es besser macht, aber ich wollte dir den Grund, warum ich damals so abweisend zu dir war, nicht länger schuldig bleiben.«

Sie ergreift ihr Glas, trinkt aber nicht. Stattdessen streicht sie mit dem Finger über den Rand und wirft mir einen distanzierten Blick zu. »Okay.« Ihr Tonfall ist kühl. »Dann hast du ja jetzt, was du wolltest.«

»Autsch.«

Sie zuckt mit den Schultern.

Aber ich bin noch nicht fertig, auch wenn für sie das letzte Wort gesprochen scheint.

»Schau«, rede ich weiter und sehe ihr fest in die Augen, »egal ob richtig oder falsch, ich habe eben geglaubt, dass die kleinste Ablenkung mich das Prädikatsexamen und damit meine Zukunft als Strafverteidiger kosten würde.« Mit dem Finger klopfe ich mir auf die Brust. »Dafür bin ich verantwortlich. Ich war es, der die Entscheidung getroffen hat. Und es war eine verdammt bescheuerte Entscheidung. Aber nachdem ich mich entschieden hatte – egal wie falsch es war –, wusste ich, es gibt nur eine Möglichkeit, es zu schaffen: kalter Entzug.«

»Kalter Entzug ist ja wohl ein Euphemismus«, schnaubt sie. »Wir waren alles füreinander! Und von einem Tag auf den anderen hast du mich aus deinem Leben gestrichen. Kälter geht es ja wohl nicht.«

Einen Moment lang lasse ich den Kopf hängen. Dann blicke ich wieder auf, sehe ihr in die Augen und nehme ihr das Weinglas ab. Langsam stelle ich es beiseite und ergreife ihre Hände. Die Tatsache, dass sie es zulässt, gibt mir Mut. Es ist verrückt, dass ich sie noch vor ein paar Stunden an die Wand gepresst und geküsst habe, als stünde die Welt in Flammen, und jetzt macht es mich nervös, ihre Hand zu halten.

»Ich weiß«, beschwöre ich sie. »Aber ich habe dich so sehr geliebt, dass ich es anders nicht geschafft hätte.«

Sie blinzelt, dann öffnen sich ihre Lippen. »Wie bitte?« Ihr Tonfall ist sanft, fast schon zärtlich.

Verzweifelt drücke ich ihre Hände. »Es stimmt. Mit dir Schluss zu machen, hat mich fast umgebracht, und ich wusste, ich hätte es nicht durchgehalten, wenn ich dich wiedergesehen oder mit dir in Kontakt geblieben wäre. Deshalb habe ich nie angerufen oder mich sonst irgendwie gemeldet.« Ich umfasse ihre Hände noch fester. »Dabei wollte ich es so dringend! Jeden Tag musste ich gegen den Drang ankämpfen. Aber wenn ich mit dir gesprochen hätte, wäre ich eingeknickt.«

Sie seufzt schwer. »Ich kann verstehen, warum du es getan hast. Es gefällt mir nicht, doch ich kann es verstehen. Aber ich weiß nicht, ob du dir vorstellen kannst, wie sehr es mich verletzt hat. Hier mit dir zu sitzen und zu lachen und ein Glas Wein zu trinken, das ist ja alles schön und gut, schließlich bin ich ein großes Mädchen und mittlerweile darüber hinweg. Aber das ändert nichts daran, wie ich mich damals gefühlt habe – als hätte mir jemand das Herz aus der Brust gerissen. Und das nicht nur wegen der Geschichte mit meinen Eltern. Es hat wehgetan, weil ich dich geliebt habe und wir unser Leben miteinander verbringen wollten.«

Ich werde den Teufel tun und ihr jetzt erzählen, wie sehr auch ich gelitten habe. Auch ihre Familiengeschichte kann ich nicht aus der Welt reden. Manchmal muss man eben zu seinen Entscheidungen stehen, und das Ende unserer Beziehung habe nun mal ich allein zu verantworten.

»Ich bereue, was ich dir angetan habe, Delaney. Das ist es, was ich dir sagen wollte. Ich kann nicht die Zeit zurückdrehen und alles anders machen, aber du sollst wissen, dass jede Sekunde, die wir hier zusammen sitzen, uns unterhalten, uns küssen, mir klarmacht, wie sehr ich meine Entscheidung bereue.«

»Und, was ist das für ein Gefühl, o großer Anwalt?«, fragt sie mit der Andeutung eines Lächelns.

»Mies. Es fühlt sich echt mies an.«

»Das Gefühl kenne ich nur zu gut«, sagt sie, und dann seufzt sie tief. Einen Moment lang schweigen wir beide.

Normalerweise kann ich Gesprächspausen nicht gut ertragen, aber vielleicht ist es diesmal notwendig, um die Geschehnisse zu verarbeiten.

Auch wenn mir der Moment eindeutig zu lange dauert. Als sie schließlich das Schweigen bricht, atme ich auf.

»Aber eins würde ich schon gern wissen. Wenn es dir so unglaublich wichtig war, Strafverteidiger zu werden, dass du mich dafür verlassen hast, warum zum Teufel führst du dann jetzt eine Kanzlei, die sich auf Medienrecht spezialisiert hat? Das ist ja nicht gerade ein Bereich, bei dem sich viel im Gerichtssaal abspielt.«

Lachend lehne ich mich zurück, froh, dass der schwierige Teil des Abends offenbar erst einmal vorüber ist.

»Stimmt. Bei uns geht es meistens um Abschlüsse und Verträge. Aber zur Abwechslung ist das mal eine lustige Geschichte. Und eine kurze.«

Erwartungsvoll sieht sie mich an. »Ich bin ganz Ohr.«

Lächelnd reibe ich mir über das Kinn. »Na ja, ich habe einfach nach einer Weile herausgefunden, was mich an der ganzen Rechtsgeschichte so fasziniert. Es war gar nicht das eigentliche Schaulaufen vor den Geschworenen, sondern die Medien selbst, die meinen Zukunftswunsch geprägt haben. Die Bücher, Filme, Serien, das ganze Zeug eben.«

Lachend wirft sie den Kopf in den Nacken. »Das ist nicht dein Ernst, oder?«

Verlegen zucke ich mit den Achseln. »Versteh mich nicht falsch, ein Schlussplädoyer zu halten ist für mich immer noch der Gipfel der Coolness, aber nach und nach habe ich dank meines Cousins bemerkt, dass es eher die Geschichten selbst waren, die ich so geliebt habe. All die Filme, die mich so inspiriert haben. Und mittlerweile genieße ich nichts mehr, als meinen Klienten zu helfen, in genau diesem Bereich ihre Träume zu verwirklichen.«

»Mir war immer klar, dass du erfolgreich sein würdest. Jedenfalls überrascht es mich nicht, dass du mit Anfang dreißig schon eine Art Staranwalt der Medienwelt geworden bist.«

Neugierig ziehe ich eine Augenbraue hoch. »Woher weißt du, dass ich ein Staranwalt bin?«

»Natürlich habe ich dich nach unserem Gespräch gegoogelt und mich informiert, was du so machst und wen du alles vertrittst. Ganz schön beeindruckend. Ich bin stolz auf dich.«

Wenn sie mich nicht ohnehin schon um den Finger gewickelt hätte, spätestens jetzt hätte sie mich komplett in der Hand. Und auch wenn das Gefühl des Bedauerns so stark ist wie nie, mischt sich doch gerade eine Prise Hoffnung dazu. Wer weiß, vielleicht kriege ich ja noch eine zweite Chance.

Aufregung flackert in mir auf. Um mein Ziel zu erreichen, will ich verstehen, wer sie heute ist, diese Frau mit den roten High Heels, den magischen Händen und der Schildkröten-Kette, der ihre Freundinnen so viel bedeuten.

»Und was ist mit dir? Deine Nackenmassage war zwar schon immer unglaublich, aber bei dir ist die berufliche Veränderung deutlich radikaler als bei mir. Was hat es damit auf sich? Wie bist du dazu gekommen?«

Noch bevor sie antworten kann, taucht die Bedienung auf und fragt, ob wir noch etwas trinken wollen.

Delaney schüttelt den Kopf. Als die Kellnerin sich wieder abwendet, sieht sie mich an und zeigt auf ihr leeres Glas. »Wenn ich noch eins trinke, tue ich vielleicht etwas, das ich bereue.«

Enttäuscht sehe ich sie an.

Als sie meinem Blick begegnet, sagt sie leise: »Es war einfach eine Art Sinneswandel. Das ist alles. Und jetzt muss ich wirklich gehen.«

*Sinneswandel.*

Hoffentlich hat sie den nicht gerade auch in Bezug auf mich. Irgendwie muss ich ihr beweisen, dass ich wirklich eine zweite Chance bekommen möchte. Morgen trifft sie sich mit ihren Freundinnen, und ich werde das Gefühl nicht los, dass sie die wahre Jury sind, die ich überzeugen muss. Also bleibt mir nur ein kleines Zeitfenster, um Delaney klarzumachen, dass ich nicht mehr derselbe Mann bin, der sie vor acht Jahren sitzen gelassen hat. Ich habe mich verändert.

Nachdem ich bezahlt habe, gehen wir hinaus. Auf dem Gehweg vor der Bar fahre ich mit den Fingern sanft durch ihr Haar. Jetzt muss ich all meine Stärken ausspielen, und die liegen eindeutig auf der körperlichen Ebene. Sie genießt die Berührung und lehnt sich an mich. Jackpot. Weiter so.

Aber ich habe noch eine weitere Stärke. Mein Detailgedächtnis, vor allem bei Dingen, die mir wichtig sind. »Gehst du morgen früh wieder laufen?«

Überrascht sieht sie mich an.

»Ich bin mir ziemlich sicher, dass du fast jeden Morgen joggen gehst.«

Als Antwort schenkt sie mir ein kleines Lächeln. »Stimmt.«

»Mit deinen Freundinnen?«

Lachend schüttelt sie den Kopf. »Morgen bin ich allein. Ich laufe samstags gern früh, weil ich vormittags meist noch arbeite. Und Nicole um diese Uhrzeit aus dem Bett zu kriegen, ist wie einen Hund dazu aufzufordern, Brokkoli zu essen.«

»Früh stört mich nicht. Brokkoli übrigens auch nicht. Wo sollen wir uns treffen?«

»Tyler …«, sagt sie widerstrebend.

Entschlossen lege ich ihr eine Hand auf die Schulter. »Es ist nur eine Runde im Park. Nichts weiter. Wir können laufen und uns dabei unterhalten. Oder laufen und schweigen, wenn dir das lieber ist.«

»Warum?«

Ich lasse meine Hand zu ihrer Wange wandern und fahre mit dem Daumen über ihre Oberlippe. »Weil ich leider nicht Cat Crazypants bin, der die Zeit acht Jahre zurückdrehen kann. Also bleibt mir nur die Hoffnung, dass du mich morgen noch einmal sehen willst.«

Ihre braunen Augen blitzen auf. »Cat Crazypants kann die Zeit zurückdrehen?«

»Darauf kannst du wetten.«

Und vielleicht kann ich es auch, irgendwie, denn sie sagt Ja. Und in Berufungsverfahren war ich schon immer unschlagbar.

# KAPITEL DREIZEHN

## Tyler

Im Halbdunkel der Morgendämmerung jogge ich entspannt von meiner Wohnung durch die Alleen der Upper East Side, das Handy ans Ohr gepresst.

Für einen Samstagmorgen ist es unchristlich früh, aber ich muss mal wieder einen nervösen Klienten beruhigen.

»Jay, ich habe gestern mit Craig gesprochen und ihm noch einmal gesagt, dass der letzte Punkt bei ›After Dark‹ nicht verhandelbar ist. Eher schließen wir den Vertrag nicht ab.«

Jay schnauft, stöhnt und seufzt. Ganz bestimmt läuft er gerade im Kreis wie ein Tiger im Käfig.

»Bist du sicher, dass wir das wirklich so durchziehen sollen?«, fragt er mit einem Kieksen in der Stimme.

»Jay,«, sage ich ruhig und selbstbewusst, während ich meinen Lauf vor der Fußgängerampel verlangsame, »vertrau mir. Das ist nicht meine erste Verhandlung mit Craig. Ich weiß, woran er sich aufhängt. Aber das ist wirklich ein Punkt, bei dem wir hart bleiben sollten.«

»Und wenn wir damit untergehen?«

Die Ampel springt auf Grün, und als ich die Fifth Avenue überquere, versichere ich ihm, dass es das Risiko wert ist. »Wir kriegen das hin. Manchmal muss man etwas riskieren, um zu bekommen, was man will. Das weißt du, oder?«

Zuerst sagt er nichts, und ich bereite mich schon darauf vor, meine eigene Frage beantworten zu müssen. Leben bedeutet Risiko. Wenn man etwas will, muss man sich darauf einlassen.

Nervös atmet er aus. »Okay. Wenn du es sagst, Boss.«

»Das tue ich«, bestätige ich und versuche, möglichst überzeugend zu klingen, um ihm die Angst zu nehmen. »Und jetzt hör mir zu, es ist sechs Uhr morgens. Geh wieder ins Bett und hab ein bisschen Vertrauen, dass wir diese Sache zusammen meistern. Ich lasse dich nicht hängen.«

Vor meinem inneren Auge sehe ich, wie er in seiner Brooklyner Wohnung steht und lächelnd nickt. »In Ordnung. Dann lege ich mich jetzt auf Anweisung meines Anwalts wieder hin.«

»Wunderbar«, sage ich, beende das Gespräch und biege in den Park ab, vorbei an hohen Bäumen und dichten Sträuchern, bis ich in der Nähe des Wasserreservoirs einen sexy Engel beim Stretching entdecke.

Was für ein Anblick am frühen Morgen!

Im Licht der aufgehenden Sonne danke ich dem Himmel für meine guten Augen. Delaneys Hintern steckt heute in engen pinken Shorts, und ich genieße es, ihr zuzusehen, während sie mit dem Rücken zu mir Ausfallschritte übt. Meinem Schwanz gefällt der Anblick auch, sodass ich schnell meine kurze Sporthose richten muss, damit ich nicht mit einem offensichtlichen Ständer neben ihr auftauche.

Andererseits, wen kümmert es schon, ob sie weiß, dass ich auf sie stehe? Mit ziemlicher Sicherheit hat sie das mittlerweile kapiert.

Entschlossen gehe ich zu ihr hinüber.

Sie dreht sich zu mir um und winkt.

Und lächelt.

Ihr Lächeln gibt mir das Gefühl, eine Chance zu haben. Eine Chance, ihr Herz noch einmal zu gewinnen. Mein eigenes klopft heftig, als ich mich ihr nähere, und es liegt nicht nur daran, dass ich sie für die attraktivste Frau halte, die ich je gesehen habe, sondern an der Tatsache, dass sie ganz einfach wunderbar ist – mit allem, was sie ausmacht.

Gerade als ich neben sie trete, richtet sie sich wieder auf. »Hey.«

»Hey.«

Plötzlich ist wieder diese seltsame Befangenheit zwischen uns, aber heute weiß ich, was ich dagegen tun kann. Kopfüber springe ich ins kalte Wasser und küsse sie auf den Mund. Zuerst bleibt sie stocksteif stehen. Okay, so geht das nicht. Spielerisch fahre ich mit der Zunge über ihre Oberlippe. Ein leises Keuchen entfährt ihr, und sie gibt nach. Ihre warmen Lippen verschmelzen mit meinen, und ein Stromstoß durchzuckt meinen Körper. In Gedanken kann ich schon sehen, wie ich sie hochhebe, zu einer abgelegenen Baumgruppe trage und sie küsse, bis sie mich anfleht, dass wir nach Hause gehen.

Genau das kann ich kaum erwarten – ich will, dass sie darum bettelt, weil ich weiß, wie sehr sie darauf steht –, aber wahrscheinlich braucht sie noch etwas Zeit.

Ganz davon zu schweigen, dass Sex im Central Park einem schnell eine Gerichtsvorladung einbringt. Öffentliche Unzucht ist selten so unauffällig, wie die involvierten Parteien glauben.

Also knabbere ich nur leicht an ihrer Unterlippe, bis sie mich mit einem kehligen Stöhnen belohnt, und schaffe es dann mithilfe beinahe unmenschlicher Willenskraft, den Kuss zu beenden.

Sie blinzelt. Mehrfach. Schwankt leicht, als stünde sie nicht mehr ganz fest auf dem Boden. Gut so. Genau diese Wirkung will ich auf sie haben.

Stirnrunzelnd sieht sie mich an. »Entschuldigung, aber sind wir schon so weit, dass wir uns küssen, wenn wir uns im Park treffen?«

»Offenbar.«

»Seltsam. Diesen Aktenvermerk habe ich irgendwie überlesen.«

Ich wippe leicht auf den Fersen. »Soll ich ihn zurücknehmen?«

»Den Kuss oder den Vermerk?«

»Den Vermerk natürlich«, sage ich nüchtern, als sei das offensichtlich. »Einen Kuss kann man nicht zurücknehmen.«

»Bist du dir da ganz sicher, Nichols?«

»Ich kann *versuchen,* den Kuss zurückzunehmen. Soll ich, meine Süße?«, frage ich und benutze ihren Kosenamen von früher. Es scheint sie nicht zu stören, und das ist ein verdammt gutes Zeichen.

Sie grinst. »Nur zu.«

Ich küsse sie noch einmal. Als würde ich das Verschmelzen unserer Lippen zurückspulen, löse ich mich langsam von ihr, zärtlich, und wieder bleibt sie wie benommen stehen.

Perfekt.

Wenn sie mich schon so verrückt macht, so steif, meine Körpertemperatur in ungeahnte Höhen steigen lässt, kann ich es ihr wenigstens mit gleicher Münze zurückzahlen.

Und nach ihrer Reaktion zu urteilen, mache ich alles richtig.

Mit der Hand zeige ich erst auf sie, dann auf mich. »So. Ich glaube, ungefähr so nimmt man einen Kuss zurück.«

Immer noch grinsend nickt sie zum Weg hinüber. »Bereit zu verlieren, Nichols?«

Einem Wettkampf konnte ich noch nie widerstehen. »Das wollen wir erst mal sehen«, sage ich und verpasse ihrem in pinkes Nylon gehüllten Po einen Klaps.

Ihre braunen Augen werden groß vor Entrüstung, aber ein versteckter Glanz verrät mir doch, dass dieser Lady der ein oder andere Klaps ganz gut gefällt.

Das ist neu. Und durchaus interessant.

Sofort setze ich einen neuen Vermerk auf meine mentale To-do-Liste: herausfinden, ob sie auf Spanking steht. Im College haben wir es nie ausprobiert, es war einfach kein Teil unseres Repertoires. Aber jetzt bin ich noch entschlossener als zuvor, herauszufinden, was ihr gefällt – im Bett und anderswo.

Die ersten zwei Minuten unseres Laufs verbringen wir schweigend, während wir unsere Geschwindigkeit finden.

Und die ist definitiv hoch. Offenbar war ihre Herausforderung ernst gemeint. Jedenfalls hat die Frau einen ganz schönen Zahn drauf. Gefällt mir. Mit ihr mitzuhalten ist nur noch ein weiteres Spielfeld, auf dem sie meinen Ehrgeiz weckt. Während sich dieser Gedanke formt, erkenne ich, dass genau das der Grund ist, aus dem ich so auf sie stehe. Sie hat mich schon immer herausgefordert.

In der ersten Kurve laufen wir an einigen Ahornbäumen vorbei, deren Äste sich über den Weg spannen.

»Also, Delaney. Jetzt bist du dran.«

Aus dem Augenwinkel sieht sie mich an. »Womit denn?«

Ich hebe die Hände und tue so, als würde ich Teig kneten. »Wie zum Teufel bist du die Frau mit den magischen Händen geworden? Die ganzen Verträge haben meinem Nacken ganz schön zugesetzt, aber vorgestern Morgen hast du ein echtes Wunder gewirkt«, sage ich und reibe mir über die Rückseite meines Halses.

Sie wirft mir ein warmes Lächeln zu. »Schön, dass es dir geholfen hat. Hast du das Problem öfter?«

»Ja«, antworte ich, aber bevor ich weitersprechen kann, merke ich, dass sie versucht mich abzulenken, um der ursprünglichen Frage aus dem Weg zu gehen. Aber darauf lasse ich mich nicht ein. »Also, wie ist es dazu gekommen?«

Grinsend wackelt sie beim Laufen mit den Händen. »Die magischen Hände? Ganz einfach. Als kleines Mädchen habe ich mal eine Sternschnuppe gesehen und sie mir gewünscht. *Et voilà.*«

Lachend verdrehe ich die Augen und verpasse ihrem hübschen Hinterteil einen weiteren Klaps. Gespielt jault sie auf.

»Der gegnerische Zeuge wird jetzt ins Kreuzverhör genommen.«

»Einspruch. Hier gibt es kein Kreuzverhör. Da musst du schon etwas härter arbeiten.«

»Na ja, *hart* bin ich auf jeden Fall schon mal …« Mein Blick wandert nach unten, und Delaneys Augen folgen ihm, während wir mit gleichbleibender Geschwindigkeit weiterlaufen.

»Ja, das ist mir aufgefallen, als du angekommen bist«, sagt sie mit einem Augenzwinkern.

Gerade als ich zu meiner nächsten Antwort ansetzen will, merke ich, dass unser neckischer Schlagabtausch mich fast schon wieder von meiner eigentlichen Mission abgelenkt hätte – sie wieder kennenzulernen. Delaney ist eine Person, die ihre Gefühle immer bedeckt hält. Sie braucht Zeit, um sich zu öffnen. Wenn sie so weit ist, kann man wunderbare Gespräche mit ihr führen, aber manchmal ist der Weg dorthin schwierig wie die Befragung eines unwilligen Zeugen. Gut, dass ich so ein hartnäckiger Bastard bin.

»Aber kommen wir noch mal auf die Ausgangsfrage zurück, mein sexy Engel.« Während der kurzen Pause fällt mir auf, dass mir »sexy Engel« besser gefällt als »meine Süße«. Es passt zu der Frau, die sie jetzt ist. »Wie bist du vom Jurastudium zur Massagetherapie gekommen?«

Seufzend hält sie den Blick fest nach vorn gerichtet und springt über einen kleinen Ast, der mitten auf dem Weg liegt. »Meine Geschichte ist einfach. Erinnerst du dich noch an den Debattierwettbewerb?«

Wie könnte ich *The Elite* je vergessen? Schließlich habe ich sie dort das letzte Mal gesehen. Professor Blair hatte mich mit einem neuen Debattierpartner zusammengebracht, und wir gaben Vollgas. Ich hatte mich vorbereitet, als ginge es um einen Prozess am internationalen Gerichtshof, und wir zogen unsere Linie ohne Rücksicht auf Verluste durch – und gewannen haushoch.

Was allerdings auch bedeutet hatte, Delaney schlagen zu müssen, auch wenn sie an diesem Tag wirklich glänzte.

»Ich erinnere mich noch gut«, erwidere ich, während wir an einer Gruppe grauhaariger Männer vorbeilaufen, die wahrscheinlich gemeinsam für einen Marathon trainieren. »Wir hätten eigentlich zusammen antreten sollen.«

»Aber dann hast du dir einen neuen Partner gesucht, und wir sind gegeneinander angetreten. Es war ein Preisgeld ausgeschrieben, das man sich auf die Studiengebühren hätte anrechnen lassen können«, sagt sie, und ich stolpere beinahe über meine eigenen Füße.

Ihre Worte fühlen sich an wie ein Schlag in die Magengrube. Wie konnte ich das übersehen? Mit diesem Geld hätte sie ihr Masterstudium aufnehmen können. Als ich angetreten war, wusste ich gar nicht, dass es einen Preis gab – erst am Ende der Debatte wurde es noch einmal öffentlich verkündet. Hat mein Sieg sie etwa ihr Studium gekostet?

»Richtig«, entgegne ich und schlucke trocken. »Hattest du mit dem Geld gerechnet?«

Ein Schatten gleitet über ihr Gesicht, Trauer vielleicht. Ich bin mir nicht sicher, aber als ich mir wieder vor Augen rufe, wie ich mich damals in den Wettstreit gestürzt habe, krampft sich alles in mir zusammen. Tatsächlich bin ich die anderen Teilnehmer wohl härter als nötig angegangen und habe am Ende das Preisgeld eingestrichen. Dreitausend Dollar sind in Anbetracht der Studiengebühren hier in den Staaten nur ein Tropfen auf den heißen Stein, aber für Delaney hätte es vielleicht einen Einstieg bedeutet.

»Lag es am Geld?«, wiederhole ich und halte den Atem an, so sehr hoffe ich, dass sie Nein sagt. Denn bei einem Ja muss ich mir für den nächsten Badeurlaub leider ein Paar Betonschuhe kaufen.

»Ganz ehrlich, nein«, antwortet sie, und mein Schritt wird augenblicklich wieder leichter. »Zugegeben, das Geld hätte mir weitergeholfen, wenn meine Entscheidung für das Studium noch gestanden hätte. Aber die Debatte hat mir …« Sie verlangsamt ihren Lauf und blickt auf in die ersten pfirsichfarbenen Strahlen der Sonne, die gerade über den Horizont steigt. »Sie hat mir einfach die Augen geöffnet. Während wir uns da die Argumente um die Ohren hauten, habe ich ein für alle Mal verstanden, dass eine Anwaltskarriere einfach nichts für mich ist.«

Ihre Worte *sollten* bewirken, dass ich mich besser fühle, tun es aber nicht. Schlimm genug, dass ich mit ihr Schluss gemacht habe. Vielleicht hat mein aggressives Auftreten sie auch noch ihren Lebenstraum gekostet. Himmel, wie konnte ich nur so ein Arsch sein?

»Die Debatte war also der Grund dafür, dass du das Studium aufgegeben hast?«, frage ich noch einmal nach, denn aus einem unbestimmten Grund habe ich das Gefühl, dass sie mir etwas verschweigt. Kein großes, krasses Geheimnis wie eine Schwangerschaft oder eine Krankheit. Ich meine eher die *emotionale* Seite ihrer Entscheidung. Irgendetwas Persönliches, das sie mir nicht erzählen will. So war Delaney schon immer, also vermute ich, dass auch diesmal mehr dahintersteckt.

Beim Laufen löst sich eine Haarsträhne aus ihrem Pferdeschwanz, und sie streicht sie sich hinters Ohr. »Ja. Die Debatte war echt hart.«

»Das stimmt. Aber das warst du auch, Delaney«, sage ich und denke daran, wie messerscharf sie auf dem Podium ihre Argumente verteidigt hat. »Du warst unser härtester Gegner.«

Dankend nickt sie mir zu. »Für mich stand einfach viel auf dem Spiel. Die Debatte hat mich gezwungen, lange und intensiv darüber nachzudenken, was ich mit meinem Leben anfangen will. Genau wie du war ich früher der Meinung, im Kampf um Recht und Gesetz meine Berufung gefunden zu haben.«

Mein Magen zieht sich wieder zusammen, als ich die nächste Frage stelle. »Und nur eine Debatte hat all das geändert?«

»Na ja«, antwortet sie lachend, »nicht direkt. Aber es war ziemlich erhellend.«

»Was hat es denn erhellt?« Das Gefühl von Schuld macht mein Herz bleischwer.

Plötzlich springt sie von mir weg. Gerade habe ich mich umgedreht und will ihr folgen, als sie stehen bleibt, einen weggeworfenen Getränkebecher aufhebt und wieder auf den Weg zurückkehrt. »Umweltverschmutzung. Mein persönlicher Feind.«

Mit einer schnellen Bewegung schnappe ich ihr den Becher aus der Hand und werfe ihn wie einen Basketball in den nächsten Mülleimer.

»Treffer versenkt«, sagt sie, während wir unseren Lauf fortsetzen. »Und um deine Frage zu beantworten, die Debatte hat es mir leicht gemacht, alle meine Zusagen für das Masterstudium wegzuwerfen.«

»Wow. Du hast einfach abgesagt? An allen Unis?« Eine solche Entscheidung kann ich mir nicht vorstellen.

»Yep. Bis auf meine erste Wahl hatte ich nur Zusagen, aber ich habe keine angenommen.«

Man kann sicher nicht behaupten, dass mir oft die Worte fehlen, aber diese Information verschlägt mir im wahrsten Sinne des Wortes die Sprache. Ich muss mich erst mal sammeln. »Warum? Weil du nur an diese eine Uni wolltest?«, erkundige ich mich dann.

Sie zuckt mit den Achseln. »Ich wollte einfach nicht mehr Jura studieren, Tyler«, erklärt sie, aber ihr Tonfall ist so unbestimmt, dass ich nicht heraushören kann, ob die Antwort gut ist oder schlecht. So hat sie unangenehme Unterhaltungen schon immer beendet, und ich bin mir nicht sicher, ob ich sie drängen soll oder einfach akzeptieren muss, dass mein Vergehen an ihr wohl schwerer war als vermutet. Dass mein bedingungsloser Siegeswille eine Rolle beim Ende all ihrer Träume gespielt hat.

Eine halbe Meile lang wäge ich ab, was ich tun soll. Aber plötzlich streckt sie ihre Hand aus und haut mir auf den Hintern. »Rache ist süß, Lahmarsch.«

Dann gibt sie Gas und lässt mich einfach stehen.

Offensichtlich ist die Unterhaltung vorbei, und vielleicht

habe ich ja auch zu viel hineininterpretiert. Vielleicht ist sie gar nicht mehr sauer. Jedenfalls rennt sie mir gerade davon und wartet darauf, dass ich ihr hinterherlaufe, also bin ich noch im Spiel. Mittlerweile hat sie einen ziemlichen Vorsprung, genau wie letzten Sonntag. Aber diesmal lasse ich sie nicht entkommen. Meine Schritte werden schneller, und der Schotterweg fliegt unter meinen Füßen hinweg. Nur Sekunden später habe ich sie eingeholt. »Versuchst du etwa zu fliehen, sexy Engel?«

Ein verschmitztes Grinsen lässt ihre Augen funkeln, als wir den Gipfel des Hügels erreichen. Auf einmal bleibt sie stehen, packt mein T-Shirt und zieht mich an sich. Eine Sekunde lang denke ich, sie will mich küssen, aber stattdessen sagt sie nur: »Das hatte ich vor, aber du hast mich ja gefangen.«

»Dir würde ich auch noch ein paar Meilen mehr hinterherlaufen, wenn es sein muss.«

»Ach ja?«

Zweideutigkeiten, um den heißen Brei herumreden. So kenne ich sie. Sie *braucht* es, das verstehe und respektiere ich. Erst hat das Leben diese Frau nicht besonders gut behandelt, und dann kam auch ich noch dazu. Das spielerische Necken, das Flirten, all das setzt sie nur ein, um sich innerlich abzuschotten.

Es sind ihre Waffen, um sich vor neuem Schmerz zu schützen.

»Dir werde ich immer hinterherlaufen, egal wohin«, verkünde ich entschlossen, damit sie merkt, dass ich es ernst meine.

Zwar hebt sie erst misstrauisch eine Augenbraue, aber dann lächelt sie mir zu. »Gut«, flüstert sie. Und es klingt verdammt nach einer Herausforderung.

Gemeinsam setzen wir unseren Lauf fort. »Und warum hast du dich dann für Massagetherapie entschieden?«

»Das ist eine gute Frage«, sagt sie, während ihr Atem sich beim Laufen wieder beschleunigt.

»Also verdient sie eine gute Antwort.«

Plötzlich ertönt ein grelles Quietschen, und eine schlanke Frau mit kurzen, glänzend schwarzen Haaren rennt auf uns zu, die Arme weit ausgebreitet.

»Delaney!«, ruft sie aus und rennt sie dabei beinahe um.

»Gigi! Wie geht es dir?« Auch Delaney strahlt, als die beiden sich fest umarmen.

Nachdem sie sich wieder voneinander gelöst haben, streicht Gigi sich mit der Hand über das kurzgeschnittene Haar. »Welten besser.«

»Wirklich?«

Gigi nickt. »Ich schwöre.« Sie zeigt auf ihren Bauch. »Und ich habe zugenommen. Ich sehe besser aus, seit ich nicht mehr herumlaufe wie ein mageres Hühnchen.«

»Du warst als mageres Hühnchen genauso hinreißend wie jetzt«, gibt Delaney zurück und wendet sich mir zu. »Tyler, das ist eine meiner Klientinnen, Gigi. Sie hat gerade dem Krebs eine Absage erteilt.«

»Gut so!« Ich hebe eine Hand, und Gigi schlägt ein.

Dann stellt sie sich in Siegerpose und stößt eine Faust in die Luft. Man sieht, wie stolz sie ist. Verständlich.

»Und diese Wundertäterin hat mir mehr als geholfen«, sagt Gigi und legt Delaney beide Hände auf die Schultern. Dann senkt sie ihre Stimme zu einem lauten Flüstern. »Sie war mein persönliches Marihuana.«

Ich muss lachen.

»Delaney ist eine Art natürliches High. Egal, was sie macht, hinterher fühlt man sich wunderbar.«

Delaney winkt bescheiden ab. »Ich bin so froh, dass es dir besser geht.«

»Ja, wirklich«, entgegnet Gigi und fährt sich erneut mit der Hand durch das kurze Haar. »Vor allem, weil meine Locken langsam wieder wachsen. Apropos, dieses Wochenende feiere ich eine Perücken-Party. Hast du meine Einladung bekommen? Ich habe sie vor ein paar Tagen im Nirvana abgegeben.«

Delaney schnipst mit den Fingern. »Ja! Ich wollte eigentlich gleich antworten, aber dann kam etwas dazwischen. Eigentlich müsste ich es schaffen, aber ... ich habe keine Perücke.«

Gigi sieht sie streng an. »O nein, meine Liebe. Aber jetzt hast du einen hervorragenden Grund, shoppen zu gehen.«

Beide lachen auf, dann sieht Gigi zu mir und deutet auf Delaney. »Sorg dafür, dass sie shoppen geht, verstanden?«

Ich salutiere. »Dein Wunsch ist mir Befehl.«

Gigi stößt Delaney leicht mit der Schulter an, dann tätschelt sie meinen Arm. »Der ist übrigens echt süß«, sagt sie laut und nickt mit dem Kopf in meine Richtung.

Lachend erwidert Delaney den Blick ihrer Klientin. »Nein, er ist nicht echt süß, Gigi. Echt süß sind Babykatzen, Igel und kleine Hunde, die Fliegen tragen.«

»Hunde, die Fliegen tragen?«, wiederhole ich verständnislos.

»Mach einfach mit«, flüstert Delaney, und ich nehme an, dass es sich um irgendeinen Insiderwitz zwischen den beiden handelt.

Delaney wendet ihre Aufmerksamkeit wieder Gigi zu. »Wenn er also nicht süß ist, was ist er dann? Kleiner Tipp: Er ist die Definition dieses einen Wortes ...«

Gigi schlägt aufgeregt die Hände zusammen. »Darf ich es sagen? Bitte!«

»Aber sicher.«

»Er ist fickwürdig!«, ruft Gigi, und beide brechen in schallendes Gelächter aus, während ich mich fühle, als hätte ich im Lotto gewonnen. Ich stelle mich noch ein bisschen aufrechter hin und lächle breit.

»Vielen Dank, ich fühle mich geehrt. Vor allem, wenn es von zwei so wunderbaren Damen kommt«, gebe ich das Kompliment etwas zivilisierter zurück. Denn sie haben es beide verdient. Es ist schön zu sehen, wie natürlich Delaney mit ihren Freundinnen umgeht – offenbar nicht nur mit Nicole und Penny, sondern auch hier mit Gigi bei diesem unerwarteten Aufeinandertreffen. Offensichtlich ist nicht nur Delaneys Körper eine Augenweide, denn wer solche Freunde hat, ist auch innerlich wunderschön.

Mit einem Lächeln erklärt Gigi: »Wir haben uns während der Massagen über eine Menge Dinge unterhalten, über das Leben, die Freiheit, das Streben nach Glück und eben über die verschiedenen Grade von Attraktivität – von Fliege tragenden Hunden bis zu verboten gut aussehenden Männern.«

»Fickwürdigen Männern eben«, fügt Delaney hinzu.

»Da bin ich aber froh, nicht in der Kategorie der ›Fliege tragenden Hunde‹ gelandet zu sein«, sage ich, denn erstens stimmt es, und zweitens habe ich absolut keine Probleme damit, wenn zwei solche Frauen über mich reden wie über ein Stück Fleisch.

Gigi streckt ihre Hand aus. »Schön, dich kennengelernt zu haben, Tyler.«

Herzlich schütteln wir uns die Hände. »Das kann ich nur zurückgeben, Gigi.«

Ein paar Sekunden lang joggt sie auf der Stelle, dann läuft

sie weiter den Weg entlang. Über die Schulter ruft sie noch: »Wir sehen uns mit Perücke, Delaney!«

Als sie verschwunden ist, zeigt Delaney mit dem Daumen in Richtung der extravaganten Frau. »Beantwortet das deine Frage über meine Berufswahl?«

Ich nicke, denn ich verstehe sofort, was sie meint. »Ja. Du kannst die Menschen wirklich berühren, ihr Leben verändern.«

»Nicht alle meine Klienten haben medizinische Probleme. Aber wenn es so ist, macht es mich wirklich glücklich, ihnen ein wenig Erleichterung zu verschaffen, eine Auszeit vom Schmerz. Natürlich bin ich kein Arzt und keine Krankenschwester, aber ich kann den Menschen auf meine eigene Art und Weise helfen, und vielleicht macht es ja einen kleinen Unterschied. Deshalb habe ich mich für das Massieren entschieden.«

»Ich glaube, es macht einen großen Unterschied. Immerhin hat dich Gigi gerade eine Wundertäterin genannt.«

Delaney strahlt, und es gefällt mir, dass ein einfaches Kompliment sie so glücklich macht, also rede ich weiter. »Du sorgst dafür, dass es vielen Menschen besser geht. Das ist nicht nur ein Geschenk, sondern auch ein ganz besonderes Talent. Zugegeben, bei deinem Verstand und deinem Argumentationsvermögen habe ich immer gedacht, du würdest eine fantastische Anwältin abgeben, aber den Reaktionen deiner Klienten und dem, was du mit meinem Nacken angestellt hast, nach zu urteilen, hast du augenscheinlich einen passenderen Beruf für dich gefunden.«

Und das sage ich nicht nur, weil ein hartnäckiges Restgefühl von Schuld mir einflüstert, ich sei dafür verantwortlich, dass sie ihren Traum aufgegeben hat. Sondern ich sage es, weil ihre Arbeit sie so offensichtlich glücklich macht.

»Vielen Dank. Außerdem kommt einfach nichts gegen die Kleiderordnung im Spa an. Den ganzen Tag in Yogahose! Auf Kostüme und Hosenanzüge war ich noch nie besonders scharf und ich finde auch nicht, dass sie mir stehen.«

»Das glaube ich nicht. Ich wette, im Kostüm siehst du geradezu fickwürdig aus.«

»Das würdest du wohl gern mal sehen.«

»Ich würde lieber sehen, wie du es ausziehst.«

Und schon war wieder all meine Konzentration umsonst.

Mein Blick wandert über ihren Körper, und auch wenn sie in diesen knappen Shorts und dem T-Shirt aussieht wie die Sünde selbst, wäre diese Frau in einem engen Rock, figurbetonter Bluse und Killer-High-Heels mindestens genauso attraktiv. Und wenn sie dann noch mit einer dieser sexy Brillen auf der Nase vor einem Bücherregal steht ... Oder, noch besser, auf der Schreibtischkante sitzt und ich ihr die Bluse aufreiße, sodass alle Knöpfe durch den Raum fliegen, dann ihren Rock hochschiebe und sie die Beine um mich schlingt ...

»Alles in Ordnung?«

Blinzelnd bemerke ich, dass sie mich anstarrt, und ich frage mich, wie lange ich wohl im Reich der Fantasie unterwegs war.

»Was?«

»Du bist so abwesend.«

»Ach, wirklich? Ich habe mir dich in Zehn-Zentimeter-High-Heels vorgestellt, da hat mein Gehirn wohl einfach abgeschaltet.«

»Du bist ein ganz schöner Schuh-Fetischist geworden, was?«

Mit einem Stöhnen flüstere ich ihr zu: »Es gibt etwas, das ich dir sagen muss.«

»Und zwar?«

Bewundernd lasse ich meinen Blick über ihre schlanke Figur wandern und verharre schließlich an ihren … weißen Turnschuhen. »Deine Sneakers machen mich an«, verkünde ich in anzüglichem Tonfall.

Sie bleibt kurz stehen, hebt ein Bein und reibt mit dem Schuh über ihren linken Unterschenkel. »Macht dich das heiß?«

Diesmal schnaube und keuche ich wie ein Bulle. »O ja, Baby.«

Daraufhin reibt sie ihren Fuß mit dem Laufschuh an meinem Bein, und zugegeben, es macht mich tatsächlich an. Vielleicht bin ich mit ihr einfach für alles zu haben. Möglicherweise stehe ich aber auch nur darauf, wenn sie in dieser Stimmung ist – verspielt, neckisch, cool genug, um einfach mit dem Moment zu gehen.

»Bitte noch mal«, flehe ich sie an, und sie greift nach meinem Arm, um nicht das Gleichgewicht zu verlieren, während ihr Fuß mein Bein hinaufgleitet.

»Mehr? Du willst noch mehr?«, stachelt sie mich an.

»Viel mehr!«

Sie prustet los und stellt ihren Fuß wieder auf den Boden. »Gut zu wissen, dass meine großen Füße dich anmachen.«

»Deine großen Füße und die Person, an der sie dranhängen«, korrigiere ich sie.

»Vielen Dank für die Klarstellung«, antwortet sie und läuft langsam weiter.

»Also«, sage ich. »Eine Perücken-Party.«

»Wird bestimmt lustig.«

»Brauchst du Unterstützung beim Shoppen?«, frage ich in der aufrichtigen Hoffnung, sie lädt mich ein.

»Wahrscheinlich gehe ich mit den Mädels. Aber danke für das Angebot.«

Also gut, diesmal nicht. Aber kampflos werde ich nicht aufgeben. Und genauso wenig werde ich verhehlen, was ich wirklich will. *Sie.*

Auch wenn ich es vor all den Jahren echt vermasselt habe, jetzt habe ich eine neue Chance. Damals war ich so konzentriert auf meine eigenen egoistischen Ziele, dass ich noch nicht einmal auf den Gedanken gekommen bin, mein rücksichtsloses Auftreten bei jener *erhellenden* Debatte könnte ihre Pläne ernsthaft ins Wanken bringen.

Und auch wenn ihr eigentlicher Sinneswandel schon vorher stattgefunden hat, ganz unschuldig war ich wohl nicht.

Aber das ist die Vergangenheit, und ich kann sie nicht ungeschehen machen. Was ich allerdings kann, ist ihr klarzumachen, dass ich heute ein anderer Mann bin.

Denn ich muss diese wunderbare, kluge, attraktive Frau einfach wieder für mich gewinnen.

Zeit, sie wissen zu lassen, dass ich es ernst meine.

# KAPITEL VIERZEHN

## Delaney

Delaney«, sagt er ohne eine Spur von Nervosität. »Ich würde dich gern auf die Party begleiten. Wäre das okay für dich?«

Kein *darf ich*. Kein *bitte*. Er spricht es einfach so aus. Die leise Stimme in meinem Kopf, der alte Teil von mir, der stets bemüht ist, mein Herz zu beschützen, will Nein sagen.

Aber ein anderer Teil meines selbst ist überrascht, dass er mich so unbedingt begleiten möchte. Und ein dritter Teil ist fasziniert. Damals war Tyler ganz sicher nicht der Typ, der Spaß an einer Perücken-Party gehabt hätte.

Zugegeben, er hatte sich ganz schön aus dem Fenster gelehnt, um mich zu einem ersten Date zu überreden. Aber auch wenn er verrückt nach mir war, hat er doch nie alles mitgemacht. Halloween zum Beispiel fand er immer furchtbar. Und wenn wir anderen uns verkleidet und es im Wohnheim Süßes oder Saures gab – Süßigkeiten und kleine Schnapsflaschen, schließlich waren wir am College –, lehnte er dankend ab. Nicht mein Ding, waren seine Worte. »Auf dass ich niemals ein Kostüm besitzen möge«, hat er einst mit zum Schwur erhobener Hand gelobt. Seine Abneigung gegen das Verkleiden habe ich nie so recht verstanden, aber ich nahm einfach an, dass manche Menschen eben nicht gern so tun, als seien sie jemand anders. Damit konnte ich leben. Ich hatte nie vor, ihn zu meiner Unterhaltung in ein Superman-Outfit zu stecken.

Auch wenn es ihm damals ganz offensichtlich gefiel, mich im Auto aus meinem schwarzen Katzenkostüm zu schälen.

Natürlich war ich eine Katze, schließlich sind Katzen sexy.

Ein Lächeln umspielt meine Lippen. »Du möchtest zu einer Perücken-Party?«

»Liebend gern.«

Misstrauisch sehe ich ihn an, während wir über ein mit Gras bewachsenes Stück des Weges traben. »Hast du denn eine Perücke?«

Er schüttelt den Kopf.

»Aber du würdest eine anziehen? Du würdest ernsthaft eine Perücke anziehen?«, frage ich ungläubig.

Dieser Tyler passt nicht zu dem Bild des Mannes, den ich von früher kenne. Diese Seite von ihm habe ich jedenfalls noch nie gesehen. Seine Einsatzbereitschaft erstaunt mich.

Und zugegeben, sie ist ziemlich attraktiv.

»Natürlich würde ich eine Perücke anziehen. Schließlich ist es eine Perücken-Party«, sagt er entrüstet. »Ich werde eine Perücke tragen, und ich werde es mit Stolz tun.«

Okay, ich bin beeindruckt. Nachdenklich starre ich ihn an, während in meinem Kopf eine Idee Gestalt annimmt. »Egal was für eine Perücke?«

Mit strengem Blick sieht er zu mir herüber, während wir um eine Kurve laufen, und zeigt mit dem Finger auf mich. »Ich weiß genau, was du gerade machst, und ich werde nicht einknicken. Ja, ich ziehe eine Perücke an, und ja, du kannst sie aussuchen. Weißt du, warum ich das sage?«

»Nein, warum?«

»Wenn eine schwarze Langhaarfrisur, ein pinker Irokesenschnitt oder ein perverser Minipli bedeutet, dass ich mehr Zeit mit dir verbringen kann, dann bin ich dabei.« Er legt sich beide Hände auf die Brust. »Darf ich vorstellen? Ich bin der Kerl, der dich wiederhaben will, und zwar um jeden Preis.«

Mein Herz klopft wie wild, und ich glaube nicht, dass es am Sport liegt.

»Dann muss ich wohl zwei Perücken kaufen.«

Seine kastanienbraunen Augen strahlen vor Glück, und bei dem Anblick spüre ich Schmetterlinge im Bauch. Wahrscheinlich sollte ich meine Entscheidung für ein weiteres Date hinterfragen, denn offensichtlich bin ich noch nicht bereit, mein Herz zu öffnen und all meine Gedanken und Gefühle zu teilen. Schließlich habe ich es nicht einmal über mich gebracht, ihm von dem Anruf meines Vaters zu erzählen, der den Wunsch, einen anderen Berufsweg einzuschlagen, überhaupt erst geweckt hatte.

Aber wenigstens habe ich ihm meine Entscheidung erklärt. Ich bin einfach noch nicht bereit, dem Mann, der mir früher das Herz gebrochen hat, meine innersten Gefühle auf dem Silbertablett zu präsentieren.

Sollte ich dann vielleicht doch eher auf Nummer sicher gehen und schon mal die Anti-Herzschmerz-Rüstung auspacken? Nicole jedenfalls würde mir ohne Frage dazu raten.

Moment, das stimmt nicht ganz. Sie würde mir raten, mich mit einem *hasta la vista, Baby* auf den Lippen vor ihm aufzubauen und dann in den Sonnenuntergang zu verschwinden. Denn so hätte ich mein Herz beschützt *und* das letzte Wort gehabt.

Aber das ist es nicht, was ich will.

Was ich will, ist etwas ganz anderes.

Nämlich mehr von diesen Schmetterlingen.

Den Rest der Strecke laufen wir schweigend nebeneinander her, und ich versuche, über nichts mehr nachzudenken. Ich höre auf, mir zu sagen, dass ich Tyler auf Abstand halten sollte. Denn ich will keinen Abstand zwischen uns.

Ich will Nähe.

Und deshalb sage ich Ja, als er mich in diesem angenehmen Zustand der Erschöpfung nach dem Joggen fragt, ob er mich nach Hause begleiten darf.

Und genau deshalb kommt auch, was kommen muss. Als wir vor meinem Haus stehen und er mich mit diesem verletzlichen und aufrichtigen Ausdruck in seinen schönen Augen ansieht und um eine zweite Chance bittet, kann ich seinem hübschen Gesicht nicht widerstehen und lade ihn ein, hereinzukommen.

* * *

Ich will ihn.

So einfach ist das.

Es besteht nicht der geringste Zweifel daran.

Aber ich weiß auch, was passiert, wenn ich ihn mit in meine Wohnung im fünften Stock nehme. Noch bevor sich meine Tür, deren erbarmungswürdig quietschende Angeln dringend mal geölt werden müssten, ganz geschlossen hätte, lägen meine Klamotten schon in wildem Durcheinander auf dem Fußboden.

Dann würde ich die Arme um seinen Hals schlingen, meine Hände in seinem Haar vergraben und ihn anflehen, mit mir zu schlafen. Ich würde ihn tatsächlich anflehen.

Aber an diesem Punkt sind wir noch nicht, also ziehe ich ihn nur in die Nische hinter den Briefkästen im Erdgeschoss.

Das Gebäude, in dem ich wohne, beherbergt zwanzig Wohnungen auf fünf Etagen, ein ruhiges Haus in einem Wohnkomplex an der Upper West Side. Es ist früh am Samstagmorgen, und selbst an Abenden unter der Woche treffe ich selten einen der anderen Bewohner, nicht einmal an den Briefkästen. Einen Empfangsportier gibt es hier auch nicht, also sind wir unter uns.

»Erinnerst du dich noch an das, was du über unser Stelldichein in der Bibliothek gesagt hast?«

Mit einem Nicken sieht er mich an. Er weiß, was ich will.

»Und über den Vorlesungssaal«, füge ich hinzu.

Wieder nickt er. Dann tritt er näher an mich heran, als wolle er mich festhalten. Langsam weiche ich zurück, bis ich an die Briefkästen stoße. Seine Augen werden dunkel vor Verlangen. Auch ich kann es fühlen. Es rast durch meine Brust, strömt durch meinen Bauch nach unten und beginnt heftig zwischen meinen Beinen zu pulsieren.

»Wir hatten so viel Spaß zusammen«, flüstere ich, plötzlich mutig. Denn ich will ihn berühren. Ich will wissen, ob all die Dinge, die ich mir in meinen einsamen Nächten vorgestellt habe, noch immer wahr sind. Ob er mich noch immer so überwältigen kann. Schließlich konnten wir ja schon im Park kaum die Finger voneinander lassen und haben miteinander gespielt wie junge Katzen, die ihre Krallen ausprobieren.

Aber das Gefühl, das mich erfüllt, ist nicht nur körperlich.

Mir gefällt dieser Mann.

Mir gefällt, was ich damals an ihm geliebt habe und was ich noch immer in ihm sehe. Aber mehr noch, mir gefällt der Mann, den ich gerade kennenlerne. Ich mag, wie er lacht, wie er mich anstachelt, wie wir uns necken, wenn wir miteinander reden.

Und mir gefällt auch, dass er ein Kämpfer ist und sich offensichtlich in den Kopf gesetzt hat, mich für sich zu gewinnen.

Die Metallkante des untersten Briefkastens bohrt sich in meinen Rücken. Tyler stützt seine Hände neben meinem Kopf ab. Und die Schmetterlinge? Rasen durch meinen Körper wie ein Wirbelsturm.

Mit beiden Händen packe ich sein T-Shirt, das vom Laufen noch leicht verschwitzt ist.

»Sehr viel Spaß«, wiederholt er meine Worte mit heiserer Stimme.

Ich packe den Stoff noch fester. »Gib mir einen Abschiedskuss.«

Mit geschlossenen Augen beugt er sich vor. Aber meine Hand auf seiner Brust hält ihn auf, bevor er meine Lippen berührt.

Verwirrt sieht er mich an.

»Erinnerst du dich noch an damals im Wäscheraum?«

Er knurrt kehlig, und es ist das sinnlichste Geräusch, das ich je gehört habe, männlich und rau.

»Ich erinnere mich an jedes Detail«, sagt er, legt mir die Hände auf die Schultern und dreht mich um.

Als wir damals eines späten Abends im Keller auf unsere Wäsche warteten, hat er mich mit der Brust gegen die aufeinandergestapelten Wäschetrockner gedrückt und unglaublich erotische Dinge mit meinem Nacken angestellt.

Mich so geküsst, dass ich weiche Knie bekam.

Und mein Höschen feucht wurde.

So feucht, dass ich beinahe gekommen wäre.

Jetzt packt er meine Handgelenke, führt meine Arme

nach oben und drückt meine Handflächen auf die Metallkästen.

Ein Beben läuft durch meinen Körper.

Als er mich loslässt, sagt er: »Wage es nicht, deine Hände zu bewegen.« Langsam fährt er mit dem Daumen über mein Handgelenk. Dann über den Arm zu meiner Schulter. Seine Finger umschließen mein Kinn, und er streicht mit dem Daumen über mein Gesicht.

Ich vergehe beinahe vor Verlangen.

Es hat mir immer am besten gefallen, wenn er die Führung übernahm.

Gut, unser Kuss von gestern war sündhaft leidenschaftlich, und ich habe ihn angefangen. Aber ich mag es, ihm das Steuer zu überlassen. Tyler ist ein Jäger. Ihm gefällt es, seiner Beute nachzusetzen, und mir gefällt es, mich fangen zu lassen.

Und genau das tut er jetzt, indem er mich mit seinem Körper fest gegen das kalte Metall drückt. Ich spüre seine breite Brust an meinem Rücken, während er mir mit einer Hand das Haar aus dem Nacken streicht. Mit der zweiten Hand umfasst er noch immer mein Kinn. Sanft, aber nachdrücklich biegt er meinen Kopf zur Seite, bis mein Hals völlig entblößt vor ihm liegt.

Zärtlich haucht er einen Kuss in meine Halsbeuge.

Mein Herz macht einen Satz.

Ein weiterer Kuss. Seine Lippen streichen über meinen Nacken, wandern am Haaransatz entlang bis zu meinem Genick. Er küsst mich überall, und seine Lippen hinterlassen eine brennende Spur auf meinen Schultern und meinem Hals.

Ich stöhne auf, und er presst seinen harten Schwanz fester an mich. Wieder stöhne ich, diesmal lauter.

»Hast du das vermisst?«, fragt er, und seine Stimme klingt rauchig und sexy.

»Jede Nacht«, gebe ich zu, und es ist nichts als die Wahrheit.

»Ich wette, dich hat nie wieder jemand so geküsst.«

»Das stimmt.«

»Und das hier? Hast du das auch vermisst?«, fragt er und saugt heftig an meinem Hals. »Oder das hier?« Er lässt mich seine Zähne spüren.

»Ja, das habe ich«, keuche ich atemlos.

»Oder war es vielleicht eher das hier …« Er beißt fester zu, und ein Zittern läuft durch meinen Körper.

Das Feuerwerk beginnt. Er küsst mich so heftig, dass meine Haut sich unter seinen Lippen verfärbt, und seine scharfen Zähne bringen mich fast um den Verstand.

Dann berührt sein Mund mein Ohr, und ich sehe Sterne. Mein gesamter Körper steht in Flammen, als er mir sanft ins Ohrläppchen beißt. Ich kann ihn überall spüren, überall.

Plötzlich quietscht eine Tür. Über uns vielleicht. Er bleibt stocksteif stehen, und ich will wirklich, dass es mir etwas ausmacht, wenn uns jemand erwischt. Aber ihn will ich noch mehr. »Hör nicht auf.«

»Nie mehr«, sagt er, als die Tür sich schließt und wieder Stille herrscht. Man hört nichts außer dem Knacken in den Wänden und dem weit entfernten Geräusch von Schritten irgendwo über unseren Köpfen.

Es ist mir völlig egal, wer da kommt oder geht, denn wer auch immer so früh am Samstagmorgen seine Post holen will, wird ganz sicher einfach wieder umdrehen, wenn er uns erblickt und sieht, wie Tyler seine Lippen auf meinen entblößten Nacken presst, seine Hände über meinen Körper wandern und ich mich an ihn schmiege, um so viel von ihm zu spüren wie möglich.

Seine Hand gleitet nach vorn zu meinem Bauch, und er spreizt die Finger über meinem Shirt. Dann zieht er es nach oben und drückt seine Handfläche auf meine nackte Haut. Das Gefühl ist himmlisch.

»Weißt du, was ich alles mit dir anstellen möchte?«, flüstert er mir ins Ohr, während er mit dem Bund meiner Laufshorts spielt. »Ich will dich ausziehen.« Mit einem Ruck weitet er den Stoff. »Dich ins Bett tragen.« Langsam schiebt er einen Finger in meine Hose. »Und dann will ich, dass du deine wunderschönen Beine für mich spreizt.«

Ich stöhne. Ich bestehe nur noch aus Feuer, Funken und brennender Hitze.

»Würde dir das gefallen?«, raunt er in mein Ohr.

Außerstande zu sprechen, nicke ich nur, während ich spüre, wie sich die Feuchtigkeit zwischen meinen Beinen sammelt. Ich verzehre mich nach seiner Berührung, nach seiner Zunge, nach seinem Schwanz.

Auch wenn der noch funktionierende Teil meines Gehirns weiß, dass ich jetzt gerade nur eines dieser drei Dinge zulassen werde, will ich sie alle. Ich will ihn ganz.

»Ich würde dich auf den Bauch legen und dich küssen, überall, bis du den Verstand verlierst«, sagt er atemlos und schiebt seine Hand noch ein Stück tiefer in meine Shorts, seine Finger spielen mit dem Stoff meines Höschens.

Ich will ihn ficken. Ich will, dass er mich fickt. Ich will, dass er mit dem Finger in mich eindringt, damit er spürt, was er mit mir macht. In dem Versuch, noch mehr von ihm zu spüren, presse ich mich an ihn. »Bitte«, keuche ich.

Mit einer schnellen Bewegung schiebt er seine Hand ganz in meinen Slip. »O Gott«, stöhnt er, als er mich berührt.

Ich kann nicht sprechen. Ich kann nicht denken. Mein Mund öffnet sich, und mein gesamter Körper steht in Flammen.

»Mein sexy Engel. So nass bist du für mich.« Er fährt mit den Fingern über die feuchte Hitze zwischen meinen Beinen und stöhnt bei jeder Bewegung auf. »Mein sexy Engel steht immer noch auf mich. Oder liege ich etwa falsch?«

Keuchend schüttle ich den Kopf.

Wieder bewegt er seine Finger, und ein Beben erfasst meinen ganzen Körper.

»Du warst noch nie so feucht«, flüstert er heiser. »Ich glaube wirklich, du willst mich immer noch.«

Stöhnend stimme ich zu.

»Ich wette, du denkst auch noch an mich.«

*Immer,* will ich sagen, aber mein Körper verrät ihm ohnehin schon, was er wissen muss.

»Stellst du dir vor, wie ich dich ficke, wenn du allein bist? Wie ich dich vornüberbeuge und mir nehme, was ich will?«

Ich nicke, als er mich mit den Fingern spreizt, und mein ganzer Körper vibriert.

Himmel, dieser Mann weiß, was ich brauche.

Sein Kinn streicht über mein Haar, und sein Atem brennt auf meiner Haut. »Was stelle ich noch mit dir an, wenn du allein bist?«

»Alles.«

»Auch was dir am besten gefällt?« Tylers Lippen streichen über meine Schulter, seine Bartstoppeln kratzen über meine Haut.

Weiß glühende Hitze erfasst mich, schlägt wie eine Welle über mir zusammen und trägt mich davon, während seine

Worte, seine Finger mich immer näher an den Höhepunkt bringen, mich daran erinnern, wie er über meinen Körper herrscht.

»Ja«, wimmere ich und erfahre zum ersten Mal am eigenen Körper, was das Wort *verzweifelt* bedeutet. Alles in mir schreit *verzweifelt* nach mehr.

Als wolle er meiner Erinnerung auf die Sprünge helfen, fährt er mit dem Mund über meine nackte Schulter. »Stellst du dir vor, wie ich dich lecke?«

Meine Antwort besteht nur noch aus einem unzusammenhängenden Stöhnen, denn nichts, absolut *nichts* will ich mehr.

Es gibt nichts auf der Welt, das sich so anfühlt wie seine Zunge zwischen meinen Beinen. Das Gefühl ist einfach unbeschreiblich, und schon beim ersten Mal hatte er versprochen, es würde mir gefallen. Es gefiel mir nicht nur, ich wäre dafür gestorben. Er küsste meine empfindlichste Stelle, als koste er den Himmel, und genau so fühlte es sich auch für mich an. Besser noch, ich war im Himmel, aber gleichzeitig am Leben.

»Und vögele ich dich auch?«, fragt er.

Meine Stimme bricht, als ich bejahe, denn seine Finger reiben immer schneller über meine Knospe, dringen in mich ein, ein stetiger, heißer Rhythmus. Meine Lippen öffnen sich, und ich stoße einen leisen Schrei aus.

Mein Gott, das Gefühl ist so intensiv, dass ich kaum an mich halten kann.

»O Gott«, keuche ich. »Küss mich. Küss mich! Und ich will, dass du mich mit den Fingern fickst.«

Seine Antwort besteht aus einem tiefen Grollen.

Er dreht mich nicht zu sich herum, verändert nicht die Position. Er reibt einfach nur fester seinen harten Schwanz an mir, stößt seine Finger tiefer in mich hinein und dreht meinen Kopf zur Seite.

Genau so, sein Schwanz an meinem Rücken, mein Gesicht zur Seite gewandt, küsst er mich mit aller Macht und fickt mich erbarmungslos mit den Fingern.

Innerhalb von Sekunden steigert sich die Spannung ins Unermessliche. Der Drang zu kommen erfüllt meinen ganzen Körper. Heftig drücke ich mich gegen seine Hand und reite auf seinen Fingern, während er mich wie von Sinnen küsst.

Ich stöhne laut in seinen Mund, dann steigt ein Schrei in mir auf.

»O Gott!«, rufe ich und unterbreche den Kuss. »Gleich –«

»Still«, befiehlt er und versiegelt meine Lippen wieder mit den seinen. Sein gieriger Mund verschluckt meine Schreie, als ich komme. Der Orgasmus rast durch meinen Körper wie eine Feuersbrunst, erfüllt mich bis ins Mark.

Ich zittere am ganzen Körper. Meine Knie, meine Brust, meine Hüften.

Meine Füße berühren kaum noch den Boden, während ich unter seinem Kuss auf seinen Fingern komme, endlos komme.

Es ist atemberaubend.

Als ich mich langsam beruhige, zieht er seine Hand aus meinem Höschen, führt sie an seinen Mund und leckt meinen Saft von seinen Fingern. Mir ist schwindelig, und ich bin so verdammt heiß. Noch immer.

Sanft dreht er mich um und sieht mich mit einem zufriedenen Grinsen an. »Habe ich eigentlich schon gesagt, wie schön es ist, dich wiederzusehen?«

»Ich freue mich auch, dich zu sehen, Tyler«, gebe ich mit einem wohligen Seufzen zurück.

Ganz kurz presst er seine Stirn an meine, und ich spüre, wie diese kleine Geste etwas in mir bewegt. Wieder flattern Schmetterlinge in mir auf, als er mir einen zärtlichen Kuss aufs Gesicht haucht.

»Und es ist mindestens genauso schön, dich wieder zum Höhepunkt zu bringen. Vergiss nicht, ich habe noch jede Menge andere Kniffe auf Lager.« Er tritt ein paar Schritte zurück und fügt hinzu: »Gib mir Bescheid, wann ich dich für die Party abholen soll.«

Und damit dreht er sich um und geht.

Meine Beine fühlen sich an wie Wackelpudding, während ich die Treppe hochsteige, um mich für die Arbeit fertig zu machen.

Aber nichts von dem, was gerade geschehen ist, würde ich eintauschen.

Bis auf mein Höschen. Das tausche ich gegen ein neues.

# KAPITEL FÜNFZEHN

## Delaney

Einige Stunden später lege ich mir eine Hand auf den Bauch, um meine Nerven zu beruhigen. Das Gefühl von Schuld kribbelt unter meiner Haut.

Es ist nur eine E-Mail. Und nicht einmal die E-Mail des Privatdetektivs. Warum fühle ich mich also, als hätte ich etwas Falsches getan?

Ich schließe die Augen und stütze mich an meinem Schlafzimmersekretär ab, meine Hand umschließt das Holz so fest, dass sich meine Knöchel weiß färben.

*Einatmen. Ausatmen.*

Entschlossen schlage ich die Augen wieder auf, lasse mich auf mein Bett fallen und nehme mein Handy in die Hand. Dann lese ich noch einmal Trevors Nachricht, die er geschickt hat, während ich bei der Arbeit war.

Hey, Delaney,
ich hoffe, das klingt jetzt nicht seltsam, aber heute Morgen habe ich einen Plastikbecher auf dem Boden liegen sehen und musste an dich denken. Und, um ehrlich zu sein, hat mich auch schon gestern ein weggeworfener Strohhalm auf dem Bürgersteig an dich erinnert. Jetzt, wo ich darüber nachdenke, hatte die zerknüllte Zeitung auf der Straße vor meinem Büro den gleichen Effekt.

Aber keine Sorge, natürlich habe ich alles aufgehoben und ordnungsgemäß entsorgt.

Ich fand unseren Abend neulich jedenfalls wunderschön, und ich schwöre, das sage ich jetzt nicht nur, weil uns der Kampf gegen die Umweltverschmutzung vereint. Morgen früh geht mein Flug, und ich werde mir alle Mühe geben, dass keiner der Wettbewerbsteilnehmer ob meiner Kritik in Tränen ausbricht. Gibt es eigentlich ein Land, dessen Küche du besonders schätzt? Dann verrate es mir doch, und ich reserviere uns gleich einen Tisch in einem entsprechenden Restaurant, denn ich würde mich sehr über ein gemeinsames Abendessen freuen, sobald ich wieder da bin.

Ich hoffe, du genießt deinen Mädelsabend heute – ich bin mir sicher, ihr habt jede Menge Spaß.

Bis bald,
Trevor

Mit einem Seufzer werfe ich das Handy aufs Bett, lege mir ein Kissen auf den Kopf und fluche in die weichen Daunen.

Aber das hilft auch nichts.

Also setze ich mich wieder auf, fahre mir mit den Händen durchs Haar und versuche herauszufinden, was zum Geier ich tun soll.

Trevor ist wirklich eine gute Partie.

Er ist normal.

Und lustig.

Und geistreich.

Und mir ähnlich.

Und rücksichtsvoll.

Er ist genau der Mann, den ich während meiner letzten Dating-Versuche vor über einem Jahr kennenlernen wollte. Warum zum Teufel habe ich jemanden wie ihn nicht damals getroffen? Stattdessen musste ich mich durch Verabredungen mit einem Kerl quälen, der mich vorher und nachher mit Nachrichten bombardiert hat, von denen keine einzige ein vollständiges Wort enthielt, einem Typen, der mir gestanden hat, er stehe auf Kitzeln (ich bin nicht lange genug geblieben, um herauszufinden, ob er lieber den aktiven oder den passiven Teil übernimmt), und einem muskulösen Banker, der unser gesamtes Date damit verbracht hat, mir abwechselnd die Details seines täglichen Workouts und seiner Börsengeschäfte zu erklären. Ich weiß nicht, was mich mehr gelangweilt hat, sein Top Score beim Bankdrücken oder sein Investmentkapital.

Aber kein Trevor.

Nicht ein einziger.

Dieser wunderbar normale Mann ohne Penisbilder, seltsame Fetische oder auch nur einen Hauch von Selbstverliebtheit taucht natürlich erst jetzt in meinem Leben auf.

Eigentlich sollte ich seine E-Mail mit einem dämlichen Grinsen im Gesicht lesen. Im Schneidersitz auf dem Bett sitzen und glücklich lächelnd eine genauso geistreiche und süße Antwort verfassen. Ich sollte diese E-Mail sofort Penny und Nicole zeigen, damit wir gemeinsam jedes Wort noch einmal begeistert durchkauen können.

Stattdessen zieht sich mein Magen unangenehm zusammen.

So will ich mich nicht fühlen.

Mit einigen tiefen Atemzügen versuche ich, meine innere Mitte wiederzufinden. Stelle mir meinen Massageraum vor, höre das sanfte Geräusch des fallenden Regens. Lasse zu, dass es das seltsame Gefühl, etwas falsch gemacht zu haben, wegspült.

Schließlich habe ich das nicht. Oder?

Die Sache am Briefkasten mit Tyler heute Morgen hat nichts mit dieser E-Mail zu tun.

Mit einem Ruck stehe ich auf und betrachte mein Outfit für unseren Mädelsabend im Spiegel an meiner Schranktür. Jeans, ein lockeres, smaragdgrünes Top, das eine Schulter freilässt, und die silbernen High Heels, die Penny mir letzten Monat von ihrer Parisreise mit Gabriel mitgebracht hat. *»Quarante-et-un!«*, hatte sie begeistert auf Französisch gerufen, als sie mir die Schuhe überreichte. »In Paris gibt es haufenweise Schuhe in Größe einundvierzig, und denen hier konnte ich nicht widerstehen.«

Lächelnd betrachte ich jetzt die glänzenden High Heels im Spiegel und stelle mir vor, wie Tyler auf sie reagieren würde. Wie sein Blick an ihnen hängen bleibt, ein kehliges Grollen in der Brust, wie er mich so fest an die Wand drückt, dass ich mich nicht mehr rühren kann, und mir mit heißen, schmutzigen Worten erzählt, was er mit mir anstellen will, während ich nichts anhabe außer diesen Schuhen.

Langsam gleitet meine Hand über meinen Bauch, dann weiter nach unten. Meine Augen schließen sich, als eine Hitzewelle meinen Körper überflutet. Zwischen den Beinen pulsiert es heftig, als ich mir vorstelle, was als Nächstes passiert. All meine mitternächtlichen Fantasien fühlen sich plötzlich aufregend real an.

Als könnten sie wirklich geschehen. Als *würden* sie geschehen. Immer tiefer gleiten meine Finger. Meinen Lippen entfährt ein Keuchen, und überrascht stelle ich fest, wie sehr mich diese kurze Vorstellung erregt hat.

Ich bin so feucht, dass ich kurz davor bin, mich anzufassen.

*Reiß dich zusammen.*

Entschlossen öffne ich die Augen und kneife mir in den

Nasenrücken, als könne ich die Traumbilder damit vertreiben. Mein Ex und ich, das ist etwas rein Körperliches. Schmetterlinge und Kribbeln, Funken und Feuer. Ein Mann, der weiß, was mich heiß macht. Mein Interesse an ihm gleicht der Lust an einem neuen Vibrator.

Das ist alles.

Mehr ist da nicht.

Mehr darf da nicht sein.

Plötzlich plingt das Handy auf meinem Bett.

Ich mache einen großen Schritt, schnappe es mir und öffne den Gruppenchat mit meinen Mädels. Nicole schreibt, sie sei schon auf dem Weg zum Perückenladen. Penny teilt mit, sie käme ein paar Minuten später. *Bin unterwegs,* lautet meine hastig getippte Antwort.

Schnell greife ich nach meiner Handtasche, werfe das Handy hinein und versuche Trevors Nachricht zu vergessen, während ich mich auf den Weg zur U-Bahn mache.

Später ist noch genug Zeit, ihm zu schreiben.

Die ganze Fahrt über starre ich auf meine Schuhe und versinke in Tagträumen.

# KAPITEL SECHZEHN

## Tyler

Das Jo-Jo fliegt in einem weiten Kreis, einmal herum und wieder nach unten. Ich applaudiere, als Carly ihr zweites Kunststück vorführt.

Quietschend vor Freude hüpft sie im Park auf und ab.

»*Around the world!* Einmal ganz herum. Du hast es geschafft!« Grinsend hebe ich eine Hand, und sie klatscht mich ab. »Wer ist hier der Chef?«

Kichernd zeigt sie auf sich selbst. »Ich.«

»Auf jeden Fall.«

Erst vor ein paar Tagen hat sie *Walk-the-Dog* gemeistert. Ich bin nämlich gerade dabei, ihr eine ganze Reihe cooler Jo-Jo-Tricks beizubringen. In der Welt von Candy Crush und Pokémon Go sicherlich ein echter Schocker, aber wenn wir zusammen sind, machen wir immer jede Menge Unsinn, für den man keinerlei Elektronik braucht. Sie hat im Laufe ihres Lebens noch genug Zeit, auf irgendwelche Bildschirme zu starren, da muss sie es nicht auch noch tun, wenn ich dabei bin.

»Du bist die Jo-Jo-Meisterin«, erkläre ich ihr.

»Bringst du mir noch was bei?«

»Klar.«

Eine Weile lang widmen wir uns dem Aufzug-Trick, und ich zeige ihr, wie man es so aussehen lässt, als wandere das Jo-Jo die Schnur hinauf.

Es ist schwierig, und nach ein paar Versuchen beschließt sie, lieber jetzt die Kletterwand auszuprobieren, also gehe ich mit ihr hinüber und stehe hinter ihr, während sie klettert.

»Wie läuft's denn eigentlich so in der zweiten Klasse, junge Dame? Lernt ihr schon abstrakte Algebra und schreibt Aufsätze über Shakespeare?«

Misstrauisch sieht sie von einem lilafarbenen Klettergriff auf mich herab. »Wer ist Shakespeare?«

Mit in die Hüften gestemmten Händen erwidere ich ihren Blick. »Nur der berühmteste Dichter aller Zeiten. Aber keine Sorge, du lernst ihn schon noch kennen.«

»Weißt du, dass wir schon mit großen Zahlen malnehmen?«, fragt sie und streckt die Hand nach einem kleinen roten Kletterstein aus.

»Erzähl mir davon.«

Während sie nach oben, unten und kreuz und quer an der Wand entlangklettert, erklärt sie mir alles über die Mathematik der zweiten Klasse und wie sie *den ganzen Babykram* wie acht mal acht hinter sich gelassen hat und jetzt schon mit großen Zahlen wie zwölf mal sechzehn rechnet, was in meinen Ohren für die zweite Klasse ziemlich beeindruckend klingt.

»In Mathe bin ich echt gut«, sagt sie schließlich, als sie von der Wand herunterhüpft und sich die Hände an der Jeans abwischt. »Eigentlich zu gut für die zweite Klasse.«

Erstaunt hebe ich eine Augenbraue. »Ach ja?«

»Ja.«

»Na gut, was ist dann vierzehn mal dreizehn?«

Sie schließt die Augen und schreibt mit dem Finger auf eine unsichtbare Tafel, während sie lautlos die Zahlen vor sich hin murmelt. »Einhundertzweiundachtzig«, verkündet sie, als sie die Augen wieder aufschlägt.

Ich nicke bewundernd.

»Meine Lehrerin sagt, der Schlüssel zum Erfolg liegt darin, immer nur die richtigen Schritte zu befolgen, sich Zeit zu lassen und nie abzukürzen.«

»Deine Lehrerin ist eine schlaue Frau. Das ist ein guter Ratschlag. Und tatsächlich kann man ihn im Grunde auf alles anwenden.«

Auf dem Weg aus dem Park zum Treffpunkt mit ihren Eltern unterhalten wir uns darüber, was für Gedichte sie schreiben würde, wenn sie eines Tages eine berühmte Schriftstellerin wäre.

»Und ich würde mir auch immer genug Zeit dabei lassen«, fügt sie hinzu.

Bei der Erwähnung von Zeit schweife ich gedanklich ab und frage mich, wie lange es wohl dauern wird, Delaney für mich zu gewinnen. Was werde ich dafür tun müssen? Wie viele Tage und Nächte gibt sie mir? Aber gleichzeitig stelle ich mir die Frage, was ich eigentlich erreichen möchte. Möchte ich, dass zwischen uns wieder alles so wird wie früher, oder will ich etwas vollkommen Neues anfangen?

Und die wichtigste Frage von allen – wie schaffe ich das, ohne sie noch einmal zu verletzen?

Als wir Clay und Julia zum Mittagessen in einem Café treffen, klettert Carly auf den Schoß ihres Vaters und schlingt ihm die Arme um den Hals. Er drückt sie an sich, dann küsst Carly ihre Mutter auf die Wange.

Nach dem Essen verschwinden Julia und Carly zur Damentoilette, und Clay und ich bleiben allein zurück.

Ernst sehe ich ihn an. »Du hattest recht.«

»Das bin ich gewohnt. Womit?«

»Der Grund dafür, weshalb ich Delaney wiedersehen wollte, war wirklich Bedauern über mein Verhalten damals.

Nicht nur Neugier. Nicht nur der Reiz dessen, was passieren könnte.«

Er nickt wissend. »Das dachte ich mir.«

»Ich habe mich damals wirklich benommen wie der letzte Idiot, und ich bereue es wahnsinnig. Und ich will sie wieder für mich gewinnen.«

Bedächtig hebt er eine Hand. »Zuerst eine Frage. Ist es jetzt immer noch das Bedauern, was dich antreibt?«

Meine Gedanken fliegen zurück zu den Briefkästen heute Morgen, zu unserer Joggingrunde im Park, zu unserem gestrigen Abend in der Bar. Ja, ich habe zugegeben, dass es mir leidtut, und es hat mir gutgetan. Bedauern kann zu Veränderung führen.

»Ja, aber es ist mehr als das. Etwas Tieferes«, sage ich und klopfe mir aufs Brustbein. »Etwas hier drin.«

Ich spreche es nicht aus, noch nicht. Stattdessen erzähle ich ihm schnell, was in den letzten Tagen passiert ist.

»Und jetzt sag mir, was ich als Nächstes tun soll«, bitte ich ihn um seinen Rat. Der Mann mir gegenüber ist älter, schlauer und erfahrener.

Schmunzelnd lehnt Clay sich in seinem Stuhl zurück. »Wie viel Zeit hast du, um sie zurückzugewinnen?«

»Gute Frage. Ich weiß es nicht genau.«

Er stützt seine Ellbogen auf den Tisch und sieht mir direkt in die Augen. »Schau, dafür gibt es keinen Plan. Keine Liste mit Anweisungen, die du einfach nur befolgen musst. Du hast dieser Frau wehgetan, aber sie scheint gewillt, dir eine zweite Chance zu geben. Ich würde erst mal mit einer Sache anfangen: Sei kein Arschloch. Die Welt ist voller Scheißkerle und selbstverliebter Wichser und viel zu vieler Männer, die nicht erwachsen werden wollen. Dann gibt es noch die ganzen Typen, die so wenig Rückgrat haben, dass sie sich nicht einmal selbst den Hintern abwischen können.«

Ich erschauere, und er runzelt die Stirn. In seinen dunklen Augen liegt ein ernster Ausdruck. »Aber du bist keiner davon, Tyler. Du bist ein Mann, und du benimmst dich auch so. Die allererste Regel, die die meisten Männer heutzutage immer wieder vergessen, lautet: Sei kein Arschloch. Davon gibt es schon genug auf der Welt. Sei ein Mann.«

# KAPITEL SIEBZEHN

## Delaney

Nicole stakst über das Kopfsteinpflaster vor Jen and Dena's Wig Emporium in Greenwich Village, bleibt vor mir stehen und wirft mir einen strengen Blick zu. Aus dem Schaufenster starrt uns ein Puppenkopf mit koboldgrüner Perücke an.

Bedeutungsvoll stemmt sie die Hände in die Hüften. »Was hast du zu deiner Verteidigung vorzubringen, junge Dame?«

»Ich bin bereit, mir eine lustige neue Perücke zu kaufen?«, schlage ich in dem Versuch vor, der Gardinenpredigt einer meiner engsten Freundinnen noch einmal zu entkommen, auch wenn ich weiß, dass es sinnlos ist.

Meine einzige Rettung könnte darin liegen, dass wir in der Überzahl sind, schließlich ist Penny meiner Meinung. Aber Penny ist noch nicht da, und diese körperlosen Köpfe im Schaufenster werden mich nicht vor Nicoles Zorn beschützen. Also wappne ich mich innerlich schon einmal gegen ihre Argumentation.

Mit zusammengezogenen Brauen starrt sie mich an. Ihre grünen Augen glänzen. »Lass uns gleich mal darüber reden, warum wir dir heute *zwei* Perücken kaufen.« Auffordernd tippt sie mit der Schuhspitze auf den Bürgersteig, der schnelle Rhythmus offenbart den Grad ihres Ärgers. »Also?«

»Was also?«

Sie öffnet den Mund, aber offenbar fehlen ihr die Worte. Ich muss grinsen. Nicole ist nur selten sprachlos. Doch ihr Schweigen ist nicht von langer Dauer.

»Auf jeden Fall bist du mir eine Erklärung schuldig.« Sie bohrt mir einen Finger in die Schulter. »Wie ist aus einem Drink eine gemeinsame Joggingrunde und dann sogar ein zweites Date geworden? Ein Date, für das wir jetzt auch noch Perücken kaufen müssen?«

Um es mir leichter zu machen, fange ich mit dem einfachen Teil ihrer Frage an. »Ich versuche nun mal, jeden Morgen laufen zu gehen, und du bist allergisch gegen Joggingrunden um sechs Uhr früh. Also hat Tyler mich begleitet, und dann haben wir im Park eine Klientin getroffen, die uns zu ihrer Party eingeladen hat.«

Gute Idee. Ich schiebe es einfach Gigi in die Schuhe.

Nicole schnaubt und wedelt mit dem erhobenen Zeigefinger. »Ich versuche hier, dich vor Enttäuschungen zu schützen, und du suchst nur nach Ausreden.«

»Nicole«, sage ich beschwichtigend. Ich weiß, sie meint es gut. Mir ist klar, dass sie sich nur so aufführt, weil sie sich um mich sorgt wie eine wütende Bärenmutter, die jeden angreift, der sich ihren Jungen nähert.

Seufzend sieht sie mich an, und ihre Miene wird sanfter. »Laney, ein Ex ist nie eine gute Wahl. Muss ich dich an die fünf Topgründe erinnern, aus denen man nie mehr mit seinem Ex zusammenkommen sollte, auch wenn er eine Granate im Bett ist?«

Das war der Titel einer ihrer letzten Kolumnen. Gelesen habe ich ihn, aber nicht auswendig gelernt. Offenbar war das auch nicht nötig, denn als sie erneut den Zeigefinger hebt, wird mir klar, dass sie dieses Quintett wohl im Schlaf heruntersingen könnte.

»Nummer eins. Es gibt immer einen Grund, warum eine Beziehung scheitert.« Ihr Blick ist vernichtend.

Ergeben hebe ich die Hände.

»Nummer zwei«, zählt sie mit den Fingern ab. »Er hat dich behandelt wie das letzte Arschloch.«

Meine Mundwinkel zucken. »Ich glaube nicht, dass in deiner Kolumne der Ausdruck *das letzte Arschloch* geschrieben stand.«

Als könnte ich dieser Frau mit einer Formsache beikommen. Aber hey, ich muss es wenigstens probieren.

»Ich schreibe eine Online-Kolumne, du kannst also darauf wetten, dass ich das Wort ›Arschloch‹ benutzt habe. Und wenn die Sache noch deftigere Ausdrücke erfordert, benutze ich auch die.«

Wieder hebe ich beide Hände und gebe mich geschlagen. »Bin ich froh, dass wir uns nicht in einer dunklen Seitenstraße treffen.«

»Damit hast du auch verdammt recht. Ich kann Krav Maga. Also weiter mit Nummer drei. Ex-Freunde haben meistens furchtbare Angewohnheiten, und die neuen können noch viel ekelhafter sein als die alten.«

Zweifelnd sehe ich sie an. »Ernsthaft? Das ist ein Grund?«

Sie nickt. »Was, wenn er sich ständig auf deiner Bettseite breitmacht? Oder sich in deiner Anwesenheit die Zehennägel schneidet? Was, wenn er will, dass du seine dreckigen Socken aufhebst?« Sie krümmt sich, um zu demonstrieren, wie unerträglich ekelhaft all diese möglichen Verhaltensweisen sind. »Rülpst? Sich in den Zähnen herumstochert? Nicht schnell genug auf eine SMS antwortet? Schranktüren offen lässt? Beim Trinken aus der Flasche den Rand annuckelt?«

Ich sehe sie an, als hätte sie den Verstand verloren. Ich meine, ernsthaft jetzt … »Schranktüren offen lässt? Ist das so schlimm?«

Ihre Augen blitzen vor Zorn. »Ist dir das schon mal passiert? Es ist nämlich die Hölle auf Erden. Schmerzende

Schultern. Blaue Augen. Blutige Schläfen. Es ist, als hätte ein bösartiger Zwerg deine Wohnung vermint.«

Ich lehne mich seitlich ans Schaufenster, von wo aus mich ein regenbogenfarbener Kopf anstarrt. Dann zeige ich auf Nicole. »Mich beschleicht das Gefühl, als hättest du dieses Schicksal schon durchleben müssen.«

»Und es hat mich beinahe den Verstand gekostet«, sagt sie und fasst sich an den Kopf.

»Aber Nicole, solche Angewohnheiten kann jeder haben. Was macht es bei einem Ex so besonders schlimm?«

»Genau das ist mein Punkt. Alles, wortwörtlich *alles*« – sie macht eine ausladende Geste mit der Hand, um ihre Aussage zu unterstreichen – »ist bei einem Ex tausendmal nerviger. Alles wird verstärkt, ganz besonders schlechte Angewohnheiten. Das liegt in der Natur eines zweiten Versuchs. Beim zweiten Mal ist alles in Stereo.«

»So etwas hat Tyler aber nie gemacht. Keine gefährlichen Schranktüren, kein Nuckeln an Wasserflaschen. Dieser Punkt betrifft mich also nicht.«

Schnaubend sieht sie mich an. »Nummer vier. Der Sex könnte plötzlich schlechter sein.«

Lachend schüttle ich den Kopf. »Das ist in diesem Fall kein Problem. Ganz und gar nicht.«

Mit wildem Blick kommt sie auf mich zu, bis ich mit dem Rücken am Schaufenster stehe, und legt eine Hand aufs Glas. »Du hast *nicht* mit ihm geschlafen.«

»Es gab keine … *Penetration*«, sage ich, dann schlage ich mir die Hand vor den Mund. »Ups, Moment. Vielleicht doch.« Vielsagend wackle ich mit den Fingern.

»Du schmutziges kleines Biest!«, ruft sie, aber ihre Mundwinkel zucken, und sie bemüht sich eindeutig, nicht zu grinsen.

Bedeutsam hebe ich die Augenbrauen. »Und ich muss sagen, es war noch besser als früher. Und das will etwas heißen.«

Nicole holt tief Luft und sieht mich dann wieder aus zusammengekniffenen Augen an. »Okay. Manchmal kann man ja auch Glück haben. Aber was ist mit Nummer fünf? Wahrscheinlich habt ihr zwei mittlerweile ganz unterschiedliche Ziele.«

Den Punkt kann ich nicht von der Hand weisen, ganz einfach weil ich die Antwort nicht kenne. Vielleicht will er wirklich etwas anderes. Und ich vielleicht auch. Bis auf die Tatsache, dass er *mich* will, habe ich keine Ahnung, was Tyler antreibt. Dieses eine Ziel hat er klar formuliert, aber was bedeutet das? Will er eine gemeinsame Zukunft, wie wir es uns vor so langer Zeit ausgemalt haben, oder einfach nur ab und an die Nacht mit mir verbringen? Will er eine Freundin, eine Bettgeschichte oder eine Beziehung? Und was will ich überhaupt von ihm? Okay, ich habe zugestimmt, dass wir nächste Woche gemeinsam auf eine Party gehen. Aber worauf lasse ich mich ein, wenn ich hier zwei Perücken kaufe? Was kommt nach der Party? Bin ich überhaupt bereit dafür?

Mit einem hellen Geräusch schlagen ein paar Glöckchen gegen die Glastür, und zwei Frauen Mitte dreißig stolpern aus dem Laden. Aber es ist das heitere Stolpern zweier Freundinnen, die lachend die Arme umeinander geschlungen haben. Eine der beiden trägt einen rotblonden Bob, die andere eine zitronengelbe Langhaarfrisur. Kurz frage ich mich, warum sie die Perücken wohl tragen. Aus Spaß? Weil sie sie brauchen? Für eine Party? Aber die Antwort lässt sich nicht erkennen, während die beiden an uns vorbeilaufen.

Genau wie die Antwort auf die Frage nach Tyler und mir.

Entschlossen wende ich mich wieder an Nicole. »Vielleicht haben wir wirklich unterschiedliche Ziele, aber ich weiß nicht, was er will. Und, was noch viel wichtiger ist, ich weiß noch nicht mal, was *ich* will. Das ist eigentlich auch der Grund, warum ich zulassen werde, dass er mich zu der Party begleitet. Irgendwie muss ich es ja herausfinden«, sage ich, jetzt wieder ernst. Denn das ist die Wahrheit, jenseits aller Zweideutigkeiten.

Verständnisvoll legt mir Nicole die Hand auf den Arm. »Es ist immer schwer zu erkennen, was man will.« Sanft drückt sie zu. »Es gibt fast nichts Schwereres, oder?«

»Vor allem weiß man nie, ob es das Risiko wert ist.«

»In der Welt herrschen unberechenbare Zustände«, sagt sie und macht eine ausladende Geste. »Unser ganzes Leben ist ein Meer aus Müll, Wahnsinn und Magie, und das alles gleichzeitig. Und manchmal kann man eben das eine nicht vom anderen unterscheiden.«

»Ein Meer aus Müll, Wahnsinn und Magie?« Fragend hebe ich eine Augenbraue und lache. »Ist das der Titel deiner nächsten Kolumne über das Leben und die Liebe in der undurchschaubaren Welt von Snapchat, Singlebörsen und Sexting?«

»Warum eigentlich nicht? Es trifft ganz gut, was ich tue – schließlich biete ich Navigationshilfe für die Fahrt über das stürmische Meer zwischenmenschlicher Beziehungen.« Mit der flachen Hand beschattet sie sich die Augen, als blicke sie von Bord ihres Schiffes über die weiten Wellen. »Käpt'n Nicole zu Diensten.«

Plötzlich schwenkt ihr Blick ans Ende der Straße und bleibt an dem Pärchen hängen, das auf uns zuschlendert. Penny winkt. Neben ihr läuft Gabriel, Pennys gut aussehender Verlobter. Er ist groß und schlank, mit kinnlangem Haar und den Armen voller Tattoos. Die beiden sind das perfekte Paar. Er ist verrückt nach ihr, und sie kann die Finger nicht von ihm lassen.

Nicole stößt mich sanft gegen die Schulter. »Aber ich bin noch nicht fertig. Es fehlt nämlich eigentlich noch ein weiterer Punkt – Menschen verändern sich nicht.«

Mit einer Geste deute ich auf unsere Freundin und ihren Begleiter als Gegenbeweis. »Penny ist wieder mit Gabriel zusammengekommen. Er hat sich verändert.«

»Aber ihre Geschichte ist eine ganz andere. Bei ihnen war es Schicksal, dass sie sich wiedergesehen haben.«

Bevor ich antworten kann, haben uns die beiden schon erreicht. Gabriel ist Europäer und weiß, was sich gehört, also küsst er Nicole und mich auf die Wange.

Keine Frage, ich schätze seine weltmännische Art. Und ihn auch, schließlich hat er Penny unglaublich glücklich gemacht. Allein dafür bekommt er von mir ein Goldsternchen. »Gabriel, sag mir eins: Können Menschen sich verändern?«

Lachend richtet er sich auf. »Natürlich können sie das!«

Nicole wirft ihm einen zweifelnden Blick zu, und Gabriel legt sich mit einer bedeutungsvollen Geste die Hand auf die Brust. »Ich habe mich jedenfalls verändert. Ich bin nicht mehr so hitzköpfig wie mit vierundzwanzig.«

Kopfschüttelnd verdreht Nicole die Augen und wedelt mit der Hand. »Sie sind raus. Bitte gehen Sie weiter.«

»Du wirst lachen, das mache ich jetzt auch. Ich bin nämlich auf dem Weg zu meinem Restaurant, wo ich ein himmlisches Dessert für meine wunderbare Verlobte kreieren werde.« Besitzergreifend gleitet sein Blick über Penny. »Das ist allerdings etwas, das ich auch schon vor zehn Jahren für sie getan hätte. Vielleicht ändern sich manche Dinge doch nicht.« Augenzwinkernd gibt er Penny einen Abschiedskuss und macht sich davon.

Penny wendet sich an uns. »Er will, dass etwas für mich im Kühlschrank steht, wenn ich mitten in der Nacht von unserem Mädelsabend nach Hause komme.«

Ich seufze auf. »Ach, er ist einfach süß.«

»Und sexy«, fügt sie mit einem schmutzigen Grinsen hinzu. Dann zeigt sie auf den Laden. »Sollen wir, Mädels? Oder gucken wir uns nur den ganzen Abend diese Koboldperücke im Schaufenster an? Wenn du es schaffst, dass Tyler die anzieht, gehen beim nächsten Mädelsabend alle Drinks auf mich.«

Schwungvoll öffne ich die Tür. »Haben Kobolde nicht eigentlich rote Haare? Das hier sieht eher aus wie einer schlechten Gemüsewerbung entsprungen. Oder wie aus Emerald City, dieser Zauberer-von-Oz-Serie?«

»Oder einem dieser furchtbaren Hexen-Filme«, wirft Nicole ein. Dann legt sie sich nachdenklich einen Finger ans Kinn. »Hm. Jetzt, da ich erkenne, dass wir deinen Ex quälen können, indem wir ihn dazu zwingen, eine Perücke unserer Wahl aufzusetzen, könnte ich diesem Date fast doch zustimmen.« Mit strengem Blick fährt Nicole herum und zeigt auf Penny. »Deine Unterstützung habe ich ja sowieso schon verloren.«

Lachend hält Penny eine kirschrote Perücke hoch. »Ich stimme einfach nicht mit deiner etwas – wie soll ich sagen – radikalen Position überein.«

Nicole erspäht eine blonde Langhaarperücke. »Ich wollte schon immer mal wissen, ob ihr Blondinen mehr Spaß habt«, sagt sie und fragt die Verkäuferin, ob sie das gute Stück anprobieren darf. Die Frau bringt uns dünne Nylonkappen, die wir unter den Perücken über den Kopf stülpen sollen. Während Nicole ihre blonden Locken richtet, sagt sie: »Weißt du, ich habe auch keine Ahnung, ob Menschen sich ändern können. Ich mache mir einfach nur Sorgen. Ich weiß, dass ihr mich für eine elende Prinzipienreiterin haltet, aber …«

»Ach«, sagt Penny und legt sich nachdenklich den Zeigefinger an die Schläfe, »wer könnte denn nur auf so eine Idee kommen?«

Nicole seufzt. »Ich bestreite ja auch gar nicht, dass meine Ansichten diesbezüglich etwas strenger sind. Aber es ist doch so – jeden Tag werde ich Zeugin der Tücken, Gefahren und Abgründe des Dating-Zirkusses dieses Jahrzehnts, und ich habe einfach schon weitaus mehr Hässliches als Schönes gesehen. Ich will einfach nicht, dass Delaney verletzt wird, und ich bin mir nicht sicher, ob Männer sich wirklich so grundlegend verändern können.«

Mit einem Blick in den Spiegel zieht sie sich den Pony noch etwas tiefer in die Stirn und dreht sich zu uns um, um ihren neuen Look zu präsentieren.

»Frisuren können sich auf jeden Fall ändern«, sage ich. »Du siehst ziemlich gut aus als Blondine.«

Auch Penny zupft noch einmal ihre Feuerwehr-Frisur zurecht und wendet sich uns zu. »Ich glaube aber wirklich, dass Menschen eine Veränderung hinkriegen. Vielleicht liegt es daran, dass ich mit Tieren arbeite, denn ich sehe zum Beispiel jeden Tag, was mit einem Menschen passieren kann, wenn er einen Hund bei sich aufnimmt. Von einem Tag auf den anderen verschieben sich die Prioritäten, und man verwandelt sich in jemanden, der ein anderes Wesen fast genauso bedingungslos liebt wie umgekehrt.«

Lächelnd lege ich ihr einen Arm um die Schultern und

ziehe sie an mich. Es gibt einfach keine nettere Person auf der Welt als meine hundeliebende Freundin. »Du hast recht.«

Auch Nicole wiegt den Kopf hin und her, als denke sie über Pennys Beobachtung nach. Dann gibt sie zerknirscht zu: »Das stimmt wohl.«

»Warum lassen wir es Delaney nicht einfach selbst herausfinden?«, fragt Penny und sieht uns im Spiegel an. »Geh einfach mit ihm aus und prüfe, wie sehr er sich gewandelt hat.«

Während ich meine saphirblaue Perücke aufsetze, denke ich nicht nur über Tyler nach, sondern auch über mich. Natürlich will ich wissen, ob er sich verändert hat, aber die ersten Unterschiede habe ich ja bereits gesehen. Also komme ich nicht umhin, mir dieselbe Frage zu stellen – wie sehr habe *ich* mich entwickelt?

Ich denke, ich habe mich zum Besseren verändert. Jedenfalls will ich gern daran glauben, dass meine berufliche Neuorientierung von der harten Realität der Juristen hin zu den ruhigeren Wassern der Massagetherapeutin einen besseren Menschen aus mir gemacht hat. Aber stimmt das auch? In meinem Herzen regt sich leiser Zweifel. Das Gefühl ist irritierend und unangenehm, denn es erinnert mich daran, dass ich Tyler nicht die ganze Wahrheit über meinen Sinneswandel erzählt habe. Aus irgendeinem Grund konnte ich mich ihm gegenüber nicht öffnen, was den Anruf meines Vaters angeht, und das, obwohl Tyler mir gegenüber offen und ehrlich war.

Muss ich ihm dieses Detail überhaupt mitteilen? Es ist ja nicht so, als würde ich ihm etwas Schreckliches verheimlichen.

Aber ich habe ihm schon damals nicht die ganze Geschichte erzählt, und heute habe ich es auch nicht getan. Mir ist klar, warum ich mich verschließe – wenn ich einen Teil von mir zurückhalte, wird vielleicht ein Teil von mir auch nicht verletzt. Irgendwie hoffe ich, dass ich mich so vor dem schlimmsten Schmerz schützen kann.

Auch wenn ich ahne, dass das nicht stimmt.

Vor gebrochenen Herzen und unerwiderter Liebe kann man sich nicht schützen.

Aber man kann versuchen, anders damit umzugehen.

Wenn sich die Menschen wirklich ändern können, dann sollte ich ganz sicher zuerst bei mir anfangen.

Als ich mit den Fingern durch mein blaues Haar fahre, schwöre ich mir, dass ich ihm die ganze Wahrheit darüber sagen werde, warum ich nicht weiter Jura studiert habe. Auch wenn es sich für mich anfühlt, als würde ich durch die bloße Erwähnung des Gesprächs mit meinem Vater auf einen Schlag all meine Schutzmauern einreißen.

Aber diese Sache mit Tyler ist nicht nur eine romantische Affäre. Es ist eine Chance, sich der Vergangenheit zu stellen und die Zukunft in die Hand zu nehmen.

Langsam hebe ich mein Kinn und sehe meine Freundinnen bedeutsam an. »Eine Woche. Ich gebe ihm eine Woche.«

Penny kreischt auf und klatscht in die Hände. Nicole nickt bedächtig und legt mir dann den Arm um die Schultern.

»Gruppenkuscheln«, befiehlt sie, und wir machen mit, vergessen unsere verschiedenen Meinungen und sind einfach füreinander da.

Bei *unserer* Liebe muss ich mir niemals Sorgen machen, sie könnte vielleicht einfach enden. Aus diesem Grund sind die beiden Frauen wie der Boden unter meinen Füßen, und ich vertraue ihnen blind.

»Eine Woche«, wiederholt Nicole. »Du hast meine volle Unterstützung. Aber am Ende der Woche musst du dich entscheiden. Wenn du ihm Chance auf Chance einräumst, gibst du ihm nur die Schlüssel in die Hand, dir noch einmal das Herz zu brechen, und bitte glaube mir – beim zweiten Mal tut es nicht nur zweimal so weh. Der Schmerz steigert sich exponentiell.«

Wir Menschen haben es immer in der Hand, das Herz unseres Gegenübers zu brechen. Eine Woche, ein Jahr, ein ganzes Leben – es spielt keine Rolle. Wir können diejenigen, die wir lieben, jederzeit verletzen. Aber auch so verstehe ich, warum sie möchte, dass ich mit Bedacht vorgehe, und diesmal teile ich ihre Meinung.

»Eine Woche«, bestätige ich. Dann wird mein Tonfall wieder heiterer, und ich zucke mit den Achseln, als wäre das alles nicht so wichtig. »Was kann in einer Woche schon passieren?«

Keine der beiden sagt etwas, und ich hoffe, ich erfahre die Antwort nicht auf die harte Tour.

»Gleichgültig, was passiert, wir sind für dich da.« Nicole umfasst meine Schulter fester, dann flüstert sie: »Vor allem, wenn du am Ende der Woche feststellst, dass du doch lieber mit Trevor ausgehst.«

Ich lache. »Apropos Trevor …«

Fragend hebt Nicole eine Augenbraue. »Was ist mit ihm?«

Rasch bringe ich meine Freundinnen auf den neusten Stand der Dinge, während wir die perfekte Perücke für meinen Ex-Freund aussuchen, der es irgendwie geschafft hat, ganz oben auf meiner Dating-Liste zu landen. An der Kasse bezahle ich die Perücken, stopfe sie in einen Stoffbeutel, und dann machen wir uns auf den Weg zum restlichen Teil des Mädelsabends, und das bedeutet Musik,

Cocktails und Freundschaft. Auch wenn ich unterwegs noch immer darüber nachgrüble, ob Menschen sich wirklich ändern können.

Ich denke an meine Mom und wie stark sie war, nachdem mein Vater uns verlassen hat. Sie ist immer eine toughe Frau gewesen, aber als sie zur alleinerziehenden Mutter wurde, musste sie sich um unseretwillen ein noch dickeres Fell zulegen. Auch das ist eine Art von Veränderung, die einen bis ins Mark berührt. Ich denke an meinen Bruder und wie leicht er zu einem absoluten Versager hätte werden können, einem verkorksten Teenager, der die Schule schwänzt, nachdem sein Vater sich aus dem Staub gemacht hat. Stattdessen hat er noch mehr Gas gegeben und genau wie ich ein Stipendium für die Uni ergattert.

Wir waren dazu gezwungen, uns zu verändern.

Aber können wir das nur, wenn wir keine andere Wahl haben? Ein unvorhersehbares Ereignis hat unser Leben in *davor* und *danach* gespalten, und wir mussten unser altes Selbst hinter uns lassen. Können jedoch auch Männer und Frauen, die eine alte Liebe wiedergewinnen wollen, die Entscheidung treffen, sich auf so tiefgreifende Art und Weise zu wandeln?

Darauf habe ich keine Antwort, aber während ich an unseren gemeinsamen Morgen, den Drink in der Bar, die Massageeinheit von neulich und unsere Telefongespräche denke, wird mir klar, dass Tyler und ich mehr sind als zwei Elemente in einem Reagenzglas, die sich beim Aufeinandertreffen entzünden.

Wir sind mehr als nur unsere Körper.

Das Knistern zwischen uns hat viele Gründe – unsere Vergangenheit, die ungewöhnliche Verbindung zwischen uns, Respekt, Verständnis, Begierde.

Und nicht zuletzt die Tatsache, dass wir uns einst so geliebt haben.

Er ist ganz einfach ein Mann, mit dem ich gern meine Zeit verbringe – auch heute noch.

Aus diesem Grund nehme ich nach unserem Mädelsabend im Bett auch noch einmal mein Handy und verfasse eine Antwort an Trevor.

Lieber Trevor,
was du schreibst, klingt wirklich faszinierend, und wahrscheinlich hast du jede Menge Spaß. Ich bin mir ganz sicher, dass wir einen fantastischen Abend miteinander verbringen würden, aber leider muss ich unsere Verabredung schweren Herzens bereits jetzt absagen. Nach unserem letzten Treffen ist überraschend ein alter Freund wieder in meinem Leben aufgetaucht, und ich möchte zuerst herausfinden, ob zwischen uns noch etwas ist. Es wäre unfair, euch beiden Hoffnung zu machen. Deshalb schicke ich dir diese Nachricht jetzt schon, bevor ich ihm eine zweite Chance gebe. Statt also auf Nummer sicher zu gehen – denn ich weiß, du bist es absolut wert und wirst statt meiner eine andere Frau sehr glücklich machen –, will ich dir danken und mich verabschieden.
Beste Grüße,
Delaney

Nachdem ich auf Senden gedrückt habe, schrumpft der Stein in meinem Herzen auf ein erträgliches Maß zusammen. Es gibt noch viel zu sagen und noch mehr zu tun, aber das hier war ein wichtiger erster Schritt.

Trevor gegenüber war ich vollkommen offen. Bei meinem Ex muss ich es jetzt auch sein.

Am nächsten Morgen begrüßt mich mein Handy mit

gleich mehreren Nachrichten. Trevor hat eine nette Antwort geschickt, in der er sich für meine Ehrlichkeit bedankt, Tyler fragt mich via Facebook, ob ich Zeit für ein Mittagessen habe, und eine E-Mail von Joe Thomas teilt mir die Neuigkeiten mit, dass mein Vater mittlerweile in Vancouver, Kanada lebt, noch verheiratet ist und sowohl seine E-Mail-Adresse als auch seine Telefonnummer in Kürze folgen.

Dann fragt er noch, ob ich die Postadresse schon jetzt haben möchte.

Meine Haut beginnt zu prickeln. Einerseits ja, andererseits nein. Denn ich weiß, wenn ich seine Adresse habe, werde ich erst mal stundenlang danach googeln.

Also teile ich Joe mit, dass ich lieber noch etwas warte. Schließlich warte ich schon jahrelang.

Dann verabrede ich mich mit Tyler und fasse einen weisen Entschluss.

Da ich ihn so sehr will, beschließe ich, noch nicht mit ihm zu schlafen.

So kann ich mir zumindest beweisen, dass *ich* imstande bin, mich zu ändern.

# KAPITEL ACHTZEHN

## Tyler

Sie sagt Ja.

Sofort klopft mein Herz einen Takt schneller.

*Nur Mittagessen* fügt sie hinzu, und ich schicke ihr ein GIF mit einer Rad schlagenden Aubergine, weil ich verstehe, was sie jetzt braucht – *nur Mittagessen* eben. Es ist ihr wichtig, zu wissen, dass die Leidenschaft unserer Briefkastenbegegnung nicht alles ist, was uns verbindet. Dass es zwischen uns knistert, ist unbestreitbar, aber sie will rausbekommen, ob noch mehr dahintersteckt.

Bei einem Pesto-Artischocken-Sandwich mit Pommes frites in einem Straßencafé am Rande des Central Parks erzählt sie mir von ihrem Mädelsabend.

»Wir hätten definitiv jeden Tanzmarathon gewonnen.«

»Habt ihr den Macarena getanzt?«

»Stundenlang.«

»Eine Conga Line?«, frage ich und mache im Sitzen die Bewegungen nach.

Sie nickt. »Und Square Dance.«

»Ich hoffe, du hattest Cowboystiefel an.«

Lachend schüttelt sie den Kopf. »Silberne High Heels«, sagt sie mit einem seltsam schüchternen Lächeln. Doch gleich darauf ist alle Schüchternheit verschwunden, als sie mir in die Augen sieht und ergänzt: »Und ich habe dabei an dich gedacht.«

Vor meinem inneren Auge blitzen Bilder auf, bei denen mein Mund ganz trocken wird. Ich beuge mich über den

Teller, auf dem mein Hähnchen-Sandwich liegt, und flüstere ihr mit rauer Stimme zu: »Das höre ich gern. Ich habe gestern Nacht auch an dich in High Heels gedacht. Und es ist nicht wirkungslos geblieben ... Aber ich bin mir sicher, in Cowboystiefeln würdest du genauso heiß aussehen.«

Die Belohnung für das Kompliment erwartet mich schon am nächsten Tag.

Per SMS lädt sie mich ein, mit ihr frühstücken zu gehen, und als ich das Café betrete, trägt sie einen knappen Jeansrock, eine rotkarierte kurzärmelige Bluse und Cowboystiefel.

»Schlaf mit mir, sexy Cowgirl«, raune ich, als ich sie zur Begrüßung auf die Wange küsse.

Mit einem Lachen erwidert sie: »Vielleicht nicht gerade *jetzt* ...«

»Aber später?«

»Wer weiß«, sagt sie mit einem Achselzucken und zwinkert mir zu.

Wir nehmen Platz, und ich bestelle Eier, aber keinen Speck.

Nachdem die Kellnerin sich wieder abgewandt hat, sieht Delaney mich fragend an. »Kein Speck?« Sie lehnt sich über den Tisch und legt mir prüfend die Hand auf die Stirn. »Geht es dir heute nicht gut?«

»Doch«, erwidere ich lachend. »Es geht mir wunderbar. Ich will nur beweisen, dass ich Enthaltsamkeit üben kann.«

»Wem beweisen?«

Mit der Hand deute ich auf die wunderbare Frau, die mir gegenübersitzt. Das blonde Haar hat sie zu einem hohen Pferdeschwanz zusammengefasst, und auf ihren Wangen liegt ein morgendlich rosiger Glanz. »Dir.«

Ihre braunen Augen strahlen. »Deine Enthaltsamkeit ist beeindruckend, aber du weißt, dass es mir nichts ausmachen würde, wenn du Speck isst?«

Ich nicke. »Ja, und ich weiß es auch zu schätzen.« Delaneys Entscheidungen, was ihre Ernährung angeht, betrafen immer nur sie selbst, sie hat nie versucht, andere zu bekehren.

»Aber nennen wir das Schwein doch beim Namen. Speck ist einfach nicht sonderlich gesund. Und, um ehrlich zu sein, vielleicht färbt dein Vegetarismus ja langsam auf mich ab.« Schnell hebe ich beide Hände. »Damit meine ich allerdings nicht gleich die ganze Nichts-mit-einem-Gesicht-Nummer. Aber ich habe entschieden, einfach etwas weniger davon zu essen. Wahrscheinlich werde ich es überleben.«

Misstrauisch sieht sie mich an. »Bist du dir sicher?«

Gespielt schnappe ich nach Luft, huste und sacke auf meinem Stuhl zusammen, als hauche ich soeben meinen letzten Atemzug aus.

Ein paar Sekunden später setze ich mich wieder auf, und sie fragt, ob ich überlebt habe.

»Aber nur knapp.«

Spaßeshalber tut sie so, als wolle sie ihre Serviette nach mir werfen. »Du wirst vegetarischen Speck lieben. Vor allem mit Avocado und Salat«, sagt sie, und plötzlich leuchten ihre Augen auf, als wäre ihr gerade eine Idee gekommen. »Ich mache dir einfach mal welchen. Meine Veggie-Sandwiches sind sechsfach prämiert.«

»Sechsfach? Nicht fünf-, nicht sieben-, sondern sechsfach?«

»Ja. Sechsfach, genau wie die sechs Zehen meiner zukünftigen Katze. Und vielleicht lasse ich dich eines Tages in den Genuss aller sechs Premiumkriterien meines berühmten Bacon-Sandwiches kommen.«

»Du meinst Fake-Bacon-Sandwiches.«

Lachend faltet sie die Serviette auf ihrem Schoß und sieht mich an. »Was machst du am liebsten, wenn du nicht arbeitest?« Dann verdreht sie die Augen. »Nicht *das.*«

»Wenn du nicht *das* meinst, dann gehe ich gern klettern«, antworte ich. »Und Rafting und Kajak fahren. Und ich sehe den Dodgers dabei zu, wie sie jedes andere New Yorker Baseballteam fertigmachen.«

»Manche Dinge ändern sich wohl nie«, sagt sie lächelnd.

»Manche Dinge sollten sich auch nicht ändern.«

Daraufhin hebt sie ihr Wasserglas, um mit mir anzustoßen.

Am nächsten Tag gehen wir wieder am frühen Morgen gemeinsam zum Joggen. Am Ende unserer fünf Meilen treffen wir auf Oliver, der gerade am Rande des Wasserreservoirs Dehnübungen macht.

»Hey, Nichols, was läuft?«, ruft er und versucht, einen amerikanischen Akzent zu imitieren.

Grinsend klopfe ich ihm auf die Schulter. »Ein heißes Date, siehst du doch.« Delaney lacht, und ich wende mich ihr zu, um die beiden einander vorzustellen. »Delaney, das ist Oliver. Er arbeitet in meiner Firma und tut manchmal so, als spräche er amerikanisch. Oliver, das ist die wunderbare Delaney. Wir waren zusammen auf dem College.«

Oliver streicht sich das wirre schwarze Haar aus der Stirn und lächelt Delaney an. Mit einer leichten Verbeugung ergreift er ihre Finger und gibt ihr einen Kuss auf den Handrücken. »Entzückend«, sagt er, diesmal wieder mit seinem natürlichen britischen Akzent.

»Ah, ich sehe, du bist Italiener«, scherzt sie.

Oliver lacht und dreht sich zu mir. »Die solltest du behalten.«

Schnell nehme ich Delaneys Hand. »Das ist der Plan.«

Daraufhin wendet Oliver seine Aufmerksamkeit wieder Delaney zu. »Gehe ich richtig in der Annahme, dass du ihm auf der Strecke gezeigt hast, wer die Hosen anhat?«

»Natürlich. Nach Meile drei habe ich ihn einfach stehen lassen.«

Mit kläglicher Miene sehe ich ihn an. »Es war furchtbar, die ganze Zeit über nur ihren Hintern zu betrachten.«

Am Mittwoch verabreden wir uns nachmittags auf einen Kaffee. Mit Sonnenbrille und gesenktem Kopf warte ich vor einem Café auf der Columbus Avenue und beantworte auf dem Handy E-Mails.

Mitten in der Mail an einen Klienten spüre ich plötzlich ihre weichen Lippen auf meiner Wange. Das Gefühl ist himmlisch und lässt einen heißen Schauer meinen Rücken hinunterlaufen. Sofort höre ich auf zu tippen, stecke das Handy in die Tasche und lege meine Hand auf ihre Wange.

Sanft drehe ich ihr Gesicht zu mir und küsse sie, mitten auf der Straße. Und genau so verbringen wir unsere gesamte Verabredung – nur mit Küssen, kein Kaffee.

Wir laufen und reden und küssen uns, als versuchten wir, in einer einzigen Stunde alle nur denkbaren Kussvariationen der Welt auszuprobieren.

Da gibt es den sehnsuchtsvollen Kuss an der Straßenecke, den Kuss, bei dem man sich sanft in die Lippen beißt, den Kuss, der so zart ist, dass man ihn kaum spürt. Und irgendwie schafft es sogar dieser Kuss, ein Feuer in meinen Lenden zu entfachen.

Aber alles nicht so sehr wie der Kuss, den ich ihr an der Ecke der Achtundsiebzigsten gebe. Denn hier drücke ich sie fest gegen das Treppengeländer eines eleganten Stadthauses, schließe meine Hand um ihr Kinn und nehme ihren geliebten, herrlichen Mund mit wilder Gier in Besitz.

Ihr Stöhnen klingt so wunderbar hilflos, dass ich nicht anders kann, als sie noch fester gegen die Metallstreben zu drücken, sie noch heftiger zu küssen. Ich gebe dem Drang nach, sie meine Zähne spüren zu lassen, nehme sie völlig in mich auf. Ihr Körper passt sich dem meinen an, und sie schlingt die Arme um meinen Nacken. Jeder Atemzug, jedes Beben verrät mir, dass sie es genau so mag.

Aber die Zeit läuft erbarmungslos ab, und eine wichtige Telefonkonferenz am Nachmittag zwingt mich dazu, allzu schnell wieder von ihr abzulassen.

»Ich muss gleich wieder zur Arbeit. Mir bleiben nur noch zehn Minuten.«

»Ich muss auch zurück.« Kurz sieht sie nach unten auf den Bürgersteig, dann wieder zu mir. Das dunkle Verlangen in ihrem Blick ist verschwunden. Stattdessen erkenne ich etwas, das ich schon lange nicht mehr gesehen habe. Ihre Augen blicken wie die eines Rehs – sie hat Angst.

Dann schluckt sie trocken. O nein, bitte nicht. Sie wird das Ganze beenden, noch bevor es richtig angefangen hat. Automatisch schaltet mein Gehirn in Überschallgeschwindigkeit und versucht herauszufinden, was ich während der letzten Tage falsch gemacht haben könnte. Irgendein gedankenloser Kommentar? Irgendetwas, das ich gar nicht bemerkt habe?

Mit dem Finger streicht sie über den Kragen meines Hemdes. »Ich habe einen Fehler gemacht.«

Mir schnürt sich die Kehle zu. »Was meinst du damit?«

»Ich war nicht ganz ehrlich zu dir.«

Stirnrunzelnd sehe ich sie an. »In Bezug auf was?«

Sie atmet scharf ein. »Es tut mir leid, dass ich so lange damit gewartet habe, es dir zu erzählen, aber weißt du noch, dass du mich neulich gefragt hast, warum ich nicht weiter Jura studiert habe?«

Eine Welle der Erleichterung bricht über mir zusammen, und als sie kurz innehält, schaffe ich es endlich, wieder Luft zu holen. »Natürlich. Als wir letzten Samstag miteinander laufen waren, meinst du?«

»Ja. Ich habe dir nicht die ganze Geschichte erzählt. Irgendwie war ich mir nicht sicher, wie ich es sagen sollte oder ob ich überhaupt dazu bereit war. Aber ich will offen mit dir sein, auch wenn es mir schwerfällt.«

Sanft streiche ich ihr eine Haarsträhne aus dem Gesicht. »Was ist es, mein Engel?«

Denn ganz egal, was es ist, ich werde damit fertig.

Das glaube ich zumindest.

»Als ich sagte, der Debattierwettkampf sei ein Augenöffner gewesen, habe ich das auch so gemeint. Aber eigentlich hatte ich schon davor angefangen, meine Juristenkarriere infrage zu stellen.«

»Ja? Wie lange denn?«

»Ein paar Wochen. Ein Anruf meines Vaters hat mich dazu gebracht, meinen gesamten Lebensplan noch einmal zu überdenken. Ich habe es dir schon damals nicht erzählt.«

»Ich kann mich noch daran erinnern, dass du den Anruf erwähnt hast. Warum wolltest du mir denn nicht sagen, worum es ging?«, frage ich.

»Ganz ehrlich? Ich glaube, du warst schon dabei, dich innerlich zu verabschieden, und warst abweisend und kalt. Aber dich trifft nicht die ganze Schuld. Ich wollte einfach nicht über das reden, was er gesagt hat. Ich wollte nicht zugeben, dass er die Macht hat, mein ganzes Leben zu verändern.« Sie seufzt. »Auch wenn er recht hatte.«

»Was hat er denn gesagt?«

Mit einem tiefen Atemzug hebt sie das Kinn und sieht zu mir auf. »Er meinte, ich würde eine gute Anwältin abgeben, weil ich ihm so ähnlich sei. Weil ich gern stritt. Genauso wie er mit meiner Mom.«

Ich zucke innerlich zusammen. »Das hat sicher wehgetan.«

Sie nickt. »Und wie. Aber es stimmte eben auch. Ich habe mich gern gestritten. Es passte nur nicht zu der Person, die ich sein wollte. Ich wollte nicht sein wie er.« Ihre Stimme bricht. »Deshalb habe ich es dir nicht erzählt.«

Mit fragender Miene sehe ich sie an. »Das verstehe ich nicht.«

»Ich wollte dir nicht noch mehr Munition geben, mich zu verletzen.«

Ihre Worte verpassen meinem Herzen einen Stich. Das Gefühl muss schrecklich für sie gewesen sein.

»Ich wünschte, du hättest damals etwas gesagt. Aber ich verstehe, warum du dich mir gegenüber nicht mehr öffnen wolltest.«

Nachdenklich sieht sie mich an. »Wahrscheinlich hätte es ohnehin keinen Unterschied gemacht.« Ihre Stimme klingt wehmütig, nicht zornig.

»Delaney«, sage ich und gäbe alles darum, sie hätte unrecht.

»Hätte es das denn?«

Mit einem tiefen Seufzen schüttle ich den Kopf. »Nein. Aber ich wünsche mir von ganzem Herzen, dass wir es diesmal anders machen. Ich möchte, dass du offen mit mir bist und mir von deinen Sorgen und Ängsten erzählst.« Mit festem Griff umfasse ich ihre Schultern, damit sie spürt, dass ich es ernst meine, dass ich für sie da sein will. Und da ist es das Mindeste, dass ich versuche zu verstehen, was damals in ihr vor sich gegangen ist – auch wenn es acht Jahre her ist. »Erzähl mir, was du damals gedacht hast. Welche Gefühle das Gespräch in dir ausgelöst hat.«

Nervös spielt sie mit dem Kragen meines Hemdes. »Als ich über seine Worte nachdachte, wurde mir klar, dass er ins Schwarze getroffen hat. Und plötzlich wollte ich nicht mehr debattieren, nicht mehr streiten. Davon habe ich einfach in meiner Kindheit zu viel gehabt. Vielleicht ist es gerade das, was mich überhaupt auf die Idee gebracht hat, Jura zu studieren, aber dann ist mir klar geworden, dass ich lieber heilen wollte, statt zu kämpfen. Die Juristerei hat sich für mich plötzlich nur noch angefühlt wie ein einziger langer Streit – genau wie das Leben zu Hause.« Mit einem tiefen Atemzug schöpft sie neue Kraft. »Ich wollte einen neuen Pfad einschlagen, einen, den nur ich mir ausgesucht habe. Deshalb war diese letzte Debatte so erhellend für mich – es war die Chance zu entscheiden, was für eine Zukunft ich mir wirklich wünschte. Als du dann gewonnen hast und dein Sieg mir vollkommen egal war, wusste ich, das Studium ist nichts mehr für mich. Ich hätte es dir schon erklären sollen, als du mich neulich im Park gefragt hast … aber ich konnte einfach nicht.«

Obwohl es nicht kalt ist, zittert sie. Zärtlich streiche ich mit dem Finger über ihr Gesicht. »Das ist schon okay. Vielen Dank, dass du es mir jetzt erzählt hast.«

»Als wir uns letzten Samstag zum Laufen getroffen haben, war ich mir einfach nicht sicher, was da zwischen uns ist. Es schien mir zu früh, etwas zu sagen, ich wusste ja noch nicht einmal, ob ich dich wiedersehen wollte.«

Mein Herz klopft schneller. »Aber jetzt weißt du es? Ich wäre nämlich sonst ziemlich enttäuscht.«

Spielerisch versetzt sie mir einen Schlag. »Das will ich hoffen. Aber keine Sorge, ich will dich wiedersehen, Tyler Nichols.«

»Das wirst du auch. Und ich möchte, dass du mir vertraust, mit mir sprichst. Dich mir öffnest. Willst du das auch?«

Sie atmet scharf ein. »Ja.«

Glücklich sehe ich sie an. Genau das habe ich mir erträumt. Dass sie aufhört, sich vor mir zu verstecken, um ihr Herz zu schützen. Denn ich glaube fest daran, wenn sie sicher weiß, dass ich bei ihr bleibe, wird sie sich fallen lassen können und den Schutzpanzer ablegen. Sanft küsse ich ihre Stirn. Bevor ich mich wieder von ihr löse, sage ich: »Bei mir ist dein Herz sicher, das verspreche ich dir.«

»Nichts wünsche ich mir mehr«, flüstert sie. Dann tritt sie einen Schritt zurück und wirft mir einen aufreizenden Blick zu. Plötzlich klingt ihre Stimme wieder kokett. »Aber bist du jetzt nicht sauer auf mich, weil ich dir neulich die Wahrheit vorenthalten habe?«

Ich schnaube. »Nicht im Geringsten.«

Mit übertriebener Enttäuschung schnipst sie mit den Fingern.

»Schade. Ich habe mir schon vorgestellt, wie ich reumütig in deinem Büro vorbeikomme und auf allen vieren zu Kreuze krieche.«

Ich hebe eine Augenbraue. »Hast du gerade *auf allen vieren* gesagt?«

# KAPITEL NEUNZEHN

## Delaney

Am nächsten Morgen wühle ich mich durch meinen Kleiderschrank, wähle zuletzt ein Paar Schuhe und mache mich auf den Weg zu Tylers Büro.

Als der Aufzug auf der richtigen Ebene hält, streiche ich mit der Hand mein hastig zusammengeworfenes Outfit glatt. Enger schwarzer Rock, anliegende weiße Bluse. Dazu High Heels, ebenfalls schwarz. Und sie machen mich zehn Zentimeter größer – mehr brauche ich wohl nicht zu sagen.

Er weiß nicht, dass ich komme. Aber das gestrige Glitzern in seinen Augen war ausreichend, um mir zu verraten, dass ihm ein unerwarteter Besuch, der vor ihm zu Kreuze kriecht, alles andere als unangenehm wäre.

Das Mädchen am Empfang begrüßt mich mit einem freundlichen Hallo. *Holly* steht auf ihrem Namensschild.

»Guten Morgen. Ich bin auf der Suche nach Oliver Edgecombe.«

»Sehr gern. Wen soll ich anmelden?«

Mich in alle Richtungen umsehend, stütze ich die Hände auf ihren Schreibtisch und flüstere: »Ich heiße Delaney, aber können Sie ein Geheimnis für sich behalten? Ich bin hier, um Tyler zu überraschen, und ich brauche Olivers Hilfe. Tyler soll nicht erfahren, dass ich gekommen bin, um ihm eine Nackenmassage zu geben.«

Das ist meine Tarnung. Zugegeben, ich nehme an, Oliver weiß, was für eine Art »Nackenmassage« Tyler von mir bekommen wird, aber als ich ihn heute Morgen am Telefon um Hilfe gebeten habe, hat er sich sofort darauf eingelassen. Guter Mann.

Holly strahlt. »Natürlich.«

Schnell wählt sie Olivers Nummer, und ein paar Sekunden später kommt der gut aussehende Mann mit großen Schritten zum Empfang, um mich zu begrüßen. Gemeinsam gehen wir den Plan noch einmal durch, und er nickt.

»Ich könnte glatt neidisch werden«, sagt er und reibt sich mit einem Zwinkern den Nacken. »Aber mir bleibt wohl nur die Hoffnung, dass mich eines Tages eine ähnlich tolle Frau für eine Massage in meinem Büro überrascht. Es kann gern schon bald sein, wenn ich es recht bedenke.«

»Ja, das hoffe ich auch für dich«, erwidere ich lächelnd.

Vom Empfang schaltet sich Holly ein. »Hey, darf ich bei der Verschwörung mitmachen?«

»Natürlich, Holly.« Oliver flüstert ihr etwas ins Ohr, und ihre blauen Augen beginnen zu strahlen. Aufgeregt führt sie mich in den Kopierraum und schließt die Tür.

»Ich liebe Überraschungen«, quietscht sie aufgeregt. »Tyler wird ausrasten, wenn er dich sieht.«

Ich frage mich, woher sie das weiß. »Ach ja?«

Holly nickt und flüstert: »Er ist verrückt nach dir.«

»Er hat mich erwähnt?«

»Ja, schon mehrfach. Immer nur Gutes. Du hast ein echtes Wunder mit seinem Nacken vollbracht.«

Gern würde ich noch mehr fragen, aber sie ist schon wieder verschwunden. Doch ihre Worte lassen mich auf einer Wolke purer Glückseligkeit schweben. Mit schiefgelegtem Kopf lausche ich, wie Oliver Tyler bittet, in sein Büro zu kommen. Das ist mein Stichwort. Holly öffnet die Tür vom Kopierraum, sieht rasch prüfend nach rechts und links, dann winkt sie mich heraus. Verstohlen zeigt sie auf Tylers

Büro, legt mir eine Hand in den Rücken und schiebt mich mit sanftem Druck dort hinein.

»Soll ich die Tür zumachen?«, wispert sie.

*Ja bitte,* nicke ich tonlos.

Sobald die Tür ins Schloss gefallen ist, öffne ich die oberen zwei Knöpfe meiner Bluse und warte.

Mir wird heiß, und mein Herz schlägt wie verrückt, so nervös bin ich. Und so erregt.

»Du machst das schon, Oliver. Immaterialgüterrecht ist schließlich deine Spezialität«, höre ich Tylers Stimme aus dem Flur, und ein glückliches Grinsen breitet sich auf meinem Gesicht aus. Ist es verrückt, dass es mir gefällt, wie er seine Mitarbeiter lobt? Aber so ist es nun mal. Es gefällt mir, dass er seine Angestellten gut behandelt. Und es gefällt mir, dass sie offensichtlich helfen wollen, ihn zu überraschen.

Aber vor allem gefällt mir der Gedanke, dass er gleich durch diese Tür kommt.

Langsam senkt sich die Türklinke.

Jetzt oder nie.

Schnell öffne ich noch ein paar Knöpfe.

»Komisch. Ich kann mich nicht daran erinnern, hier zugemacht zu haben«, sagt er zu sich selbst, während er die Tür aufzieht. Ich schicke ein Stoßgebet zum Himmel, dass er allein ist.

»Das hast du auch nicht.«

Er starrt mich an und blinzelt. Braucht einen Augenblick, um zu verstehen, was hier vor sich geht. Dann schlägt er die Tür hinter sich zu. »Bitte sag, dass du keine Halluzination bist.«

»Ich bin weder eine Halluzination noch ein Produkt deiner verdorbenen Fantasie. Bitte entschuldige.« Ich öffne einen weiteren Knopf.

Kopfschüttelnd zeigt er auf mich. »Dafür musst du dich nicht entschuldigen. Niemals.«

»Bitte entschuldige, dass ich bei unserer Joggingrunde nicht ehrlich zu dir war«, stelle ich richtig, während ich den letzten Knopf öffne.

»Wenn du dich jedes Mal auf diese Weise entschuldigst, dann bitte behalte doch deine Gefühle wieder für dich«, sagt er mit heiserer Stimme.

Mittlerweile ist meine Bluse vollständig aufgeknöpft, also ziehe ich sie aus und werfe sie auf die Couch in der Ecke. Ich trage einen knappen schwarzen BH, und sein Blick ruht auf meinen Brüsten, als ich sage: »Von jetzt an werde ich immer versuchen, dir mitzuteilen, was in meinem Kopf vorgeht.«

»Ach ja? Und was geht im Moment darin vor?«

Mit einem Nicken deute ich zur Tür. »Jetzt gerade denke ich, du solltest abschließen.«

Er wendet sich um und verschließt die Tür.

Mit ein paar schnellen Schritten bin ich bei ihm, lege die Hände auf seine breite Brust und schiebe ihn rückwärts bis zu seinem Schreibtischstuhl. Entschlossen drücke ich ihn auf das schwarze Leder und sehe ihn an. In seiner dunkelgrauen Anzughose, dem weißen Hemd und der bordeauxroten Krawatte sieht er aus wie der sexy Topmanager. Mit einer Hand lockert er den seidenen Knoten um seinen Hals und sieht zu mir auf. In seinen Augen steht nacktes Verlangen.

»Und jetzt?«, fragt er herausfordernd.

»Jetzt zeige ich dir, dass ich mich noch an alles erinnere, was du mir beigebracht hast.«

Sein Stöhnen klingt verdammt gut, männlich und sexy. Selbstbewusst hebt er das Kinn, streckt die Hand nach meinem Gesicht aus und fährt mit dem Daumen fest über meine Unterlippe. »Dann auf die Knie mit dir, damit ich deinen verdorbenen Mund ficken kann«, fordert er mit vor Lust rauer Stimme.

Hitze flammt zwischen meinen Beinen auf, und ich lasse mich auf die Knie fallen. Mit schnellen Fingern öffne ich den Reißverschluss seiner Hose. Sein harter Schwanz drückt fest gegen den Stoff, und der Anblick erregt mich nur noch mehr. Er hilft mir und zieht sein Hemd nach oben, während ich ihn aus dem engen Käfig seiner Boxershorts befreie.

Sein Schwanz reckt sich mir entgegen, und ich spüre, wie die Gier in mir wächst. Schon als ich seinen Schaft mit der Hand umschließe, keucht Tyler laut auf und stöhnt.

Ich habe ihn noch nicht einmal in den Mund genommen, und er ist schon jetzt so erregt. Genau wie ich. Allein der Gedanke, was ich jetzt mit ihm anstellen werde, lässt das Ziehen zwischen meinen Beinen so intensiv werden, dass es fast schmerzhaft ist.

»Schritt eins«, flüstere ich mit den Lippen genau über seinem harten Ständer. »Weit aufmachen.«

Er lächelt und umfasst meinen Kopf. »Du weißt es noch.«

»Ich weiß noch *alles.*« Dieser Mann hat mir beigebracht, was ein guter Blowjob ist. Schritt für Schritt hat er mir gesagt, was ihm gefällt, wie man ihn um den Verstand bringt. Und genau so habe ich es gemacht, wieder und immer wieder, weil mir nichts auf der Welt mehr gefallen hat, als ihm Lust zu bereiten.

# KAPITEL ZWANZIG

## Tyler

Sie senkt die Lippen und leckt über meine Schwanzspitze. »Zuerst ganz sanft«, flüstert sie, während ich dankbar aufseufze.

Eine Welle der Lust schlägt über mir zusammen, als sie mir beweist, wie gut sie sich an meine Lehrstunden erinnert. »Zeig's mir, mein sexy Engel. Komm schon, bring mich mit deinem geilen Mund um den Verstand.«

Langsam streicht sie mit der Zunge an meinem Schaft auf und ab. Schritt zwei, die Zunge einsetzen. Als lecke sie genüsslich an einer Zuckerstange, von ganz oben nach ganz unten. Wie im Rausch kribbelt meine Haut, während sie mit der Zunge meinen Schwanz bearbeitet. Dann legt sie ihre Finger um den unteren Teil meines Schafts und drückt zu.

Ein Beben läuft durch meinen Körper.

O ja, auf den Griff stehe ich. Aber was jetzt kommt, ist noch besser. Sie umschließt mich mit den Lippen und führt mich tief in die warme, feuchte Grotte ihres Mundes. Funken sprühen, und in meinem Kopf kommt es zum Kurzschluss, als sie abwechselnd saugt und meinen Schaft massiert, wieder und immer wieder.

»Ja, Baby. Tiefer, noch tiefer. So ist es gut«, sage ich und führe ihren Kopf mit beiden Händen auf und ab.

Auf der ganzen Welt gibt es keinen erregenderen Anblick. Delaneys Haar fließt über meine Schenkel. Ihre roten Lippen sind weit geöffnet und umschließen meinen Schwanz, während ihr Kopf auf und ab gleitet.

Lange halte ich das nicht aus, aber ich will noch mehr. Ich will immer mehr. Und das bedeutet Schritt drei. »Nimm ihn ganz in den Mund, Baby. Schaffst du das?«, frage ich, als sie mit der Zunge über meine Eichel leckt und mich so ablenkt, dass ich für einen Moment nur noch keuchen und stöhnen kann.

Mit meinem Schwanz im Mund nickt sie, und ich lege meine Hände um ihre Kehle. Nicht fest, nur ein leichter Druck mit den Daumen, wie eine sanfte Massage. »Mach auf für mich, Baby. So weit du kannst.«

In ihren Augen liegt ein verruchtes Glitzern, als sie zu mir aufblickt, als sei sie voll schmutziger Überraschungen. Sanft reibe ich mit den Fingern über ihre zarte Kehle, die sich so unglaublich gut anfühlt. Und dann spüre ich nur noch, wie sie sich über meinen Schwanz beugt und ihn immer und immer tiefer in sich aufnimmt. »O Gott!«, stöhne ich, als glühend heißes Feuer durch meine Lenden schießt.

Ich. Bin. Ganz. In. Ihr.

Ich will die Augen schließen und ihren Mund ficken, aber gleichzeitig will ich keine Sekunde dieses Anblicks verpassen.

Delaney kniet vor mir, und mein Schaft steckt bis zu den Eiern in ihrem Mund, während sie mir einen bläst, als bekäme sie einen Preis dafür. Als wäre *ich* der Preis. Als wolle sie meinen Schwanz so sehr, wie ich will, dass *sie* es ist, die mir einen bläst. Ich will es so sehr, dass mein ganzer Körper bebt.

Welle über Welle der Lust bricht über mir zusammen, während sie immer weiter macht.

Meine Finger verkrampfen sich um ihren Kopf. Meine Brust hebt und senkt sich, ich kann die Hitze bis in meinen

Nacken spüren. Nichts will ich mehr, als dass dieses Feuer mich verzehrt, meinen ganzen Körper in Besitz nimmt.

Als sie ihre Zunge um meine Eichel kreisen lässt, kann ich nur noch laut aufstöhnen.

Ich kann kaum noch sprechen, kaum noch denken.

Es fühlt sich an, als falle ich, tief hinab in eine magische Welt aus Lust und Erregung. Ihre Augen glänzen feucht, aber sie hört nicht auf. Sie hört einfach nicht auf, und auch wenn es verrückt klingt, aber schon allein deswegen liebe ich sie.

Das hier *kann* sie einfach nicht tun, weil es ihr gefällt. Sie kann meinen Schwanz nicht so sehr wollen, dass sie fast würgen muss, egal wie sehr sie betont, wie geil es sie macht. So tief nimmt sie ihn nur in den Mund, weil sie will, dass es mir gefällt.

Sie tut es für mich, und allein dieser Gedanke bringt mich fast zum Höhepunkt. Ich bin wirklich kurz davor, aber eine Sache will ich noch. Irgendwie schaffe ich es, die Worte hervorzustoßen, auch wenn sie keuchend und abgehackt klingen. »Baby, du weißt, was noch fehlt.«

Ich spüre an meinem Schwanz, wie sie nickt, dann fühle ich, wie ihre Hand meine Eier umschließt. Und zudrückt. *Ja, oh, ja.* Mit sanftem Druck zieht sie an ihnen – nicht zu fest, gerade stark genug, dass sich mein Verstand verabschiedet. Meine Eier ziehen sich zusammen, mein Schwanz zuckt heftig, während sich alles in mir auflöst, als der Orgasmus über mich hereinbricht und jeden Winkel meines Körpers überflutet. Meine Sinne verschmelzen, während ich mich in ihren Mund ergieße.

»Es kommt, es kommt so heftig«, stöhne ich und umklammere ihren Kopf. Dann kann ich nichts mehr sagen. Kein einziges Wort mehr. Ich bin im Himmel. Der Orgasmus ist so heftig, dass er mich völlig fertig zurücklässt. Meine Knie zittern, mein Herz rast, und jede Zelle ist erfüllt von vollkommener Lust.

Ein Nachbeben lässt meinen Körper erzittern.

Mit einem lauten, schmatzenden Geräusch lässt Delaney meinen Schwanz los, und ich seufze glücklich. Glücklicher geht es nicht. In mir ist nichts, außer dem herrlichen, rauschähnlichen Gefühl nach dem besten Blowjob der Welt.

Sie hebt das Kinn und hält sich an meinem Oberschenkel fest. »Ich habe doch gesagt, ich hatte einen guten Lehrmeister.«

»Komm hoch zu mir, kleine Streberin«, fordere ich sie auf und halte ihr eine Hand hin. Mit einer schnellen Bewegung ziehe ich sie auf meinen Schoß und meinen halb harten Schwanz. Dann lege ich einen Arm um sie und drücke meine Lippen auf ihre Stirn. Aber ich gönne mir nur eine kurze Verschnaufpause. Jetzt ist sie dran. Ich umfasse ihre Hüften, hebe sie hoch und setze sie auf die Tischkante.

Fragend hebt sie eine Augenbraue. Geschickt schiebe ich ihren Rock nach oben und spreize ihre Beine, bis ich einen Blick auf ihr schwarzes Spitzenhöschen erhasche. Mit einem leisen Stöhnen fahre ich mit dem Finger darüber und spüre durch den Stoff, wie nass sie ist.

»Zeit für eine Revanche. Ich will dich lecken, genau hier, auf meinem Schreibtisch.«

Sie keucht auf, als würden meine Worte sie schockieren. Vielleicht tun sie das auch. Aber wir waren immer schon mutig und haben in der Öffentlichkeit mit dem Feuer gespielt. Und auch wenn mein Büro abgeschlossen ist, fühlt es sich doch verrucht an. Erregend verrucht.

Doch sie schüttelt den Kopf und gleitet vom Tisch zurück auf meinen Schoß. »Jetzt nicht.«

Stirnrunzelnd sehe ich sie an. »Warum nicht?« Noch einmal schiebe ich meine Hand zwischen ihre Beine und reibe über ihre Knospe. Die Feuchtigkeit, die den Stoff durchtränkt, macht mich verrückt. Sogar durch die spitzenbesetzte Barriere, die meine Finger von ihrer nackten Haut trennt, kann ich ihre seidige Nässe spüren. »Es fühlt sich definitiv so an, als würdest du es wollen.«

»Das stimmt«, sagt sie, schiebt aber meine Hand weg und sieht mir in die Augen. »Nichts will ich mehr. Aber ich fühle mich so verletzlich dabei, und ich will zu hundert Prozent bereit sein. Ich will mich völlig gehen lassen können, verstehst du? Du weißt, wie sehr ich es liebe, wenn du mich leckst. Und ich will den Moment einfach vollkommen genießen können.«

Sanft ziehe ich sie so dicht an mich heran, dass unsere Nasen beinahe aneinanderstoßen. »Das wirst du auch, mein Engel. Nichts wird dich ablenken, wenn ich dich ausziehe, deine Beine spreize und mein Gesicht zwischen diesen wunderschönen Schenkeln vergrabe, von denen ich so oft geträumt habe. Du wirst dich mir mit Haut und Haar hingeben.«

»Genau das will ich«, erwidert sie mit einem leisen Stöhnen.

Mit geschlossenen Lippen küsse ich sie zärtlich. »Hey.«

Sie löst sich von mir und sieht mir in die Augen. »Ja?«

»Danke, dass du es mir so offen gesagt hast. Dass du noch nicht bereit bist, meine ich.«

»Auch ein alter Hase lernt noch neue Tricks.«

Ich lege den Kopf schief und wackle mit den Ohren. »Stimmt genau.«

Sie lacht auf. »Vielen Dank, dass du dein Büro für die Erfüllung meiner feuchten Träume zur Verfügung gestellt hast.«

Lachend lehne ich mich auf meinem Stuhl zurück. Dann

lege ich ihr eine Hand auf den Po und drücke zu. »Ich muss dir etwas sagen.«

»Aha«, erwidert sie mit amüsiertem Gesichtsausdruck, und ich bin froh, dass sie sich keine Sorgen macht. Das muss sie nämlich nicht.

Mit einem Finger hebe ich ihr Kinn an und sehe ihr in die Augen. »Ich mag dich. Sehr.«

»Ich dich auch. Sehr«, antwortet sie und schmiegt sich an mich. »Das muss am Sex liegen, oder?«

Ich pruste los. »Klar, woran sonst?«

Ihr Lächeln wird noch breiter. »In dieser Hinsicht sind wir ziemlich gut.«

Noch einmal drücke ich ihre pralle Pobacke. »Zusammen waren wir immer ziemlich gut. In jeglicher Hinsicht. Und genau so kann es wieder werden.«

Nachdenklich sieht sie mich an. »Glaubst du das wirklich?«

»Ich weiß es.«

Plötzlich verschwindet ihr Lächeln. »Aber dir gefällt nicht nur das hier, oder?« Mit einer fließenden Handbewegung zeigt sie von ihren Brüsten auf meinen Bauch.

»Dass deine Brüste auf meinen Sixpack stehen?«

Spielerisch haut sie mir auf die Brust. »Du weißt, was ich meine.«

»Nein, mein Engel. Es ist nicht nur der Sex.« Beruhigend lasse ich meine Hände über ihre Arme gleiten. »Wir haben ja noch nicht einmal miteinander geschlafen, und wenn du möchtest, warte ich darauf noch ein paar Monate.« Dann senke ich die Stimme. »Auch wenn ich wirklich hoffe, dass es nicht ganz so lange dauern muss.«

Ihre Mundwinkel zucken nach oben. »Ich dachte eher an neunzig Tage?«

»Das hältst du doch gar nicht aus.« Mit einem anzüglichen Schmunzeln schiebe ich eine Hand unter ihren Rock und streiche an der Innenseite ihres Oberschenkels entlang, lasse sie sanft meine Fingernägel spüren. »Ich weiß, dich würde es auch verrückt machen, so lange zu warten.«

Erst stöhnt sie leise auf, aber dann beginnt sie zu lachen. »Ein Esel schimpft den anderen Langohr, hm?« Entschlossen schiebt sie meine Hand nach unten. »Aber jetzt mal im Ernst, Tyler. Liegt es am Sex?«

Ich schüttle den Kopf. »Süße, was ich für dich empfinde, hat ganz sicher nicht nur etwas damit zu tun, wie gern ich dich ficken will.«

»Oder ich dich«, entgegnet sie mit einem Augenaufschlag, und der Klang ihrer Stimme zeigt mir, dass ihre Sorgen fürs Erste verflogen sind.

»Ganz genau. Das zwischen uns ist weit mehr als Sex, und du weißt es.«

* * *

Später am Tag werfe ich ein zerknülltes Blatt Papier in den Mülleimer und drehe meinen Stuhl herum, sodass ich Oliver ins Gesicht sehen kann. In lässiger Pose hängt er auf meiner Couch, die marineblaue Krawatte gelockert. Wir haben gerade Verträge überarbeitet.

»Ich muss dich was fragen«, sage ich.

»Schieß los.«

»Hast du dich schon mal während eines Blowjobs verliebt?«

Oliver prustet los. »Da fragst du den Richtigen.«

»Ach ja?«

»Aber sicher«, sagt er selbstbewusst. »Eigentlich verliebe

ich mich bei jedem Blowjob, egal, ob ich den aktiven oder den passiven Part übernehme. Aber ich habe dabei auch schon Engel gesehen, bin zu den Sternen gereist und habe das Licht ferner Planeten erblickt.« Ich verdrehe die Augen, aber Oliver ist noch nicht fertig. Er setzt sich aufrecht hin. »Ich schwöre, ich habe dabei schon die Himmelspforte durchschritten.«

»Du bist gestorben und wieder auferstanden, weil du jemandem einen geblasen hast?«

Wieder lacht Oliver laut auf. »Nein, nein, nein. Bei jener himmlischen Erfahrung war ich reiner Empfänger. Der Typ hatte einfach einen unglaublichen –«

Schnell hebe ich eine Hand. »Sag es nicht. Ich will nicht wissen, was so unglaublich an seinem –«

Mit fragendem Blick unterbricht mich Oliver. »An seinem Mund war?«, fragt er aalglatt.

»Du bist unerträglich.«

Vielsagend zieht er die Augenbrauen hoch, streckt die Zunge raus und bewegt sie auf und ab.

Seufzend fahre ich mir mit der Hand durch die Haare und murmele: »Warum frage ich dich überhaupt?«

Übertrieben nachdenklich legt Oliver sich den Zeigefinger ans Kinn. »Hm. Lass mich raten. Vielleicht weil du dich heute während eines Blowjobs verliebt hast?«

Wieder seufze ich schwer, aber dann legt sich ein Lächeln auf mein Gesicht.

Schließlich habe ich mich tatsächlich während eines Blowjobs verliebt. Auch wenn es nicht an dem unglaublichen Orgasmus oder dem wahnsinnigen Deepthroating lag. Obwohl ihre Fähigkeit, meinen Schwanz in sich aufzunehmen, wirklich bemerkenswert ist. Aber der eigentliche Punkt war ihre Leidenschaft. Ihre Begeisterung, wenn man so will. Sie wollte mir eine überwältigende Erfahrung verschaffen, und nach dem, was ich ihr vor acht Jahren angetan habe, ist das ziemlich erstaunlich.

Vor allem verrät es eine ganze Menge über *sie*. Über ihr Herz. Über ihre Bereitschaft, es noch einmal zu versuchen. Denn offenbar erhofft sie sich etwas von dieser zweiten Chance. Sonst hätte sie mich nicht mit einem Striptease und Oralsex im Büro überrascht, um sich für etwas zu entschuldigen, das keiner Entschuldigung bedurft hätte. Aber sie hat es trotzdem getan, und das Gefühl ist einfach überwältigend.

Verliebe ich mich gerade mit meinem Schwanz?

Kurz denke ich darüber nach, aber so ist es nicht. Bei einem Blowjob ist ein Mann der Frau vollkommen ausgeliefert. Oberflächlich gesehen habe ich vielleicht die Kontrolle – sie kniet vor mir, meine Hände umfassen ihren Kopf, und ich habe sie genau dort, wo ich sie will.

Aber nein.

Beim Oralsex ist es die Frau, die alle Karten in der Hand hält. Immerhin hat sie das wertvollste Stück eines Mannes im Mund und umschließt es mit ihren *Zähnen*.

Und um dem Ganzen die Krone aufzusetzen, hatte Delaney mich buchstäblich an den Eiern.

Ich habe mich vollständig ihrer Gnade überlassen und bin in den Genuss eines überwältigenden Erlebnisses gekommen, obwohl ich der Kerl bin, der ihr einst das Herz gebrochen hat.

Jetzt hoffe ich mit aller Macht, dass sie mich zurücknimmt.

Denn eins ist sicher, diesmal will ich ihr Herz bewahren wie den wertvollsten Schatz der Welt. Aber dafür muss ich es erst einmal für mich gewinnen.

# KAPITEL EINUNDZWANZIG

## Tyler

Als ich am Nachmittag Craig Buckleys Büro verlasse, bräuchte man eine Straßenkehrmaschine, um mir das Grinsen aus dem Gesicht zu wischen.

Wie so oft bin ich voll auf Risiko gegangen – und habe auf ganzer Linie gewonnen. Führung von der Pole-Position bis zum Sieg. So gut wie jeden Punkt habe ich für uns entschieden und Jay Benator somit einen der schönsten Tage seines Lebens beschert. Euphorisch recke ich die Faust in die Luft, als ich durch die Glasdrehtür des Bürogebäudes in der Innenstadt trete und Jays Nummer wähle.

Sobald er abnimmt, lege ich los. »Gratuliere! Du bist stolzer Schöpfer der führenden Primetime-Show auf LGO, und dein Honorar hat sich soeben um fünfzehn Prozent erhöht.«

»Nicht zu fassen!« In seiner Stimme schwingen Stolz und Erleichterung gleichermaßen mit. »Das glaube ich einfach nicht«, wiederholt er immer wieder, während ich ihm die Details erzähle.

»Du hast es geschafft, Kumpel«, sage ich mit einem Grinsen so breit wie der Hudson River.

»Nein, *du* hast es geschafft, Tyler. Ich bin echt platt«, sagt er ehrfürchtig.

Es gefällt mir, wenn meine Kunden zufrieden sind. Wir haben etwas riskiert, und es hat sich ausgezahlt. Manchmal muss man eben aufs Ganze gehen.

Wir unterhalten uns noch eine Weile, dann rufe ich Clay an und überbringe ihm auf dem Weg durch den spätnachmittäglichen Trubel des Broadways die guten Neuigkeiten. Ich fühle mich, als gehöre die Stadt mir, während ich mit stolzgeschwellter Brust durch die Menschenmenge laufe. Wahrscheinlich sehe ich bekloppt aus mit meinem Grinsen, aber das ist mir egal. Heute pulsiert das Leben in mir wie im Herzen New Yorks. Mein Cousin ist ein fantastischer Mentor, er hat mich in die tiefen Gewässer des Medienrechts eingeführt und mir die Chance gegeben, auch risikoreichere Deals einzugehen.

Als ich auflege, ist mein Arbeitstag offiziell vorbei, also laufe ich zum Speakeasy, einer Innenstadtkneipe, wo ich mit Simon verabredet bin. Wir setzen uns an die Bar und stoßen auf meinen Erfolg an.

Dann räuspert Simon sich. »Ich habe auch gute Nachrichten.«

»Ach ja?«

Grinsend nickt Simon. »Ich habe Abby gefragt, ob sie bei mir einziehen möchte, und sie hat Ja gesagt.«

»Super«, freue ich mich und hebe die Hand zum High Five. »Die perfekte Familie. Pass auf, bald tretet ihr im Fernsehen auf.«

»Das Leben mit meinen beiden Ladys könnte tatsächlich nicht besser sein.« Simon hat eine fünfjährige Tochter, und für mich besteht kein Zweifel, dass Simon, Abby und Hayden die glücklichste Patchworkfamilie New Yorks werden.

»Moment. Jetzt sag nicht, dass ihr Hilfe beim Umziehen braucht.«

Lachend schüttelt Simon den Kopf. »Keine Sorge, mein Telefon funktioniert.«

Mit der Hand wische ich mir den imaginären Schweiß von der Stirn. »Schließlich ist das eine der angenehmen

Seiten des Arbeitslebens. Ein Anruf, und eine Umzugsfirma schleppt dein ganzes Zeug.«

»Das kannst du laut sagen. Lass uns darauf anstoßen, dass wir keine Freunde mehr anheuern müssen, um Futons und Bananenkisten zu tragen.« Er prostet mir zu und trinkt einen Schluck. »Wie läuft deine Wahnsinnsmission mit Delaney?«

»Besser als erwartet«, antworte ich und berichte, wie gut unsere Dates sind.

»Ich bin beeindruckt, Nichols. Ich dachte, das wird echt eine Herausforderung, aber du beweist mir mal wieder das Gegenteil.«

Feixend sehe ich ihn an. »Ich gebe mir alle Mühe. Morgen Abend gehen wir auf die Party einer ihrer Klientinnen, und ich glaube, das ist voll ihr Ding.« Nachdenklich reibe ich mir das Kinn. »Soll ich ihr ein Geschenk mitbringen? Was meinst du?«

»Frauen mögen Geschenke«, bestätigt Simon.

»Oh, deine Weisheiten«, sage ich und stoße mit ihm an. »Die Frage ist nur, was. Blumen? Pralinen? Oder irgendwas Verrückteres, so wie ein Collier aus einer recycelten Fahrradkette?«

Mit zusammengezogenen Brauen sieht Simon mich an. »So etwas gibt's?«

»Klar. Sieht eigentlich ziemlich cool aus. Hart und kantig, aber sexy. Und Delaney steht total auf Recycling, ich glaube, es würde ihr gefallen.«

»Sieht so aus, als wüsstest du schon, was du ihr mitbringst.«

»Aber reicht das, um wirklich Eindruck zu machen? Ich weiß nicht, ob du es gemerkt hast, aber die Sache ist die: Ich habe mich schon wieder in sie verliebt. Und ich will mich ihr beweisen, ihr zeigen, wie wichtig sie mir ist. Weißt du noch, als du sagtest, ich bräuchte eine große Geste?«

Simon lacht. »Tauchst du diesmal nackt vor ihrer Wohnungstür auf? Strippst auf dem Broadway für sie? Nein, warte!« Er hebt die Hand. »Ich weiß es. Du nimmst sie mit zu einem Spiel der Yankees und ziehst dich vor laufender Kamera im Stadion aus.«

Nüchtern sehe ich ihn an. »Wenn es sein muss, auch das.«

Er pfeift. »Du hast Eier. Ruf mich an, wenn du jemanden brauchst, der deine Kaution zahlt.«

Ich lasse meinen Pappuntersetzer kreiseln. »Keine Sorge, Travers, du bist in meinen Favoriten gespeichert.«

Aber tatsächlich habe ich etwas ganz anderes vor – etwas, das nicht meine Eier auf Großbildleinwand beinhaltet.

# KAPITEL ZWEIUNDZWANZIG

## Delaney

Tyler steht mit geschlossenen Augen in meinem schmalen Flur.

Sanft fahre ich mit den Fingern durch seine dichten braunen Strähnen und genieße das Gefühl seiner weichen Haare auf meiner Haut. Das könnte ich den ganzen Abend lang machen. Aber wir werden auf einer Party erwartet.

»Bist du bereit?«

»Absolut.«

Seine Augen sind noch immer geschlossen. Die Perücke, die ich für ihn ausgesucht habe, ist eine Überraschung. Mit einer schnellen Bewegung streife ich die bananengelbe Haarpracht über seinen Kopf und stopfe seine braunen Strähnen darunter. Die ganze Zeit über liegt ein schiefes Grinsen auf seinem Gesicht. Er trägt Jeans und T-Shirt, genau wie ich ihm gesagt habe.

Mit einer Hand schiebe ich die Perücke zurecht, dann bitte ich ihn, sich nicht vom Fleck zu bewegen, während ich ein rotkariertes Bandana vom Beistelltisch nehme, es ihm über die Stirn lege und unter der blonden Mähne zusammenknote. Misstrauisch zieht er die Augenbrauen zusammen.

Danach binde ich ihm ein paar Lederarmbänder um die Handgelenke.

»Ich werde so was von heiß aussehen«, sagt er.

Mit einem Lächeln küsse ich ihn auf die Nasenspitze. »Stimmt. Sogar so siehst du noch heiß aus.« Begeistert trete ich einen Schritt zurück, um mein Werk zu begutachten. Eigentlich ist Gigis Feier keine Kostümparty, also habe ich nicht allzu tief in die Verkleidungskiste gegriffen. Aber als ich die Perücke sah, konnte ich nicht anders, als noch ein paar Accessoires dazu zu besorgen.

Mit beiden Händen auf Tylers Schultern führe ich ihn zum Spiegel. »Jetzt kannst du die Augen öffnen.«

Er folgt meiner Anweisung und lacht kurz auf. Dann noch einmal. Dann, als sei ein Damm gebrochen, prustet er los und lacht aus vollem Hals.

Kopfschüttelnd betrachtet er sein Spiegelbild und dreht sich zu mir um. »Ich bin dein Axl Rose, mein Engel. Du hast mir einen Vokuhila besorgt.«

Wenn man es genau nimmt, hatte Axl gar keinen richtigen Vokuhila, aber eine ganze Reihe anderer Rockband-Frontmänner schon, deshalb fand ich die Perücke auch sofort gut. »Und niemand hat je so toll mit einem Vokuhila ausgesehen wie du.«

»Du standest ja schon immer auf diese Langhaar-Bands.« Mit der Hand fährt er über das grelle Blond, das vorn kurz absteht und an den Seiten und hinten lang herunterfällt.

Ich hoffe, er erkennt das Kompliment in meiner Entscheidung, diesen Look für ihn auszusuchen. Natürlich ist es irgendwie ironisch gemeint, aber es ist eben doch eines meiner heimlichen Laster. »Weißt du, dass ich damals ziemlich in Axl Rose verknallt war?«

Zärtlich streicht er mit der Rückseite seiner Finger über meine Wange. »Das weiß ich allerdings, und ich könnte mich nicht geehrter fühlen, jetzt seinen Look zu tragen. Und du? Gehst du als Joan-Jett-Rockerin? Eine bessere Frontfrau gab es nie.« Flehend legt er die Hände aneinander. »Bitte sag Ja, bitte sag Ja, bitte sag Ja!«

Lachend fahre ich mit der Hand über seine Brust und genieße das Gefühl der harten Muskeln unter dem Stoff seines T-Shirts. »Abwarten.«

Ich verschwinde in meinem Schlafzimmer und schließe die Tür. Als Doppelgängerin von Joan Jett oder Belinda Carlisle gehe ich heute Abend nicht, aber ich denke, ihm wird mein Look trotzdem gefallen. Auch wenn ich mein Outfit nicht für ihn ausgesucht habe, sondern für mich. Es ist lustig, verspielt und mutig, genau das Gegenteil dessen, was ich bei der Arbeit trage.

Außerdem macht die Frisur gute Laune, und das ist das Wichtigste. Schnell stecke ich mir die Haare hoch, schiebe sie unter eine Nylonkappe und setze die strahlend blaue Perücke auf. Das falsche Haar umspielt mein Kinn in einem niedlichen Bob. Dann schlüpfe ich aus meiner Jeans und ziehe ein weißes Kleid an.

Als Krönung nehme ich ein Paar Stiefel aus dem Schrank. Nicole ist durch die ganze Stadt gelaufen und hat für meine Riesenflossen die heißesten Ankle-Boots in Größe einundvierzig erbeutet, die sie finden konnte. Gestern Abend hat sie mir diesen Traum in Grau bei ein paar Happy-Hour-Cocktails mit den Worten »Ein Friedensangebot« überreicht.

Mit fragendem Blick sah ich sie an. »Man muss keinen Frieden schließen, wenn man sich nicht gestritten hat.«

Nicole schüttelte den Kopf. »Doch, ich muss endlich meinen Frieden mit der Sache schließen. Schließlich will ich, dass du ohne auch nur den Hauch eines Zweifels weißt, dass ich für dich da bin und dich unterstütze. Wenn du morgen mit Tyler auf diese Party gehst, stehe ich hinter dir.« Mit feuchten Augen drückte sie mir die Hand. »Und das meine ich ernst, Süße. Alles, was ich will, ist, dass du glücklich bist. Wenn dieser Kerl dich glücklich macht, dann los!

Und dann solltest du für dein hübsches Go-go-Outfit auch die heißesten Stiefel des Planeten haben.« Lächelnd zog sie mich in eine feste Umarmung. »Du wirst aussehen wie Katy Perry.«

Aber nachdem ich die Stiefel angezogen habe, die mich knapp acht Zentimeter größer machen, sehe ich nicht aus wie das hübsche Popsternchen, sondern wie die weibliche Hauptfigur einer berühmten Kinderserie. Als ich wieder in den Flur trete, wo Tyler an der Wand lehnt, mustert er mich von Kopf bis Fuß. Wie in Zeitlupe fällt ihm der Kiefer herunter. »Du …«

Dann verstummt er. Offenbar ist er sprachlos. Er leckt sich über die Lippen und versucht es noch einmal. »Du siehst aus wie …«

Lächelnd schiebe ich eine Hüfte zur Seite und nehme eine sexy Pose ein.

Den Blick auf mich gerichtet stößt er sich von der Wand ab, kommt mit großen Schritten auf mich zu und legt mir die Hände auf die Taille. »Ich kann nicht glauben, dass du gerade Schlumpf-Fantasien in mir geweckt hast. Aber so ist es. Du bist einfach die attraktivste Frau, die ich je gesehen habe, kleine Schlumpfine.«

In Anbetracht dessen, was er als Nächstes tut, gefällt mir das besser als jeder Popstar-Vergleich.

Mit Macht drückt er seinen Mund auf meinen, fährt mit seiner Zunge über meine Lippen und drängt dann entschlossen tiefer hinein. Sein Kuss ist hungrig, hart. Seine Bartstoppeln kratzen über mein Kinn, und das kurze Brennen schickt einen Strom aus Feuer durch meine Brust hinunter direkt zwischen meine Beine.

Es macht mich wahnsinnig an. Er fordert noch mehr von meinen Lippen und meinem Mund, küsst mich, als gäbe es sonst nichts auf der Welt. Nur noch unsere Lippen und Zungen, die sich gegenseitig verschlingen.

Als ich laut aufstöhne, schluckt er das Geräusch hinunter und küsst mich noch heftiger, auch wenn das unmöglich scheint. Alle meine Synapsen brennen durch, und mir wird schwindelig.

Während er so von mir Besitz ergreift, weiß ich, dass mein Witz mit den neunzig Tagen uns rückblickend noch ziemlich oft zum Lachen bringen wird. Auf meine Kosten. Denn wahrscheinlich lag ich ungefähr 89,5 Tage daneben.

Immer stärker gerate ich in seinen Bann, während er mich küsst, mich berührt …

So geht es mir schon die ganze Woche über, bei all unseren Verabredungen, dem Kaffee, dem Frühstück, dem Besuch in seinem Büro, dem Spazierengehen, Reden, Küssen, dem gemeinsamen Joggen. Im Laufe der Tage habe ich mich Stück für Stück wieder in diesen Mann verliebt.

Die Erkenntnis bringt mein Herz zum Klopfen. Heftig schlägt es gegen meinen Brustkorb und verlangt nach Aufmerksamkeit. Und ich kann gar nicht anders, als es zu bemerken. Das Gefühl ist allumfassend – das Hämmern hinter meinen Rippen, die Hitze auf meiner Haut, das Blut, das rasend schnell durch meine Adern strömt. Und am stärksten spüre ich, wie jedes Molekül meines Körpers ihm nah sein will.

Früher haben mir diese Gefühl Angst gemacht.

Sie tun es auch jetzt.

Aber nicht mehr so sehr, so gewaltig, und nicht genug, um mich aufzuhalten. Ich hatte nicht damit gerechnet, mich so schnell zu verlieben, aber so ist es nun mal. Tyler hält mich fest umschlungen, und ich will nie wieder etwas anderes spüren.

Irgendwann schnappen wir nach Luft. In seinen Augen brennt das Feuer der Begierde.

Wie benommen fährt er sich mit der Zunge über die Lippen und schüttelt den Kopf, als müsse er sich sammeln. Dann stellt er mich wieder aufrecht hin und legt seine großen Hände auf meine Wangen. »Ich bin verrückt nach dir, Schlumpfine.«

Glücklich sehe ich ihn an und sage: »Ich bin auch verrückt nach dir.« Mit einem Augenzwinkern füge ich hinzu: »Axl.«

Die Antwort bringt mir noch einen Kuss ein.

Als wir Hand in Hand meine Wohnung verlassen, stolpert mein Herz. Einen Moment lang fühlt es sich so an, als hätte es für einen Schlag ausgesetzt. Da ist sie wieder, die Angst. Wie konnte ich seinem Zauber nur so schnell wieder erliegen? Aber als ich einen Arm um seine Schultern lege, geistesabwesend seine verspannten Muskeln massiere und er leise brummt vor Wohlbehagen, wird mir die Antwort klar.

Ich glaube an Heilung. Es ist mein Job, aber eben auch mein Mantra.

Ich verdiene meinen Lebensunterhalt damit, Menschen zu heilen, und ich habe immer geglaubt, auch meine eigenen inneren Wunden geheilt zu haben.

Durch Vergebung. Durch meinen Glauben an die Zukunft. Durch Loslassen.

Und jetzt erlebe ich das Loslassen auf eine ganz neue Art und Weise, während ich mich immer mehr in diesen draufgängerischen, lustigen, selbstbewussten Mann verliebe, der im Moment nicht nur eine große Klappe und einen Vokuhila hat, sondern eben auch ein Herz aus Gold.

Ich bin mir nicht sicher, ob ich meinem Vater jemals vergeben habe, dass er uns verlassen hat. Er ist mein Vater. Es war seine Verantwortung, bei uns zu bleiben.

Bei Tyler hingegen habe ich die Möglichkeit zu vergeben. Die Möglichkeit, die Vergangenheit hinter mir zu lassen. Rückblickend sehe ich, dass auch ich damals Fehler gemacht habe. Mich nicht immer so geöffnet habe, wie ich es hätte tun sollen. Immer wieder habe ich meine Ängste für mich behalten und eine Mauer um mich herum errichtet.

Aber genauso, wie er eine neue Chance bei mir hat, habe ich eine neue Chance, die Person zu sein, die ich sein möchte. Während wir Hand in Hand durch den New Yorker Abend zu der Perücken-Party laufen, schließe ich meine Finger etwas fester um die seinen.

Dann hole ich tief Luft.

Gebe meinem Herzen einen Ruck.

Bereite mich darauf vor, etwas zu sagen, was ich bislang keiner Menschenseele erzählt habe. Nicht Penny, nicht Nicole und ganz sicher nicht meiner Mom.

»Ich versuche, meinen Vater zu finden.« Der Satz schnürt mir fast die Kehle zu.

Tyler verlangsamt seine Schritte und begegnet meinem Blick. »Tatsächlich? Und wie machst du das?«

Sein Tonfall ist so normal, so gefasst und wunderbar ruhig, dass sich der Sturm in meinem Inneren ein wenig legt. »Ich habe einen Privatdetektiv angeheuert, um rauszufinden, wo er ist. Ob er noch verheiratet ist, weitere Kinder bekommen hat.«

»Was ist dabei rausgekommen?«

»Offenbar wohnt er in Kanada.« Mit jedem Satz, den ich laut ausspreche, fühle ich mich leichter, wie befreit. Und mitten im Lärm des abendlichen New Yorks, während um uns herum die Taxis hupen, die Busse zischend ihre Türen öffnen und sich zahllose gehetzte Städter um uns drängen, betrete ich meine innere Glückszone.

Es ist, als umgebe mich und diesen Mann, der mich einst vergöttert hat und es jetzt wieder zu tun scheint, eine schützende Blase. Er gibt mir das Gefühl, als sei mein Herz bei ihm sicher aufgehoben – mein ganzes Herz, nicht nur die glücklichen Teile.

»Er ist immer noch verheiratet«, erzähle ich weiter, »aber ich warte noch auf mehr Informationen.«

»Was willst du tun, wenn du sie erfährst?«

An einer roten Ampel bleiben wir stehen. Achselzuckend sehe ich zu ihm auf. »Ganz ehrlich, ich weiß es nicht. Kontakt zu ihm aufnehmen, denke ich. Fragen, wie es ihm geht? Was er so macht?«

Tyler nickt und haucht einen Kuss auf meine Stirn. »Lass mich dir helfen, wenn du so weit bist.«

Ich löse mich von ihm, um ihn anzusehen. »Mir helfen?«

»Was immer du brauchst«, sagt er, und sein Blick ist ernst und liebevoll. »Es gibt nichts, was ich mehr will, als für dich da zu sein. Wenn du also eine Schulter zum Anlehnen möchtest, ganz gleich ob vor, während oder nach dem Anruf, weißt du, wo du mich finden kannst.«

Seine Worte lassen mich schweben.

Meine sexy Ankle-Boots verwandeln sich in Hoverboards, und ich fliege auf einer Wolke des Glücks immer höher und höher.

Ich weiß nicht, was mit meinem Vater passieren wird, aber dieser Mann hier will an meiner Seite sein. Und das bedeutet mir etwas – etwas ganz Reales.

Kurz danach erreichen wir Gigis Haus, und sie öffnet uns schwungvoll die Tür. Drinnen erwartet uns ein Wirrwarr aus Musik, Gelächter und dem verführerischen Duft verschiedener Speisen. Überall schwirren grellbunte Köpfe durch die Räume. Gigi selbst trägt eine Langhaarperücke in allen Farben des Regenbogens. Bunt wie das Leben, sagt sie mit einem Lächeln. Sie stellt uns einer Menge Freunde und Familienmitglieder vor, die sich in ihrer überfüllten Stadtvilla jenseits der Amsterdam Avenue zum Feiern eingefunden haben.

Es gibt Frauen mit Afros, 1980er-Jahre-Dauerwellen und eine mit einer grünen Perücke, die aussieht, als sei sie einem Hexenfilm entsprungen. Ein Mann trägt den rotblonden Bob einer Nachrichtensprecherin und ein anderer eine braune Matte aus den 1970ern. Die ganze Party ist ein Fest der Farben, Styles und vieler, vieler Locken. Eine Hommage an das Leben in all seiner Vielfalt.

Inmitten des Trubels trinken wir Champagner, knabbern an ein paar Häppchen und stoßen mit Gigi auf ihren Sieg über den Krebs an. Schon bald finden Tyler und ich uns in einer kleinen Nische in der Küche wieder.

»Ich habe heute bei der Arbeit einen top Deal abgeschlossen«, sagt Tyler und erzählt mir von einem seiner Klienten und wie er einen wichtigen Vertrag an Land gezogen hat.

Lächelnd proste ich ihm zu. »Du bist der Wahnsinn. Du weißt genau, wann es sich lohnt, auf Risiko zu gehen.«

Er nickt. »Mein Cousin nennt mich ›Bungee Jump Tyler‹, und dem Spitznamen sollte ich natürlich gerecht werden. Irgendwie muss man sich ja seinen Ruf als härtester Medienrechtsanwalt New Yorks verdienen.«

Seine Worte bringen mich auf einen Gedanken. Es ist etwas, worüber ich nie viel nachgedacht habe, aber das mir jetzt umso mehr unter den Nägeln brennt.

»Wenn wir damals zusammengeblieben wären, meinst

du, du hättest jetzt auch den Ruf als härtester Medienrechtsanwalt New Yorks?«

Nachdenklich blickt er mich an. »Warum fragst du das?«

In meinem Kopf nimmt ein Gedanke Gestalt an, und ich beuge mich zu Tyler hinüber. »Ich frage mich einfach nur – wenn wir unsere Beziehung nicht beendet hätten, würden wir dann heute tun, was wir tun? Eher nicht.«

»Glaubst du das wirklich?«

Ich breite die Arme aus und sehe ihn an. »Wer weiß? Vielleicht wärst du nie ins Medienrecht gewechselt. Du liebst, was du tust, aber wenn wir auf unserem geplanten Pfad geblieben wären, hätte sich vielleicht nie etwas verändert. Vielleicht hätten wir einfach zu viel Angst gehabt, etwas Neues auszuprobieren.« Aufgeregt wippe ich auf den Zehen auf und ab. »Mich hat unsere Trennung sehr geschmerzt, aber vielleicht *mussten* wir uns trennen, damit wir zu den Menschen werden konnten, die wir heute sind. Ich bin einfach so glücklich darüber, *keine* Anwältin zu sein und stattdessen mein eigenes Unternehmen zu führen und Leute in ihrem Heilungsprozess zu unterstützen. Und du – du arbeitest in einer Branche, an die du damals nicht im Entferntesten gedacht hast, und du machst es gern.«

»Und unsere Trennung hat es möglich gemacht, dass wir als die Menschen wieder zusammenkommen, die wir heute sind. Als wäre genau das der Plan für unser gemeinsames Leben gewesen?«

»Auch für unser *eigenes* Leben. Vielleicht mussten wir uns erst trennen, um zu unserer wahren Bestimmung zu finden.«

Er stellt sein Champagnerglas ab, legt die Arme um mich und zieht mich an sich. »Delaney«, verkündet er mit rauer Stimme, »was du gerade gesagt hast, ist nur ein Grund mehr, warum ich nicht nur verrückt nach dir bin.«

Er schweigt einen Moment lang, und ich versuche, an seinem Gesichtsausdruck abzulesen, was er damit meint. »Nicht nur verrückt nach mir?«

»Nein«, sagt er kopfschüttelnd. »Es ist viel mehr als das, mein Engel. Es geht viel tiefer. Ich weiß, wir haben uns gerade erst wieder neu kennengelernt, aber ich liebe dich.«

Überwältigt schmiege ich mich in seinen Arm und flüstere die Worte, die ich seit acht Jahren zu niemandem mehr gesagt habe. »Ich liebe dich auch.«

# KAPITEL DREIUNDZWANZIG

## Tyler

Wenn mir vor ein paar Wochen jemand gesagt hätte, dass ich heute mit Delaney in einem innigen Kuss versunken im Aufzug zu meiner Wohnung stehen würde, hätte ich ihn für verrückt erklärt.

Damals konnte ich noch nicht einmal ahnen, dass sie plötzlich wieder in meinem Leben auftauchen würde.

Aber in der Sekunde, in der ich sie neulich im Park das erste Mal wiedergesehen habe, hat sich mein Leben in eine neue Richtung gewandt. In ihre Richtung. Die Zukunft, die ich einst so verliebt geplant und dann so gedankenlos weggeworfen habe, liegt plötzlich wieder vor mir. Und diesmal bin ich fest entschlossen, alles richtig zu machen.

Unser Kuss dauert an, während der Aufzug den Weg nach oben fortsetzt, und mit einem Mal wird mir klar, was für ein Glückspilz ich bin.

Es ist reines Glück, dass ich jetzt hier mit ihr stehe.

Wenn ich nicht mit meiner Nichte im Park gewesen wäre … wir nicht an dem Typen mit dem Zauberwürfel vorbeigekommen wären … wenn ich nicht genau in dem Moment die Augen geöffnet hätte …

Ein Glockenton verkündet, dass wir das gewünschte Stockwerk erreicht haben.

Nach ein paar Schritten über den Flur schließe ich die Wohnungstür auf, und ein seltsames Gefühl der Spannung ergreift mich. Doch während ich Delaney dabei beobachte, wie sie sich umsieht, die schlichten weißen Wände betrachtet, den hellen Parkettboden, den Schnitt meiner lichtdurchfluteten Wohnung in sich aufnimmt, bemerke ich, dass Spannung nicht das richtige Wort ist.

Ich bin nervös.

Ich will, dass es ihr bei mir gefällt.

Ich will, dass sie sich hier *zu Hause* fühlt.

Ich will, dass sie Teil meines Lebens ist.

Langsam dreht sie sich im Kreis und sieht mich dann an. »Gefällt mir. Aber jetzt zeig mir das Schlafzimmer.«

Mit vor Glück schnell klopfendem Herzen grinse ich sie an. »Wie du wünschst«, sage ich, ergreife ihre Hand und führe sie durch den kurzen Flur ins Schlafzimmer. Vor der Tür bleiben wir stehen, und ich sehe sie mit ernster Miene an, während ich ihr die Hände auf die Schultern lege. »Ich muss dich allerdings warnen. In diesem Zimmer habe ich etwas, das man in den Wohnungen Manhattans nur höchst selten findet.«

»Eine Liebesschaukel?«

»Ich glaube, die sind in Manhattan recht verbreitet. Ich habe« – verschwörerisch senke ich die Stimme – »ein extrabreites Doppelbett.«

Ihre braunen Augen blitzen auf. »Nein! Auf was für Gedanken man da kommen könnte!«

Aufreizend schiebe ich eine Hand unter ihr Kleid und lasse meine Finger ihren Oberschenkel hochwandern. »Hast du die nicht ohnehin schon?«

»Ich meinte natürlich über das Bett.«

Mit einer ausladenden Handbewegung öffne ich die Tür. »Dann will ich dich nicht länger davon fernhalten.«

Sie verpasst mir einen leichten Schlag, ehe sie durch die Tür tritt und sich umsieht. Der Raum ist mit Absicht schlicht gehalten. Nur ein Bett mit einer weißen Tagesdecke, ein

Sekretär, eine Lampe. Ein paar Bücher, ein paar Bilder, ein signierter Baseball der Los Angeles Dodgers und einige andere Kleinigkeiten.

Bewundernd dreht sich Delaney zu mir um. »Das Bett sieht sehr einsam aus. Am besten leisten wir ihm gleich ein wenig Gesellschaft.«

Etwas Verheißungsvolleres habe ich lange nicht gehört, denn es beinhaltet meine absolute Lieblingsbeschäftigung – sie zum Höhepunkt zu bringen. Das jedenfalls steht auf meiner Liste nicht nur ganz oben, sondern auch an zweiter und dritter Stelle. Ich zerre mir mit einer schnellen Handbewegung die Perücke und das Bandana gleichzeitig vom Kopf.

»Zwar sehe ich nicht mehr aus wie Axl Rose, aber den Text von ›Talk Dirty to Me‹ kann ich immer noch«, sage ich und umfasse ihre Hüften.

»Das will ich hoffen.«

Langsam ziehe ich sie aus. Mit beiden Händen fahre ich ihren Rücken hinauf und öffne den Reißverschluss ihres Kleides. Sie erbebt, als ich den Stoff über ihre Schultern ziehe, über ihre Arme und bis ganz nach unten. Dann halte ich ihre Hand, während sie aus dem Kleid steigt.

Noch bevor sie sich bücken kann, um es aufzuheben – denn ich weiß, das wird sie tun –, nehme ich es und falte es vorsichtig auf dem Sekretär zusammen.

»Danke dir«, flüstert sie.

»Nein. Ich danke *dir*. Für dieses hübsche Ensemble, das du unter dem Kleid versteckt hast.«

Denn jetzt steht sie in einem weißen Spitzen-BH vor mir, der ihre Brüste auf die anregendste Art und Weise hebt. Mein Schwanz drückt sich hart gegen den Reißverschluss meiner Jeans, als mein Blick auf ihr hauchzartes weißes

Spitzenhöschen fällt. Ich will nichts mehr, als es ihr auszuziehen.

Mit erhobener Hand fährt sie sich durch die saphirblauen Strähnen. »Mit oder ohne Perücke?«

»Das ist mir egal«, entgegne ich, während ich mir das T-Shirt über den Kopf ziehe, denn ich kann nur noch an eins denken. »Jedenfalls solange du dieses Höschen loswirst und ich dich endlich lecken kann.«

»Du klingst, als würde ich dich schon seit einer Ewigkeit hinhalten.«

Meine Hand gleitet zwischen ihre Beine, und mit den Fingern fahre ich über den feuchten Fleck in ihrem Slip. Ihr hübscher Mund öffnet sich zu einem Stöhnen.

»So fühlt es sich auch an. Ich will einfach nichts mehr, als mein Gesicht endlich zwischen deinen heißen Beinen zu vergraben.«

»Dann sollten wir deiner Qual schnellstmöglich ein Ende bereiten.«

Erneut gleiten meine Finger über die feuchte Hitze, während ich sie langsam rückwärts Richtung Bett schiebe. Delaney schlingt die Arme um meinen Hals und hebt den Kopf. »Tyler«, sagt sie, und es klingt, als wolle sie mir das Geheimnis ihres Lebens offenbaren, »ich muss dir etwas gestehen.«

Ohne sie aus den Augen zu lassen, ziehe ich ihr Höschen herunter. »Ich bin ganz Ohr.«

»Ich denke seit Jahren an dich, wenn ich mich selbst befriedige«, erklärt sie, während ich ihr helfe, aus dem spitzenbesetzten Stoff zu steigen.

Heiser stöhne ich auf. »Echt?«

Mit einem Nicken sieht sie mich an. »Es ist wie eine Art Voodoo-Zauber. Ich habe versucht, dagegen anzukommen, aber ich schwöre, du bist einfach jedes Mal wieder in meiner Fantasie aufgetaucht. Dein Gesicht, deine Stimme, deine Hände.« Ihre Stimme ist plötzlich rau, noch nie klang sie so erregt. Es macht meinen Schwanz noch härter. Macht mich noch heißer, bis meine Haut vor Verlangen brennt. »Und deine Zunge. Ich bin besessen von deiner Zunge, deinen Lippen und deinem Mund.«

Keuchend stöhne ich auf, dann umfasse ich ihr Kinn und sehe ihr tief in die Augen. »Ich glaube, beim Dirty Talk mache ich dir nichts mehr vor.«

»Ich habe immer nur an dich gedacht. Immer. Nie hat sich etwas intensiver angefühlt ...«

»Mein sexy Engel, mit dir fühle ich alles.« Sanft beuge ich mich über ihren Nacken und fahre mit den Zähnen über ihre Haut.

Sie keucht auf. »Deshalb habe ich dich hingehalten.«

Verwirrt hebe ich den Kopf. »Weil du an mich gedacht hast?«

Mit einem Nicken löst sie sich von mir, öffnet ihren BH und gleitet aufs Bett. »Weil ich wusste, dass es kein Zurück mehr gibt, wenn ich mich dem erst einmal hingebe. Nichts hat sich jemals besser angefühlt. Auch wenn ich mich dabei schon immer ... verletzlich gefühlt habe. Mehr noch als beim Sex. Mehr noch als bei allem anderen.«

»Wenn ich bei dir bin, darfst du ruhig verletzlich sein. Bei mir kannst du dich fallen lassen.« Ihren Blick mit den Augen festhaltend, beuge ich mich über sie und stütze mich neben ihr auf der Matratze ab. »Ich liebe das Gefühl, wenn du dich mir hingibst. Ich liebe es fast so sehr, wie ich dich liebe. Es macht mich an, wie du auf mich reagierst.«

Nackt bis auf die Schuhe, lässt sie sich nach hinten auf die Ellbogen sinken. Mit der Hand fahre ich über das glatte

Leder ihrer Stiefel. »Und es macht mich an, dass du die hier nicht ausgezogen hast.«

Sie schiebt sich noch ein Stück weiter nach oben, und ich folge ihr auf allen vieren. Dann legt sie den Kopf auf meinem Kissen ab, spreizt ihre wunderschönen Beine und öffnet mir den Himmel.

Härter könnte mein Schwanz nicht werden.

Mit der Hand fahre ich mir über den Kopf und sehe die Frau, die vor mir liegt, bewundernd an.

»Deine Muschi ist einfach wunderschön, Delaney«, sage ich und schließe meine Finger um ihre Knöchel.

Mit einem tiefen Atemzug lässt sie die Knie nach außen fallen, und ich kann nicht anders, als sie nur noch hilflos anzustarren. Sie ist so feucht, so seidig, pink und perfekt. Mit einem Finger streiche ich über den schmalen Haarstreifen. »Was für ein sexy kleiner Landing Strip.«

Ein Beben läuft durch ihren Körper, dann zuckt sie spielerisch mit den Achseln. »Ganz ohne ist einfach nicht mein Style.«

»Warum auch, heißer geht es nicht.« Mit dem Finger streiche ich über ihre feuchte Knospe, und ihr sinnliches Lächeln verschwindet, als sie überrascht aufstöhnt.

Schon jetzt.

Sie ist schon jetzt so bereit.

Was für eine Frau!

Und sie gehört mir, nur mir.

Genüsslich lasse ich mein Gesicht zwischen ihre Schenkel sinken und lecke kurz mit der Zunge über die pulsierende Hitze.

Sofort biegt sie die Hüften durch. »O Gott.«

Seufzend lasse ich meiner Zunge freien Lauf und nehme ihren Geschmack in mich auf. Während ich sie lecke, versinke ich in ihrer Süße, die ich so vermisst habe. Himmel, sie ist wie Opium, so süchtig macht sie mich. Fast hätte ich vergessen, wie sehr es mich anmacht, diese Frau mit der Zunge zu verwöhnen, aber das wird nicht noch einmal geschehen. Denn der Moment ist einfach perfekt. Sanft fahre ich mit der Zunge über die köstliche Wölbung ihrer Klitoris, und sofort drängt sie erregt ihre Hüften gegen mich.

»Tyler«, stöhnt sie. »Das ist der Wahnsinn.«

Ich hebe den Blick und beobachte jede ihrer Bewegungen, während meine Zunge ihre feuchte Hitze erkundet. Ihr nackter Körper windet sich unter meiner Berührung. Sie ist vollkommen gelöst und so unglaublich sexy, kommt jeder Berührung, jedem Vorstoß meiner Zunge entgegen. Ihre schlanken Glieder zucken, und sie fährt sich mit den Fingern durchs Haar. Sie zu lecken ist wie eine Art erregender Tanz. Unser Sex war schon immer überwältigend, aber seit ich sie in die Freuden eingeführt habe, die meine Zunge ihr bereiten kann, übertrifft gerade das hier einfach alles. Beim ersten Mal war es fast, als wisse sie nicht, wie ihr geschah, aber sie wollte es unbedingt. Und eines Abends habe ich ihr im Auto auf einem verlassenen Parkplatz die Jeans bis zu den Knien heruntergezogen und ihr gesagt, ich würde es ihr jetzt richtig besorgen.

Sie war so nervös, dass sie sich beim Nicken auf die Lippe gebissen hat.

Aber danach konnte sie nie mehr genug davon bekommen, und ich will, dass sie sich bis ans Ende aller Zeiten nach meiner Zunge sehnt.

Stöhnend lecke ich über ihre Möse, und mein Schwanz ist einfach nur verdammt hart. Es ist eng und unbequem, und ich muss diese Jeans loswerden. Aber eine Weile halte ich es noch aus ... für *sie*.

Delaney löst die Finger aus ihrem Haar und krallt sich in der weißen Überdecke fest. »Lass dich fallen, Baby«, flüstere ich, während ich meine Hände unter ihren Hintern schiebe und ihre Pobacken umfasse. »Zeig mir, was du kannst.«

Ihre Hände vergraben sich in meinem Haar und ziehen meinen Kopf noch näher an ihre wunderbare Spalte. Mit jeder Berührung meiner Zunge wird sie feuchter. Bei Delaney muss ich meine Finger nicht einsetzen, meine Zunge ist ihr genug. War ihr schon immer genug.

»Wie unglaublich geil«, keucht sie und lässt mit einer Hand meinen Kopf los, um ihre rechte Brust zu kneten.

*Himmel.*

Es gibt nichts Heißeres auf der ganzen Welt als eine Frau, die sich die Titten massiert, während du sie leckst. Es ist das ultimative Zeichen ihrer Hingabe, der Beweis, wie erregt sie ist.

Ich kann sehen, dass sie kurz davor ist. Sie bearbeitet ihren Busen, stöhnt meinen Namen, reibt ihre Möse an meinem Gesicht. Ich kriege kaum noch Luft, aber das kümmert mich nicht. Ich bin genau da, wo ich sein will. Mein ganzer Körper steht unter Strom, und meine Haut brennt, als ihre Lust meine Zunge überflutet.

»Oh, ich glaube, ich komme!«

Genau das hat sie damals auch gesagt.

Genau das sagt sie jedes Mal, wenn ich es ihr so besorge. Auch wenn es mit *glauben* nichts zu tun hat. Sie *kommt* einfach, mein Kopf zwischen ihren heißen Schenkeln. Sie windet sich und biegt den Rücken durch, und ich halte dem Sturm ihres Höhepunktes stand, denn es gibt nichts auf der Welt, was ich mehr will.

Ihre Worte werden unverständlich, verwandeln sich in

unzusammenhängende Laute der Lust, als sie unter meiner Zunge explodiert und in meinem Bett in tausend Stücke zerspringt.

Sobald sie beginnt, unter meiner Berührung zurückzuzucken, weiß ich, dass ich ihr eine kurze Pause gönnen muss, denn nach dem Höhepunkt ist sie einfach zu empfindlich. Also hebe ich den Kopf und schiebe mich nach oben. Ein seltsamer Glanz scheint ihren erhitzten Körper einzuhüllen, und sie fühlt sich einfach wunderbar an.

»Hat dir das gefallen?«, frage ich, und meine Stimme klingt heiser vor Verlangen.

Ein träges Lächeln umspielt ihre Lippen, während sie blinzelnd die Augen öffnet.

»Ja …«

Ihre Antwort klingt wie Musik in meinen Ohren. Dann streckt sie die Hand nach mir aus und berührt mein Gesicht. »Du«, murmelt sie. »Was soll ich nur mit dir machen?«

Lächelnd zucke ich mit einer Schulter und zwinkere ihr zu. »Mich behalten?«

»Das habe ich vor.«

Glücklicherweise ist es genau das, was ich will. Aber ich will noch etwas anderes – sie noch einmal zum Höhepunkt bringen. Also warte ich ein paar Minuten, rolle mich dann auf den Rücken und zeige auf meine Lippen. »Komm her. Ich brauche eine zweite Runde.«

Ungläubig sieht sie mich an. »Meinst du das ernst?«

Ich nicke. »Todernst. Ich stehe einfach auf deine Pussy. Also setz dich auf mein Gesicht und zeig sie mir, Baby.«

Wie eine Welle der Erregung läuft ein Beben durch ihren Körper. »Unter einer Bedingung.«

# KAPITEL VIERUNDZWANZIG

## Delaney

Ich will ihn nackt sehen. Ist das etwa zu viel verlangt? Ich denke nicht.

Also sage ich es ihm, und er entledigt sich seiner Jeans und der Boxershorts, bis sein stolzer Schwanz nackt und hart vor seinen Bauchmuskeln aufragt. Ich schäme mich nicht dafür zu sagen, dass mir das Wasser im Mund zusammenläuft, wenn ich ihn sehe. Himmel, ich liebe seinen Schwanz! So ist es einfach, Punkt. Dieser Mann war schon immer mein Schwachpunkt. Das Gefühl, das er mir schenkt, ist einzigartig, und er nimmt mich, wie ich bin. Er will nicht nur einen Teil von mir – er will mich ganz.

Genau so, wie ich auch ihn will.

Was ich noch will, ist, diese Perücke loszuwerden, also werfe ich die grell blaue Haarpracht mit einer schnellen Handbewegung auf den Rand des Bettes. Dann ziehe ich meine Stiefel aus.

»Sorry, Hübscher. Die Stiefel müssen jetzt weg.«

»Damit kann ich leben. *Diesmal*«, sagt er und streckt sich auf der weißen Decke aus. Ein Bild der leibhaftigen Sünde. Als ich mich mit gespreizten Beinen auf ihn setze, streiche ich mit den Handflächen über seine Brust hinab zu seinen Bauchmuskeln, dann weiter zu seinem himmlischen Schwanz.

»Dein magischer Schwanz«, sage ich leise.

»Er hat dich mit einem Bannspruch an sich gefesselt«, antwortet er grinsend.

Lachend werfe ich den Kopf zurück. »Genau wie deine Zauberzunge.«

Genau die streckt er mir jetzt heraus, während ich meine Finger weiter über seinen Körper wandern lasse, seine kräftigen Arme und seinen ausgeprägten Bizeps.

Mit einem Nicken klopft er sich auf die Brust. »Komm schon. Ich will dich.« Dann setzt er sich auf, umfasst meine Hüften und zieht mich ein Stück nach oben.

»Aber ich wollte dich noch ein bisschen bewundern.«

Er schüttelt den Kopf. »Ich bin eben ein gieriger Bastard und brauche deine Pussy gleich noch einmal. Also hör jetzt auf, die Sache hinauszuzögern, komm hoch und fick meine Zunge, als gäbe es kein Morgen mehr.«

Heiße Begierde durchzuckt mich und erfüllt meinen ganzen Körper. Mit brennenden Gliedern spreize ich die Beine über seinem Gesicht und lasse mich sinken.

Als seine Zunge mich berührt, gehe ich in Flammen auf und presse mich fest an seine Lippen, reibe mich mit kreisenden Bewegungen an seinem Mund.

Fest umfasst er meine Hüften.

Vor Verlangen stöhnend lasse ich den Kopf in den Nacken fallen und spüre, wie mein Haar über meinen Rücken fließt. Dieser Mann weiß genau, wie er mich höher und immer höher fliegen lassen kann.

Mein Stöhnen ist so laut, dass es sicher noch auf dem Flur zu hören ist. Aber ich schäme mich nicht, meine Lust so lautstark zu offenbaren. Ich bin erregt, und ich bin verliebt. Im Moment besteht mein ganzes Leben nur aus Liebe und Sex und zweiten Chancen. All diese Gedanken überfluten mein Gehirn, bis die Erregung so stark wird, dass ich nichts mehr denken kann und nichts mehr fühlen außer dem sengenden Feuer zwischen meinen Beinen, das immer stärker wird.

»Ich bin kurz davor ...«, stöhne ich.

Meine Worte geben ihm den Rest. Ich spüre, wie er seine Zunge immer schneller bewegt, dann nehme ich eine Bewegung hinter mir wahr. Als ich den Kopf drehe und die Augen aufschlage, bemerke ich, dass er mich nur noch mit einer Hand festhält. Denn, o Himmel, die andere hat er um seinen Schwanz gelegt und bewegt sie in harten, festen Stößen auf und ab.

Seine Gier nach Erleichterung, der Drang, sich selbst zu befriedigen, während er mich leckt, ist das Erotischste, das ich jemals gesehen habe.

Der Orgasmus erfasst mich mit einer solchen Heftigkeit, dass ich alles um mich herum vergesse und die ganze Welt in wunderbarer Dunkelheit versinkt.

* * *

Intimität war noch nie meine Stärke. Denn sie ergibt sich nur in Begleitung von absolutem Vertrauen, und damit habe ich so meine Schwierigkeiten. Das ist auch der Grund, warum ich es mit dem Oralsex nie eilig hatte, denn etwas Intimeres, als sich so fallen zu lassen, kann ich mir nicht vorstellen.

Und schon immer widersprach das all meinen Instinkten.

Aber mit Tyler war ich damals bereit, es doch zu versuchen. Und das war gut so, schließlich habe ich schnell herausgefunden, dass ich dieses Detail auf der Speisekarte nicht mehr missen wollte. Also habe ich es so oft bestellt, wie es ging. Ich war unersättlich, und es wurde schnell zur täglichen Praxis.

Während ich jetzt langsam wieder zu Sinnen komme, kann ich mir vorstellen, erneut jeden Tag darum zu betteln.

Aber ich will auch noch etwas anderes, und zwar genau jetzt. Ich will ihn noch näher spüren, brauche so viel von diesem Mann, wie ich kriegen kann. Mein Verlangen ist endlos.

Nichts soll mehr zwischen uns stehen.

Mein Blick trifft auf den seinen, während ich über seinen Körper nach unten zu seinem harten Schwanz gleite.

»Ich nehme die Pille«, sage ich keuchend, reibe mich an ihm und will nichts mehr, als ihn in mir zu spüren. »Hast du dich testen lassen?«

Er schluckt trocken und stößt ein heiseres Ja aus.

Mit einer schnellen Bewegung setze ich mich auf seinen Schwanz.

Ein Beben läuft durch meinen Körper.

»Delaney«, stöhnt er, und ich kann seiner Stimme anhören, wie unglaublich erregt er ist. Fest legen sich seine Hände auf meine Hüften. »Wie du dich anfühlst. Es ist …«

Nickend atme ich aus, ein langer, anhaltender Atemzug, der meinen ganzen Körper vibrieren lässt. »Ich weiß … es ist unglaublich.«

Hart dringt er in mich ein, füllt mich aus. Jede Berührung, jede Sekunde – es ist genau wie in meiner Vorstellung, nur besser. Denn diesmal ist es sein echter Schwanz, den ich reite, und es ist so gut, dass es fast wehtut.

»Ich kann nicht glauben, dass du mich hier wieder fickst. Dass dein kleiner, hübscher Körper mich so tief in sich aufnehmen kann, mein sexy Engel«, keucht er, und seine Worte lassen mich aufstöhnen. »Genau das will ich. Mich bis zum Anschlag in meiner Frau versenken. Du gehörst mir, Delaney. Vergiss das nicht.«

Mein Atem geht immer schneller, und ich nicke, während ich ihn immer heftiger reite. »Das vergesse ich nicht. Versprochen.«

»Ich bleibe bei dir. Für immer. Ich brauche dich.«

»Ja, bitte bleib bei mir«, wimmere ich.

Ich spüre, wie sein Schwanz in mir pulsiert, während er mich mit festem Griff auf seiner Erektion auf und ab schiebt. »Ich liebe es, wie du dich auf mir bewegst, wie heftig du mich fickst …«

*Danke,* schreit mein Körper, denn das hier ist das beste High, das himmlischste Gefühl der Welt, immer wieder nach oben zu gleiten und dann seinen Schwanz wieder tief in mich aufzunehmen. Tylers Augen sind geschlossen, und er hält meine Hüften so fest umklammert, dass es fast schmerzt. Als er seine Augen wieder aufschlägt, sagt er fordernd. »Leg dich auf den Rücken. Jetzt.«

In nur einer Sekunde hat er mich flach auf den Rücken gedreht, meine Beine angehoben und sie sich über die Schultern gelegt. Ich kann mich kaum bewegen, also ergebe ich mich.

»Fick mich«, bringe ich hervor, als er langsam beginnt, seine Hüften zu bewegen. Eine Schweißperle läuft über seine harte Brust.

Er schüttelt den Kopf. »Ich ficke dich nicht«, sagt er und stößt seinen Schwanz in mich hinein.

Dann lässt er erneut die Hüften kreisen und stößt wieder zu, sodass meine Welt kopfzustehen scheint. Seine Handflächen versinken in der Matratze, und er senkt seinen Körper auf mich herab. »So fühlt es sich an, wenn ich dich *liebe.*«

Ich befreie meine Hände und schlinge sie um seinen Hals, um ihn noch näher an mich zu ziehen. »Das tut es.«

Danach gibt es zwischen uns keine Worte mehr. Nur noch unsere Körper, unsere Herzen. Nur noch dieses tiefe Gefühl der Verbundenheit, das über die Jahre nachgelassen hatte, jedoch sofort wieder aufloderte, als wir uns wiedersahen.

Aber diesmal erleben wir es bewusster, und es ist noch stärker, noch schöner.

Ein weiterer Orgasmus überrollt mich, erfasst meinen Körper und versetzt mich in einen Rausch.

Mein lautes Stöhnen gibt ihm wohl den Rest, denn er stößt immer fester zu, nimmt mich vollständig in Besitz und findet schließlich in mir Erlösung.

Als er verschwitzt und glücklich auf mir zusammenbricht und mich bittet, heute Nacht bei ihm zu bleiben, antworte ich, dass es keinen Ort auf der Welt gibt, an dem ich lieber wäre.

Auch wenn ich nach Sonnenaufgang plötzlich nur noch wegwill.

# KAPITEL FÜNFUNDZWANZIG

## Tyler

Ich war schon immer gut darin, Geheimnisse zu bewahren. Mein Pokerface ist undurchdringlich. Wenn ich etwas für mich behalten muss, dann bleibt es ohne Wenn und Aber unter Verschluss. Damit meine ich jetzt keine düsteren Geheimnisse, die einem von innen heraus die Seele zerfressen. Aber als Kind habe ich zum Beispiel nie verraten, was mein kleiner Bruder zu Weihnachten bekommt, auch wenn ich genau sah, dass aus dem Geldbeutel meiner Mutter die Quittung für ein neues Fahrrad herausguckte. Und genauso wenig lasse ich während einer Verhandlung durchblicken, dass ich kurz davor bin, zu unterschreiben. Nicht, solange ich diese Karte nicht ausspielen muss.

Und so habe ich auch gestern Abend nichts verraten.

Aber heute Morgen lasse ich die Katze aus dem Sack.

Ich stehe vor Delaney auf, werfe ihr ein frisches T-Shirt aufs Bett, damit sie sich etwas überziehen kann, wenn sie aufwacht, und verschwinde leise im Bad. Schnell wasche ich mir die Hände, putze mir die Zähne und ziehe eine neue Boxershorts an. Anschließend gehe ich in die Küche, öffne eine Schublade und hole alles raus, was ich brauche, um meiner Liebsten ein angemessenes Frühstück zu bereiten.

Eier, Toast, vegetarischer Speck und eine Tasse dampfenden grünen Tee, weil ich weiß, dass sie den lieber trinkt als Kaffee.

Leise Schritte nähern sich, und sie kommt herein, leicht verstrubbelt und mit verschlafenem Blick, aber mit diesem zauberhaften Lächeln auf dem Gesicht, das von einer aufregenden Nacht zeugt. Mein weißes T-Shirt fällt ihr bis knapp auf die Oberschenkel, und sie sieht unglaublich sexy darin aus. Vor allem, weil ich weiß, dass sie darunter nackt ist. Sie stellt sich auf die Zehenspitzen und gibt mir einen Kuss auf die Wange.

»Guten Morgen«, sagt sie, und ich rieche frischen Minzduft in ihrem Atem.

Mit einer schnellen Drehung wende ich mich vom Tee ab und küsse sie richtig. Als ich mich von ihr löse, sehe ich sie mit hochgezogener Braue an. »Wenn ich Präsident wäre, würde ich morgendlichen Mundgeruch abschaffen.«

»Meine Stimme ist dir sicher.«

Mit der Hand zeige ich auf einen Barhocker an der Küchenanrichte. »Setz dich. Ich habe dir Frühstück gemacht, alles, was du am liebsten magst. Und ich habe extra frisch gelegte Bauernhof-Eier freilaufender, hundert Prozent biologischer Hühner besorgt. Tatsächlich habe ich sie sogar eigenhändig auf einer ökologisch nachhaltigen Hühnerfarm vor Ort eingesammelt und vorher noch dem Huhn guten Tag gesagt. Nettes Mädchen. Sie hieß Gluckidi-Gluck.«

Beeindruckt wirft sie mir einen Blick zu. »Und, hast du dich bei Gluckidi-Gluck auch für ihren Einsatz bedankt?«

»Selbstverständlich«, antworte ich, während ich einen Teller vor Delaney abstelle und mir selbst auch einen nehme.

Ihr Blick wandert über die Anrichte zur Uhr an der Mikrowelle. »Ich habe um zehn meinen ersten Massagetermin. Somit hätten wir Zeit für ein Frühstück und …«

»Ich nehme beides, das Frühstück und das *und.*« Mit einem Lächeln setze ich mich neben sie an die Anrichte, und wir essen und unterhalten uns. Alles fühlt sich so leicht und natürlich an.

Nie war ich mir sicherer, dass viel mehr hinter unserem Neuanfang steckt als nur sexuelle Begierde. Aber ich will, dass sie das auch weiß. Ich will ihr all die Sicherheit geben, die sie braucht, damit sie erkennt, dass ich es diesmal ernst meine. Nervös trommle ich mit den Fingern auf der Tischplatte.

»Weißt du noch, wie du dich in meinem Büro gefragt hast, ob uns nur der Sex verbindet?«

Sie nickt. »Natürlich. Warum fragst du?«

»Weil es nicht so ist, Delaney. Es ist viel mehr.«

Lächelnd streicht sie sich eine blonde Strähne aus dem Gesicht. »Das weiß ich, Tyler. Keine Sorge.«

Aber ich will, dass sie es mit jeder Faser ihres Wesens begreift. Also ergreife ich die kleine Schachtel, die ich vorhin aus der Küchenschublade genommen habe. Dann nehme ich ihre Hand. »Heirate mich.«

Sie blinzelt.

Das ist das Geheimnis, das ich gestern Abend für mich behalten habe. »Ich liebe dich. Und diesmal will ich es richtig machen. Ich will, dass wir zusammen sind. Ich werde dich nicht im Stich lassen, und ich will, dass du das weißt«, sage ich voller Stolz und Selbstvertrauen. Sie wird Ja sagen. Sie muss einfach. Schließlich wollen wir es beide.

Ihre Lippen öffnen sich, aber kein Geräusch dringt daraus hervor. Ihre Augen werden groß, dann schließt sie die Lider. Als sie sie wieder öffnet, sieht sie mich an, als hätte sie statt meines Gesichts den Anblick einer Erdbebenkatastrophe vor Augen: Schutt, eingestürzte Häuser, zersplittertes Glas. »Ich weiß nicht …«

In meiner Brust meldet sich leiser Zweifel, aber ich schiebe ihn beiseite. Das hier ist meine Arena, hier kenne ich mich aus. So gewinne ich jedes Mal. Und es gibt keinen besseren Grund, alles auf eine Karte zu setzen, als ihr Herz.

Jeglicher Zweifel ist hier fehl am Platz.

Also öffne ich mit einer schnellen Bewegung die Schachtel, und das Glitzern des Diamantrings ist atemberaubend. So atemberaubend, dass sie sich abwendet, als bräuchte sie eine Sonnenbrille.

Aber Verlieren ist für mich keine Option.

Zeit für mein Abschlussplädoyer. »Ich liebe dich, und nichts wird das ändern. Ich werde immer für dich da sein. Lass mich dir beweisen, dass ich mich verändert habe, dass ich es wert bin.«

Mit zusammengezogenen Brauen sieht sie mich an, ihre Mundwinkel zeigen nach unten. Ihre Miene sieht unbestreitbar nach Missbilligung aus, und mein Herz zieht sich schmerzhaft zusammen.

»Tyler«, sagt sie warnend, wenn auch mit sanfter Stimme.

»Ja?«

Entschlossen steht sie auf und schüttelt den Kopf. »Das ist einfach vollkommen verrückt.«

»Warum?«

Sie presst ihre Finger an die Schläfen, als hätte sie Probleme, zu begreifen, was gerade geschieht. »Letzte Nacht hatten wir Sex. Zum ersten Mal seit acht Jahren. Und jetzt versuchst du, mir zu beweisen, dass es nicht um Sex geht. Wir sind gerade erst wieder zusammengekommen, und du versuchst, mir zu sagen, dass du mich für immer lieben wirst. Das ist einfach verrückt!«, stößt sie hervor.

»Es ist nicht verrückt. Es ist richtig.« Aber in meiner Stimme liegt ein leichtes Zittern.

»Ich bin nicht dein nächster Business-Deal. Ich bin nicht dein nächstes Risiko. Und ich bin auch nicht die nächstbeste Möglichkeit zu beweisen, dass du immer gewinnst, wenn du nur mit genug Einsatz an die Sache herangehst. Ich bin ein Mensch, eine Frau. Und ich bin nicht bereit, dich zu heiraten. Ich bin noch nicht mal bereit, mich zu verloben.«

»Warum nicht? Ich finde die Idee wunderbar.«

Als sie sich eine Hand in die Hüfte stemmt und mich kritisch ansieht, werde ich wieder daran erinnert, wie vernichtend sie bei den Debatten am College aufgetreten ist. »Vielleicht hätte sich der Vorschlag, wir sollten uns eine Katze zulegen, geringfügig normaler angefühlt. Aber das hier ist einfach meilenweit von dem Punkt entfernt, an dem wir gerade stehen. Was wir brauchen, ist Zeit.«

»Aber ich dachte, du wolltest –«

»Warte. Lass mich raten. Du dachtest, ich wollte, dass du den Schaden von damals wiedergutmachst? Eine Art Pflaster für ›Es ist einfach zu schwierig, den Unterricht und dich gleichzeitig zu jonglieren‹?«, fragt sie schneidend.

»Aber gestern Nacht hast du gesagt, ich soll bei dir bleiben.« Auch meine Stimme wird jetzt lauter, schließlich gibt es einen guten Grund für mein Verhalten.

Sie ringt die Hände, als bringe mein Unverstand sie zum Verzweifeln. »Ich meinte ›bleib bei mir‹ im Sinne von ›lass uns zusammenbleiben. Uns kennenlernen.‹ Ganz sicher wollte ich nicht, dass du mich nach gerade mal einer Woche fragst, ob ich dich heiraten will!«

Verzweifelt versuche ich zu verstehen, was hier gerade schiefgelaufen ist. »Liegt es an deinen Bindungsängsten? Weil es dir schwerfällt, mir zu vertrauen?«

In ihren Augen lodert ein Feuer. »Nein«, faucht sie. »Es liegt daran, dass du es aus den falschen Gründen tust.«

Wie vor den Kopf gestoßen verschränke ich die Arme vor

der Brust. »Was soll das denn heißen? Ich dachte, es sei das, was du willst?«

Als sie weiterspricht, wird ihr Tonfall wieder sanfter. »Was ich will, ist, uns beiden noch mal eine Chance zu geben. Ich muss nicht kopfüber von einer Klippe springen, um zu beweisen, dass wir zueinander passen. Das weiß ich auch so.« Seufzend fährt sie sich mit den Fingern durchs Haar.

»Und jetzt?«, frage ich und spüre, wie sich eine eiskalte Hand um mein Herz legt.

»Ganz ehrlich? Ich weiß es nicht.« Sie wirft einen Blick auf die Uhr. »Ich sollte jetzt gehen.«

Offenbar sieht sie in der Wohnungstür den schnellsten Ausweg aus diesem Schlamassel. Denn ohne ein weiteres Wort zieht sie sich an und lässt mich stehen.

# KAPITEL SECHSUNDZWANZIG

## Delaney

#$@&%*!

$@&%*!#

@&%*!#$

&%*!#$@

%*!#$@&

*!#$@&%

!#$@&%*

* * *

Allein im Vorraum der Damentoilette des Nirvana fluche ich leise vor mich hin. Ich balle die Hände zu Fäusten, stampfe mit dem Fuß auf und schüttle den Kopf. Irgendwie muss ich diesen Morgen aus meinen Gedanken vertreiben. Ich muss arbeiten. Mich konzentrieren. Mich um meine Klienten kümmern.

Mit einem tiefen, beruhigenden Atemzug führe ich meine Handflächen vor der Brust zusammen und bitte das Universum, mir Frieden zu schenken.

Wenigstens für die nächste Stunde, denn Violet, mein erster Termin, wartet schon im Rainfall Room auf mich.

Beim Verlassen der Damentoilette stelle ich mir vor, Tyler in einer Staubwolke hinter mir zurückzulassen. Auf keinen Fall werde ich über seinen absurden Antrag nachdenken. Keinen einzigen Moment meiner Gedanken werde ich an die wahnwitzige Vorstellung verschwenden, dass er der

Meinung ist, wir sollten *jetzt schon* heiraten. Und an unseren Streit denke ich auch nicht.

Ich zucke zusammen.

Dieses Wort.

*Streit.*

Wir haben uns aufgeführt wie zwei verbitterte alte Kampfhähne. Wie meine Eltern. Der Gedanke verursacht mir Übelkeit. Streiten ist mir zuwider. Ich hasse es. So möchte ich nicht sein. Ich hätte mich heute Morgen einfach zusammenreißen, ruhiger bleiben müssen.

Mit erhobenem Kopf laufe ich zu dem Massageraum. Violet wartet schon auf der Liege auf mich, ihr schwarzes Haar fließt über ihre linke Schulter und gibt die rechte frei, damit ich dort mit meiner Tiefengewebsmassage beginnen kann.

»Hey, Vi. Wie geht es dir?«

Lächelnd hebt sie den Kopf vom Stützkissen. »Ich war brav – seit Tagen kein iPad mehr im Bett.«

Ich klopfe ihr auf die Schulter. »Ich bin stolz auf dich. Das sind gute Neuigkeiten.«

»Ja, ich habe es mir einfach abgewöhnt«, erklärt sie, während sie ihre Position wieder einnimmt. »Genau wie du es mir gesagt hast.«

Sorgfältig träufle ich mir ein wenig Lavendelöl auf die Handfläche und beginne mit der Arbeit.

»Vi«, flüstere ich erstaunt.

»Was ist denn?«

»Ich kann es spüren. Du bist nicht mehr so verspannt.«

»Siehst du? Ich war wirklich anständig.«

Der glückliche Klang ihrer Stimme bringt mich zum Strahlen, und ich weiß, so bekomme ich Tyler aus dem Kopf. Ich muss mich nur auf meine Arbeit konzentrieren, auf meine Klienten, ihre Heilung. Das hier ist das Gegengift für meinen Morgen. Dabei war doch meine Reaktion vollkommen vernünftig, auch wenn wir gestritten haben, oder? Ein Heiratsantrag nach der ersten gemeinsamen Nacht ist einfach verrückt.

Ach, Mist.

Ich denke schon wieder an ihn.

Mit aller Macht verbanne ich ihn aus meinen Gedanken, als Violet plötzlich fragt: »Und was ist mir dir?«

»Was meinst du?«, entgegne ich, während meine Daumen sich kreisend um ihr Schulterblatt arbeiten.

»Beim letzten Mal hast du erzählt, du versuchst dir abzugewöhnen, immer an deinen Ex-Freund zu denken«, ruft sie mir meine eigenen Worte ins Gedächtnis. Ich zucke zusammen.

»Ach ja«, sage ich gedehnt. Schuldig im Sinne der Anklage.

»Und ...?«

Ich schlucke trocken und beichte dann. »Na ja, ehrlich gesagt, sind wir wieder zusammengekommen.«

Abrupt dreht sich Violet auf die Seite. »Wirklich?«

Mit der Hand klopfe ich sanft auf die Kopfstütze. »Ich kann nichts für dich tun, wenn du auf der Seite liegst.«

»Ich weiß, aber jetzt erzähl doch mal. Wie ist das passiert?«

»Ich erzähle dir alles, aber lass mich dabei weiter massieren, okay?«

Violet dreht sich um und nimmt ihre ursprüngliche Position wieder ein.

»Also, so hat es angefangen ...«

Während ich mich ihrem Nacken widme, berichte ich. Hin und wieder unterbricht Violet mich mit einer Frage. »Was ist denn nach der Perücken-Party passiert?«

»Wir hatten unglaublichen, weltbewegenden Sex.«

»Klingt gut.«

»Und dann habe ich bei ihm übernachtet.«

»Was ist denn dann das Problem?«

»Nach Sonnenaufgang ist plötzlich alles schiefgelaufen«, führe ich weiter aus und beschreibe seinen Heiratsantrag. »Verrückt, oder?«, frage ich, während ich mit beiden Händen ihren unteren Rücken bearbeite.

»Ja, für einen Antrag ist es wirklich zu früh. Da hat er sich wohl selbst überholt. Ziemlich impulsiv, würde ich sagen.« Wohlig atmet sie aus, als meine Daumen sich den Muskelsträngen entlang ihrer Wirbelsäule widmen. »Aber hätte es nicht vielleicht einen Mittelweg gegeben? Du musstest ihn ja nicht gleich sitzen lassen.«

»Aber ich habe ihn nicht sitzen gelassen«, betone ich. »Ich musste zur Arbeit.«

»Das weiß ich«, sagt Violet verständnisvoll. »Aber für ihn hat es sich vielleicht eher so angefühlt, als würdest du ihn verlassen.«

*Ihn verlassen.*

Plötzlich spüre ich einen Stich in der Brust.

Ich weiß, wie sich das anfühlt. Verlassen zu werden.

# KAPITEL SIEBENUNDZWANZIG

## Tyler

Carly tut so, als werfe sie dem Skelett des Tyrannosaurus Rex einen Knochen zu.

»Braver Junge«, sagt sie und klatscht in die Hände. »Schau mal, Tyler. Er läuft hinterher!«

Ich zeige auf den knochenjagenden Dinosaurier. »Er hat ihn schon fast. Du schaffst das, Kleiner!«, rufe ich, während wir durch die Eingangshalle des Museum of Natural History laufen, einem ihrer absoluten Lieblingsorte.

Und weil sie gerade auch völlig auf den Film *Nachts im Museum* abfährt, ist unser heutiger Ausflug gleich doppelt so cool.

Das Problem ist nur, dass ich mich dabei gar nicht so cool fühle.

Im Gegenteil – ich fühle mich wie der totale Versager. Auf dem Weg zur Bisonausstellung denke ich noch immer darüber nach, was genau heute Morgen schiefgelaufen ist. Als ich nach meinem Drink mit Simon das Juweliergeschäft auf der Fifth Avenue betreten hatte, kam es mir vor wie die beste Idee der Welt, um ihre Hand anzuhalten. Absolut schlau und strategisch einwandfrei – mit der größten aller Gesten würde ich die Vergangenheit umschreiben und alles wiedergutmachen, was ich ihr angetan habe. Unser persönliches Ticket zum Glück.

Und sie wäre für immer mein.

So hatte ich mir das gedacht.

Mit einem tiefen Seufzer reibe ich mir den Nacken. So

viel also zu meinem Plan. Offensichtlich bin ich mit meiner Einschätzung von Delaneys Wünschen und Bedürfnissen grandios gescheitert.

Carly zieht an meinem T-Shirt. »Können wir uns den Kapuzineraffen ansehen?«

»Klar, suchen wir den kleinen Bananenfresser«, antworte ich.

Jetzt ist nicht der richtige Zeitpunkt, um über mein romantisches Versagen nachzudenken. Es ist Carly-Zeit, und die nächsten zwei Stunden verbringen wir damit, unsere eigene Version von *Nachts im Museum* nachzuspielen, während wir durch die Ausstellungsräume laufen. Unterwegs frage ich sie, was es Neues in der Schule gibt.

Ihre braunen Augen leuchten vor Aufregung, als sie wie ein Wasserfall davon erzählt, was sie in Mathe schon wieder Neues gelernt hat und wie nett ihre Lehrerin ist.

Ihre Worte von neulich aus dem Park fallen mir wieder ein und erinnern mich an mein derzeitiges Dilemma.

*»Meine Lehrerin sagt, der Schlüssel zum Erfolg liegt darin, immer nur die richtigen Schritte zu befolgen. Sich Zeit zu lassen und nie abzukürzen.«*

Plötzlich fällt es mir wie Schuppen von den Augen.

Mit der Hand greife ich nach dem Messinggeländer vor den ausgestopften Bisons, um nicht das Gleichgewicht zu verlieren. Das war der Fehler. Delaney hatte recht. Bei all meiner Fokussierung auf das Ergebnis habe ich sie wirklich behandelt wie einen Business-Deal. Um keine Zeit zu verlieren, habe ich die richtige Abfolge der Schritte einfach ignoriert und gedacht, ich könnte den Weg zu ihrem Herzen abkürzen.

Aber eine echte Beziehung braucht eben Zeit, um Stück für Stück zu wachsen. Und genau das habe ich außer Acht gelassen, weil ich der Meinung war, meine Geschäftsstrategie genauso auf mein Liebesleben anwenden zu können.

Aber die Wahrheit ist, dass ich mich bei Delaney nur auf das Endspiel konzentriert habe. In Vertragsverhandlungen gehe ich zwar auch oft ein hohes Risiko ein, aber ich tue es nie, ohne mich vorher minutiös vorbereitet zu haben. Für jeden Schritt der Verhandlung habe ich eine Strategie, einen ausgefeilten Plan. Nur deshalb kann ich für meine Klienten so hoch pokern – weil ich meine Hausaufgaben gemacht habe.

Und genau das habe ich bei Delaney vergessen, weil ich dachte, ich würde ohnehin gewinnen. Clays Worte über den Jay-Benator-Deal fallen mir wieder ein. So verrückt sei mein Vorgehen gar nicht gewesen, hat er am Telefon gesagt. »Du wusstest, was du tust«, waren seine Worte. »Du hast dir die Zeit genommen, um herauszufinden, was Craig eigentlich will, und genau das hast du ihm geliefert. So konntest du die Ziele deines Mandanten durchsetzen, und genau das macht dich auch zu einem so erfolgreichen Anwalt.«

Nachdem ich Carly am Nachmittag wieder bei ihrem Vater abgeliefert habe, mache ich mich zu Fuß auf den Rückweg nach Hause. Im Kopf spiele ich unterschiedliche Szenarien durch – wie ich mich entschuldigen und besser vorbereiten könnte, wie ich Delaney erkläre, was ich wirklich will. Ich rufe mir noch einmal alle unsere Gespräche der letzten Woche in Erinnerung, bedenke jedes Wort, überlege, welche Teile wohl am wichtigsten waren, und arbeite einen Plan aus.

In einem Coffeeshop hole ich mir einen Kaffee, durchforste mit dem Handy das Netz nach ein paar Informationen, dann tätige ich ein paar Anrufe. Genau wie vor ein paar Tagen, als ich in ihrem Spa aufgetaucht bin, um mich für sie auszuziehen, bereite ich mich minutiös vor. Diesmal setze ich allerdings nicht auf Bungee Jump Tyler.

Doch gerade als ich so weit bin und ihre Nummer wählen will, erhalte ich eine Nachricht von ihr, die mir durch Mark und Bein geht.

# KAPITEL ACHTUNDZWANZIG

## Delaney

Dankenswerterweise ist mein Arbeitsmorgen nur kurz, also tue ich, was jede Frau in meiner Situation tun würde.

Ich rufe Verstärkung.

Die Einsatztruppe steht sofort bereit. Als ich aus dem Nirvana komme, warten Nicole und Penny schon auf mich, um sich bei mir einzuhaken und mich mitzunehmen.

Gemeinsam laufen wir zu einem unserer Lieblingsrestaurants, und unterwegs weihe ich sie in alles ein. Nicoles Augen werden groß wie Suppenteller, und Penny starrt mich nicht minder fassungslos an. Großartig. Ich habe es geschafft, meine Freundinnen zu schockieren. So seltsam ist mein Liebesleben.

An einer Straßenecke bleiben wir vor einer roten Ampel stehen.

»Alles lief so super«, sage ich halb wütend, halb traurig. »Es war einfach perfekt. Himmlisch. Alles, was ich mir je hätte vorstellen können.« Ich sehe zu Nicole, und meine Gefühle drohen mich zu überwältigen, als ich daran denke, wie schön die Woche war. »Du hast gesagt, ich soll ihm eine Woche geben, und das habe ich getan. Wir haben uns so gut verstanden, uns unterhalten, uns neu kennengelernt. Ich war offen zu ihm, und er war süß und rücksichtsvoll. Und dann – *Zack.*« Laut klatsche ich in die Hände. »Ein Antrag. Aus dem Nichts.«

Penny sieht zu Nicole, und die beiden nicken einmütig.

»Oh, oh. Ich will gar nicht wissen, was jetzt kommt«, murre ich, als die Ampel grün wird und wir die Straße überqueren.

Nicole spricht zuerst. »Ich kann nicht glauben, dass ich das jetzt von mir gebe, aber …« Sie holt tief Luft und fährt dann fort: »Aber ich glaube, er hat es nur getan, weil er dich liebt.« Ich will antworten, aber sie hebt die Hand. »Hör mir erst zu. Ich sage ja nicht, dass du dich schon nach einer Woche verloben solltest. Was ich sagen will, ist, dass dieser Mann dir offenbar auf seine ganz eigene, verschrobene Art und Weise zeigen will, dass er sich geändert hat.«

»Indem er um meine Hand anhält?«, frage ich verständnislos.

»Was Männer so tun, ergibt oft keinen Sinn«, wirft Penny ein.

»Wie wahr«, murmele ich, denn nie habe ich zutreffendere Worte gehört.

»Manchmal gehen sie eben zwei Schritte vorwärts und dann wieder einen zurück. Oder gleich zwanzig vorwärts, wobei sie eigentlich nur zwei gebraucht hätten.«

Auch Nicole schaltet sich wieder ein. »Der Punkt ist doch der, vielleicht hat er das Timing versaut, ja. Wahrscheinlich hätte es tausend bessere Möglichkeiten gegeben, dir zu zeigen, dass er sich verändert hat. Aber wichtig ist doch die Tatsache, *dass* er sich verändert hat. Das glaube ich jedenfalls.«

Ich werfe ihr einen finsteren Blick zu. »Ich dachte, Menschen könnten sich nicht verändern.«

Nicole zuckt nur mit den Schultern und lächelt. »Vielleicht können sie es doch. Für jemand so Besonderen wie dich.«

»Fahr zu ihm. Versuche, einen Kompromiss zu finden.«

»Irgendetwas zwischen zwanzig Schritten und zwei?«, frage ich.

»Ganz genau«, sagt Nicole.

Schnell werfe ich einen Blick auf die Uhr. »Macht es euch etwas aus, allein mittagessen zu gehen? Vielleicht finde ich ja heraus, wo er gerade ist.«

Beide scheuchen mich mit einer Handbewegung weg, aber gerade als ich um die erste Ecke biege, entdecke ich eine Nachricht auf meinem Handy, die mich zur Salzsäule erstarren lässt.

* * *

Als ich noch jünger war, ist mein Vater immer mit mir in den Park gegangen. Jedes Mal, wenn ich es wollte. So schien es mir jedenfalls. Kleiner Affe, hat er mich genannt, weil ich auf einfach alles hinaufgeklettert bin. Ich habe mich durch die Kletterstangen gehangelt wie durch meinen privaten Dschungel, und die Rutsche bin ich schneller hochgelaufen als alle anderen. Auf der ganzen Welt gab es keinen schöneren Ort für mich als diese wahnwitzig hohen Seilklettergerüste.

Und immer stand mein Vater unten am Boden und wartete auf mich, nur um mich lachend aufzufordern, gleich noch mal hochzuklettern.

Erst wenn ich mich müde gespielt hatte, sind wir gemeinsam nach Hause gelaufen. Hand in Hand.

In jeder Hinsicht ein guter Vater.

Auf dem Weg durch den Central Park mit der E-Mail von Joe Thomas vor Augen sind es diese Erinnerungen, die plötzlich in mir hochkommen, nicht die an den dauernden Streit zwischen meinen Eltern. Gedankenverloren bleibe ich an einem Spielplatz stehen, sehe den Kindern dabei zu, wie sie Fangen spielen, schaukeln und fröhlich um ihre Mütter und Väter herumhüpfen. Und erinnere mich daran, wie sich das für mich angefühlt hat, als ich noch eines dieser Kinder war.

Mit den Händen umklammere ich den Zaun und warte darauf, dass die Welle aus Schmerz über mir zusammenschlägt.

Denn diese Erinnerungen sind es doch, die am meisten wehtun müssten – der Gedanke an all die Dinge, die ich verloren habe. Und während ich mit dem Daumen über das Display meines Handys fahre und die kanadische Telefonnummer und die E-Mail-Adresse anstarre, die dort zu sehen sind, wappne ich mich gegen die Trauer, bereit, dagegen anzukämpfen.

Aber als ich den Blick von meinem Handy löse und sehe, wie ein kleines blondes Mädchen immer höher schaukelt und glücklich mit den Beinen strampelt, lächle ich nur.

Und dann erkenne ich die Wahrheit.

Es ist ein schönes, friedliches Gefühl.

Und es liegt kein Bedauern darin.

Er hat uns verlassen und dieses Kapitel seines Lebens abgeschlossen.

Und es ist an der Zeit, dass auch ich die Vergangenheit hinter mir lasse und nach vorn blicke.

Es gibt nichts, was er mir noch geben kann.

Neugier ist eine starke Antriebskraft, und sie hat mich dazu gebracht, nach ihm zu suchen. Aber er ist kein Kommilitone aus dem College, von dem ich gern wüsste, was aus ihm geworden ist. Kein alter Freund, mit dem ich bei einem Drink gern über alte Zeiten plaudern würde.

Er ist der Mann, der mir die Hälfte seiner DNA vermacht hat und vierzehn Jahre später verschwunden ist.

Ich habe kein Bedürfnis nach Small Talk mit ihm.

Ich habe kein Bedürfnis, überhaupt mit ihm zu sprechen.

Mein Leben liegt vor mir, und es ist genauso wunderbar wie immer, daran hat seine Telefonnummer nichts geändert.

Mit einem tiefen Atemzug lasse ich den Zaun los, mache auf dem Absatz kehrt und laufe quer durch den Park zur anderen Seite.

# KAPITEL NEUNUNDZWANZIG

## Tyler

Ich stehe im Flur und warte auf das Geräusch des ankommenden Aufzugs. Es dauert nur ein paar Sekunden, bis ich das leise Surren höre. Als die Metalltür aufgleitet, bin ich mir sicher, dass sie traurig sein wird. Verzweifelt. In Tränen aufgelöst. Aber so ist es nicht. Stattdessen kommt sie mit festen Schritten den Flur entlang. Sie trägt ihr Arbeitsoutfit – Yogahose, Turnschuhe und ein schwarzes T-Shirt mit V-Ausschnitt, das Haar zu einem hohen Pferdeschwanz zusammengebunden.

»Hey«, sage ich sanft, als sie meine Wohnungstür erreicht. Das verfluchte Organ in meiner Brust hämmert so heftig gegen meine Rippen, als wollte es herausspringen, so nervös bin ich. Und so hoffnungsvoll. »Schön, dass du da bist.« Ich halte ihr die Tür auf, und sie tritt ein. »Erzähl mir, was du herausgefunden hast. Ich möchte dir helfen, so wie ich es versprochen habe.«

Entschlossen bleibt sie stehen, fährt sich mit der Zunge über die Lippen und sagt: »Ich weiß. Aber auf dem Weg hierher ist mir etwas Wichtiges klar geworden.«

Mit einer schnellen Geste zeigt sie erst auf sich selbst, dann auf mich. »Nämlich, dass ich erst über *uns* sprechen möchte.«

Das Wort hallt in meinen Ohren wider. Ich habe keine Ahnung, was sie mit *uns* meint. Oder ob es *uns* nach meinem Auftritt heute Morgen überhaupt noch gibt. Aber sie ist hergekommen, und das ist ein erster Schritt. Genau so will ich jetzt weitermachen, Schritt für Schritt, ohne mir selbst vorauszueilen. »Dann sprich mit mir, bitte.«

Die Tür fällt ins Schloss, aber wir bewegen uns nicht. Wir stehen im Flur, nicht weit von der Stelle, an der ich ihr vor ein paar Stunden einen Heiratsantrag gemacht habe.

Schließlich ergreift sie das Wort, aber ihre Stimme klingt weich. »Als ich heute Morgen gegangen bin, hatte das nichts zu bedeuten. Ich weiß, es hat vielleicht anders auf dich gewirkt, aber ich musste wirklich einfach nur zur Arbeit. Auch wenn dein Antrag mich völlig aus der Bahn geworfen hat. Ich habe mich gefühlt, als sei ich nichts weiter als dein nächstes Ziel, dein nächster Sieg.«

»Das bist du nicht«, unterbreche ich sie. »Ich schwöre dir, so ist es nicht. Genau das wollte ich dir eigentlich zeigen.«

»Das verstehe ich, aber heute Morgen hat es sich einfach nicht gut angefühlt. Es schien mir impulsiv und ungeplant.« Sanft streicht sie mir über den Arm. »Aber mittlerweile habe ich begriffen, dass deine Absichten ganz andere waren. Und der Gedanke dahinter gefällt mir sehr.«

»Es war tatsächlich impulsiv«, gebe ich mit schuldbewusster Miene zu. »Das ist ein Teil meiner Persönlichkeit, den ich wahrscheinlich nie ganz ablegen werde. Ich wollte dir einfach zeigen, dass du auf mich zählen kannst.«

»Aber siehst du denn nicht, dass ich das bereits tue, Tyler?«, fragt sie mit ruhiger, gefasster Stimme, während sie mir in die Augen sieht. »Du musst dich nicht beweisen. Du musst dich nicht noch einmal bei der Arbeit vor mir ausziehen oder dich sonst irgendwie verbiegen.«

Mit hochgezogener Augenbraue sehe ich sie an. »Aber woanders soll ich mich schon noch mal für dich ausziehen, oder?«

Sie beißt sich auf die Unterlippe. »Unbedingt.«

»Gut. Ich habe nämlich ein paar neue Moves drauf.«

»Dann freue ich mich schon auf die nächste Show. Denn den Platz auf der Bühne hast du dir bereits verdient. Aber von jetzt an gucken wir nur noch gemeinsam nach vorn, okay?«

Erleichtert atme ich aus. *Wir.* Es gibt immer noch ein Wir. Aber eine Bestätigung schadet ja nichts. »Also geht das mit uns weiter? Du willst mich, sowohl die impulsive als auch die umsichtige Seite?«

Mit einem sexy Lächeln hängt sie sich an meinen Arm. »Ja. Ich mag alle deine Seiten, nackt und angezogen. Und ich mache nicht einfach mit dir Schluss, nur weil du mir einen Heiratsantrag gemacht hast.« Sie verdreht die Augen.

Fest drücke ich ihre Hand. »Ich will, dass du verstehst, warum ich es getan habe. Ich liebe dich, und ich möchte dir Sicherheit geben«, sage ich in dem Bedürfnis, mein Verhalten noch einmal zu erklären. »Damals konnte ich es nicht, aber jetzt will ich nichts mehr als das.«

Bevor sie antwortet, legt sie mir eine Hand auf die Brust. »Ich weiß, dass Sicherheit nichts ist, was ich in *dir* finden kann.« Sie lässt mich los und klopft sich auf die Brust. »Ich kann sie nur in *mir* finden. Genau hier. Und ich kenne meine innere Stärke. Ich bin erwachsen geworden, habe dazugelernt. Ich habe großartige Freunde, ein gut laufendes Unternehmen und jetzt auch noch diesen schlauen, süßen, attraktiven Mann, der wieder in meinem Leben aufgetaucht ist«, sagt sie, und ich nicke bestätigend. Wieder schenkt sie mir ein Lächeln, dann wird ihre Stimme ernst. »Aber wir werden es langsam angehen. Mir reicht es, wenn wir erst mal nur jeden Tag verliebt sind.«

»Nichts leichter als das. Ich würde sagen, das fällt mir ungefähr so schwer wie Atmen.«

»Und irgendwann, vielleicht in gar nicht allzu ferner Zukunft, wenn es sich für uns beide richtig anfühlt, frag mich noch einmal. Aber zuerst gehen wir auf ein paar Partys, treffen uns zum Mittagessen, knutschen an Straßenkreuzungen herum und haben jede Menge Sex, okay?«

Mein Herz tanzt. Das hier ist die wahre zweite Chance. Nicht das, was ich heute Morgen erzwingen wollte, sondern ein wirklicher Neuanfang, der nichts damit zu tun hat, die Wunden der Vergangenheit zu heilen, sondern nur damit, zu vergeben und in die Zukunft zu blicken.

Mit geschlossenen Augen hauche ich ihr einen Kuss auf die Stirn. Erleichterung durchflutet mich, als sie sich an mich schmiegt. Aber dann löse ich mich noch einmal von ihr, denn es gibt noch etwas, das *ich* sagen muss.

»Es tut mir leid, dass ich dich heute Morgen so bedrängt habe. Irgendwo in mir versteckt sich ein ziemlicher Idiot, und manchmal taucht er einfach auf, auch wenn ich versuche, ihn hinter Schloss und Riegel zu halten.« Sie muss lachen, aber ich bin noch nicht fertig. »Vor allem, was ich über deine Bindungsängste gesagt habe, tut mir leid. Das war wirklich ungerecht und falsch.«

»Ich hätte auch anders reagieren sollen. Ich bin wütend geworden, und diese Seite an mir gefällt mir gar nicht. Also vergessen wir das Ganze einfach, genießen unsere gemeinsame Zeit und warten ab, wo sie uns hinführt.«

»Das klingt gut. Gerade heute Vormittag habe ich erkannt, dass ich den Dingen manchmal nur ihren Lauf lassen muss, statt voreilig auf ein Ergebnis hinzuarbeiten. An dieser Erkenntnis war meine Nichte übrigens nicht ganz unbeteiligt.«

Delaney lächelt. »Carly? Wie das?«

»Wahrscheinlich war es keine Absicht, aber dieses Kind stellt manchmal die klügsten Beobachtungen an. Was sie über das Leben und die Schule erzählt, hat mir klargemacht, dass ich mir Zeit lassen und die Dinge langsam angehen muss, vor allem, wenn es um etwas so Wichtiges geht wie dich.«

Ich küsse sie. Sanft, aber eindringlich. Ein Kuss, der verspricht, dass wir Fehler machen, aber auch, dass wir aus ihnen lernen werden. Ein Kuss, der sagt, wir werden mit Macht versuchen, einander nicht zu verletzen, aber wenn wir es doch tun, werden wir uns vergeben.

Als wir uns voneinander lösen, sehe ich ihr in die Augen. »Es war idiotisch, dich schon nach einer Woche zu fragen, ob du mich heiraten willst. Aber ganz gleich, ob nächste Woche oder nächstes Jahr, tief in meinem Inneren weiß ich, dass auf uns eine wunderbare Zukunft wartet.«

»Ich auch«, flüstert sie mit brüchiger Stimme. »Ich weiß es auch.«

Sanft lege ich meine Hand auf ihre Wange. »Du musst nur zulassen, dass ich dich liebe. Mich um dich kümmere.«

Lächelnd legt sie mir die Arme um den Hals. »Ich könnte mir nichts Besseres vorstellen. Und nur so nebenbei, der Ring war wunderschön. Du hast genau meinen Geschmack getroffen.«

Ich spüre einen Anflug von Stolz. »Wenigstens etwas. Und keine Sorge, er ist sicher in der Vitrine untergebracht, in der mein signierter L.A.-Dodgers-Baseball liegt. Und dort bleibt er, bis du irgendwann bereit dafür bist, dass ich dich noch einmal frage.«

»Welch besseren Ort könnte es für einen Verlobungsring geben?«

»Du sagst es.« Dann ergreife ich ihre Hand und führe sie zur Couch. Als ich weiterspreche, klingt meine Stimme wieder ernst. »Und jetzt erzähl mir, was du über deinen Vater herausgefunden hast«, sage ich, denn mir fällt ihre Nachricht wieder ein, in der sie schrieb, der Privatdetektiv habe sich gemeldet und sie wolle mit mir darüber reden.

Mit einem Seufzen sieht sie mich an. »Ich *wollte* mit dir über ihn sprechen.«

»Jetzt nicht mehr?«, frage ich sie stirnrunzelnd.

Sie nickt, dann schüttelt sie den Kopf, dann lacht sie auf. »Ja und nein.«

»Okay, jetzt bin ich verwirrt.«

Wieder lacht Delaney auf. »Während ich auf dem Weg hierher darüber nachgedacht habe, ob ich ihn anrufen oder ihm schreiben soll, ist mir etwas bewusst geworden. Ich muss nicht wissen, was er macht, um diesen Teil meines Lebens hinter mir zu lassen. Manche Dinge sollten einfach Vergangenheit bleiben. Und manche Dinge können plötzlich zu einer neue Zukunft werden.« Mit dem Finger streicht sie über die Stoppeln an meinem Kinn. »So wie du.«

Ich schlucke trocken, während ich die Bedeutung ihrer Worte in mich aufnehme.

»Du und ich, mein Engel«, sage ich heiser, dann drücke ich erneut meine Lippen auf ihre Stirn, denn Worte sind eben doch nicht immer meine Stärke.

Triumphierend wischt sie mit dem Finger über das Display ihres Handys. »So, Nachricht archiviert. Ich muss seine Kontaktdaten nicht speichern, aber wenn ich sie brauche, habe ich sie.«

»So ist es. Und wenn du mich brauchst, bin ich da.«

»Danke. Ich weiß, dass ich mich auf dich verlassen kann.«

Mit den Fingern fahre ich durch ihr seidiges Haar. »Hey.

Ich bin stolz auf dich. Auf das, was du getan hast – ihn erst aufzuspüren und dann zu entscheiden, dass du die Information gar nicht brauchst. Und all das hast du allein getan, dafür benötigt man Mut.«

Vielsagend sieht sie mich an. »Ungefähr so viel wie dafür, nackt am Arbeitsplatz seiner Ex-Freundin aufzutauchen, um ihr zu zeigen, wie sehr man sie zurückhaben will.«

Ich muss lachen. »Sie ist nicht mehr meine Ex-Freundin.«

Delaney schmiegt sich noch enger an mich. »Nein, allerdings nicht.«

Da fällt mir etwas ein, und ich hebe einen Finger. »Und weil sie nicht mehr meine Ex-Freundin ist und ich beweisen will, dass ich zuhören kann, habe ich ihr ein Geschenk besorgt.«

Meine wunderbare Ex- und Jetzt-wieder-Freundin hebt eine Augenbraue. »Ach ja?«

Ich straffe die Schultern. »Selbstverständlich. Um dir zu zeigen, dass wir von jetzt an in normaler Geschwindigkeit weitermachen.«

Grinsend lege ich eine Kunstpause ein, um sie noch etwas zappeln zu lassen.

»Was ist es denn?«, fragt sie neugierig.

Mit erhobener Hand betrachte ich intensiv meine Fingernägel. Dann gebe ich nach und verrate es ihr. »Du hast gesagt, du willst eine Katze, und damit sollte ich erst mal anfangen.«

Ihr bleibt der Mund offen stehen. »Du hast mir eine Katze gekauft?«

Schnell mache ich eine verneinende Handbewegung. »Das wäre ja impulsiv. Ich versuche doch, den Dingen ihren Lauf zu lassen und mir Zeit zu nehmen. Also habe ich dir keine Katze *gekauft,* ich habe sie nur für dich *gefunden.*

Und das Geld für sie beim Tierheim hinterlegt.« Ergeben hebe ich beide Hände. »Wenn du noch nicht so weit bist, wird das Geld einfach in deinem Namen gespendet. Aber der Kerl wird dir gefallen.«

Auf ihrem Gesicht breitet sich ein Strahlen aus, während ich nach meinem Handy greife, es entsperre und das entsprechende Bild aufrufe. »Ich glaube, dieser Schmusekater trifft deine Vorstellungen ziemlich genau.« Nach einem theatralischen Räuspern lese ich ihr die Beschreibung vor. »Mein Name ist Mr. Cuddles. Ich rolle mich neben Ihnen zusammen, kuschle mich auf ein Kissen und schlafe in Ihren Armen. Darüber hinaus kann ich sehr gut schnurren, mich an Ihren Beinen reiben und sogar Türen öffnen.«

Sie verpasst mir einen Schubs. »Jetzt hör aber auf.«

Ich tue so, als hätte sie mich nach hinten umgeworfen. »Polydaktyl, Baby. Mr. Cuddles hat sechs Zehen.«

Delaney rutscht von der Couch und presst flehend ihre Handflächen aneinander. »Ich will ihn haben. Jetzt sofort!«

Es ist einfach wunderbar, sie so aufgeregt zu sehen. »Willst du ihn dir nicht erst mal anschauen, bevor du dich entscheidest?«

Entschlossen schüttelt sie den Kopf. »Ich habe mich entschieden. Genau, wie ich mich für dich entschieden habe.« Sie steht auf und läuft zur Tür, dann sieht sie zu mir zurück. »Komisch. Du hast keine sechs Zehen, aber ich stehe trotzdem auf dich.«

Amüsiert hebe ich meine rechte Hand und wackle mit den Fingern. Dann strecke ich ihr die Zunge raus.

# EPILOG

## Ihr Epilog

Der Kater, den wir in Mr. Crazypants umgetauft haben, hat in seiner Anzeige nicht gelogen.

Schon in der nächsten Nacht drängelt sich das süße Fellknäuel zwischen meinen Freund und mich.

Ich sehe zuerst den orangefarbenen Kater an, dann Tyler und zucke mit den Achseln. »Er mag uns.«

Der Kater streckt sein rechtes Hinterbein aus und drückt dann schnurrend seine Vorderpfote auf meine Brust.

»Ich würde sagen, er mag dich«, erwidert Tyler, als der Schmusetiger alle sechs Zehen spreizt und sich noch etwas näher an mich kuschelt. »Wahrscheinlich gab es tatsächlich keinen besseren Namen für ihn als Mr. Cuddles.«

Lachend sehe ich Tyler an, während mein adoptiertes polydaktyles Katerchen sich unter der Decke an mich schmiegt. »Aber Mr. Crazypants gefällt mir besser.«

»Ich würde sagen, das Schicksal hat euch füreinander bestimmt.«

»Genau wie uns«, flüstere ich, und Tyler lächelt. Seine braunen Augen leuchten.

»Ich weiß, Mr. Crazypants ist ein Kuschler erster Güte, aber ich habe etwas, das er nicht hat«, sagt Tyler, schiebt seine Hand unter mein Hemd und fährt mit den Fingerspitzen über meinen nackten Bauch.

»Einen Schwanz ohne Fell?«, frage ich.

Er schüttelt sich. »Bitte, ich möchte nicht, dass du so an mein bestes Stück denkst.«

»Was meintest du denn dann?«, hake ich nach und klimpere unschuldig mit den Wimpern.

»Wie hast du es noch genannt?«, will Tyler wissen und starrt nachdenklich an die Decke. »Es fällt mir einfach nicht mehr ein. Vielleicht kommst du ja drauf. Ich gebe dir einen Tipp.«

Mit diesen Worten schlüpft er unter die Decke, zieht mein Höschen herunter und ruft mir wieder in Erinnerung, warum er und nur er meine Welt in Brand setzt. Seine Zunge ist ein Instrument exquisiter Freuden, und er braucht nur wenige Minuten, um sie mir zu schenken.

Als ich vor Lust aufschreie, miaut unser Neuzugang im Chor dazu.

Wir prusten beide los, dann streckt Tyler seinen Kopf unter der Decke hervor. »Zauberzunge hast du es genannt, glaube ich.«

»Jetzt, da es dir wieder eingefallen ist, darfst du mir gern auch noch mal in Erinnerung rufen, was deine anderen Körperteile so können.«

Er liebt mich, und es ist wie pure Magie.

Danach verrate ich ihm, dass auch ich ein Geschenk für ihn habe, das ich ihm morgen überreichen werde.

»Ich kann es kaum erwarten.«

Dann schmiegt Mr. Crazypants sich an mein Gesicht, und wir schlafen alle drei ein, ein ungewöhnliches neues Trio, auf das fernab der Vergangenheit eine völlig neue Zukunft wartet.

* * *

»Sind wir schon da?«

»Fast.«

Mit meiner Hand auf seinen Augen führe ich ihn die letzten Schritte zum Laden. Vor dem Eingang lasse ich ihn los. »Ta-da.«

Wir stehen vor dem Blue Suede.

Verwirrt starrt er erst die Tür an, dann mich. »Wir gehen Schuhe kaufen?« Es dauert eine Weile, bis der Groschen fällt, aber dann hellt sich seine Miene auf. In seinen Augen liegt plötzlich ein anzügliches Glitzern, und sein Mund verzieht sich zu einem lüsternen Grinsen. »Wir gehen *Schuhe kaufen.*«

»Ja.« Meine Fingernägel wandern über seine Brust. »Und du darfst aussuchen, welche ich tragen soll.«

»Im Bett?«

»Wo immer du willst. Auf meine Rechnung.«

»Die übernehme ich nur allzu gern.«

Er hält mir die Tür auf, und wir betreten die Boutique.

»Ich muss dich allerdings warnen, es könnte schwierig werden, etwas in meiner Größe zu finden. Sehr viel Auswahl wirst du nicht haben.«

Mit festem Griff umfasst er meine Hüften und zieht mich an seinen muskulösen Körper. »Dann suchen wir eben weiter. Und weiter. Bis wir die perfekten Schuhe für deine wunderbaren Füße finden.« Dann flüstert er mit den Lippen an meinem Ohr: »Weil es keinen besseren Anblick gibt als dich nackt in High Heels.«

Zwanzig Minuten später hat er ein Paar violette Stilettos, ein Paar schwarze, knöchelhohe Absatzstiefel und rote Wildlederpumps rausgesucht.

Und ich schwöre, dabei hat er die ganze Zeit einen Ständer. Ich bin mir fast sicher, dass er mich gleich an ein Regal drückt und über mich herfällt.

Und genau das tut er auch.

*Später.* Als wir wieder bei ihm zu Hause sind und ich zu den schwarzen Stilettos sein Lieblingsoutfit trage.

Als wir fertig sind und verschwitzt und befriedigt im Bett liegen, flüstert er mir etwas ins Ohr. »Ich hätte nie gedacht, dass diese Einen-Tag-nach-dem-anderen-Nummer so viel Spaß machen kann.«

Ja. Ja, das tut sie. Und auch wenn wir nicht wissen, was uns morgen erwartet, liebe ich jeden einzelnen Tag.

## Sein Epilog

Orangefarbener Stoff blitzt vor meinen Augen auf, dann ein hübsches Gesicht, ein Lächeln und die wunderbare Blondine, der das Lächeln gehört. Mit ihren zwei besten Freundinnen überquert Delaney die Ziellinie des Zehn-Meilen-Laufs. Die drei Frauen klatschen sich ab.

Ich rufe, pfeife und stoße einen Siegesschrei aus.

Carly tut es mir gleich, und ihr lautstarker Jubel straft ihre Körpergröße Lügen. Die Kleine hat ganz schön Power.

Während Delaney, Nicole und Penny ihr Tempo hinter der Ziellinie drosseln, laufen wir zu ihnen hinüber, heben die Hand zum High Five und verteilen Wasserflaschen. Mit dem heutigen Lauf wird Geld für Manhattans Tierheime gesammelt.

»Ihr seid der Wahnsinn, Ladys«, sage ich und gebe Delaney schnell einen Kuss, bevor ich auch ihren Freundinnen gratuliere.

»Der Wahnsinn ist, dass du hier mit diesem köstlichen Wasser auf uns wartest«, entgegnet Nicole atemlos, bevor sie die Flasche beherzt ansetzt.

»Wir haben unsere Zeit vom letzten Jahr unterboten«,

stellt Penny fest, und Delaney und sie klatschen sich noch einmal ab.

»Nächstes Jahr bist du dabei, oder?«, fragt Delaney Carly.

Lachend schüttelt meine Nichte den Kopf. »Nur wenn ich auf Rollerblades mitmachen kann.«

Delaney lächelt. »Du weißt, wie man verhandelt.«

Mit dem Daumen zeige ich auf meine Brust. »Hat sie von mir gelernt. Aber wo wir gerade bei Verhandlungen sind, wie wäre es, wenn ich euch alle zum Frühstück im Charming Breakfast Spot einlade?«

Vier Augenpaare leuchten auf. »Gern, aber was gibt es da zu verhandeln?«, fragt Delaney.

Schmunzelnd zucke ich mit den Achseln. »Ertappt. Es gibt nichts zu verhandeln. Aber ich dachte mir, ihr habt es verdient, so wie ihr heute für die Hunde gelaufen seid.«

»Nichts freut uns mehr als Eier und Toast«, erklärt Nicole. Dann sieht sie mich misstrauisch an. »Aber glaub nicht, ich erzähle dir dafür irgendwelche Details, die du beim letzten Mal nicht aus mir rausgekriegt hast.«

Synchron schütteln Delaney und Penny den Kopf.

Als ich letzte Woche das erste Mal mit ihr und ihren Freundinnen ausgegangen bin, haben sich die Mädchen über einen neuen Kerl unterhalten, für den Nicole sich interessiert, aber sie sind sofort verstummt, als ich auftauchte. Delaney hatte mich eingeladen, mit ihnen im Speakeasy einen Cocktail zu trinken, und, ich gebe es zu, ich war ziemlich nervös, ihre Freundinnen näher kennenzulernen. Ich war mir nicht sicher, ob sie mich mit offenen Armen empfangen würden.

Aber meine Sorgen waren unbegründet. Penny und Nicole lieben Delaney wie eine Schwester, also haben sie mir auf den Zahn gefühlt, wie ein Familienmitglied es tun würde. Trotzdem kann ich ehrlich behaupten, dass mir jede Sekunde ihres Kreuzverhörs gefallen hat, vor allem, weil ich bestanden habe. Am Ende des Abends berührte Nicole sogar meine Schulter mit einem unsichtbaren Zauberstab und erklärte: »Wir mögen dich. Also behandle unsere Schwester anständig. Und zwar immer.«

Meine Antwort bestand aus einem ernsthaften Nicken. »Versprochen.«

Und als wir uns auf den Weg zum Café machen und ich Carlys kleine Hand in der meinen halte, wiederhole ich den Schwur stumm.

# NOCH EIN EPILOG

## IRGENDWANN, VIELLEICHT IN GAR NICHT ALLZU FERNER ZUKUNFT.

### Tyler

Stöhnend wache ich auf.

Es wäre schön, wenn ich dieses Geräusch machen würde, weil ich Delaneys Lippen um meinen Schwanz spüre.

So werde ich jedenfalls am liebsten geweckt.

Und ich muss zugeben, dass sie mir diese besondere Art von Weckdienst tatsächlich regelmäßig zuteilwerden lässt.

Ich bin einfach ein ziemlich glücklicher Mann.

Der einzige Teil meines Körpers, der kein absolutes Glück verspürt, ist mein Nacken.

Dieser verdammte Kater.

Mr. Crazypants hat sich um meinen Hals gewickelt und schnurrt unablässig in mein Ohr. Versteht mich nicht falsch, der Kater ist cool. Aber sein Kuschelfanatismus hat mir einen ziemlich verspannten Nacken eingebracht.

Noch nie in meinem ganzen Leben hatte ich einen so steifen Hals.

Glücklicherweise bin ich mit der besten Massagetherapeutin in ganz New York City zusammen, und sie hat darauf bestanden, mir heute einen Termin zu geben. Natürlich kümmert sie sich auch zu Hause um meinen Nacken, aber sie hat mir trotzdem befohlen, meinen Hintern um Punkt neun ins Nirvana zu schwingen, damit sie noch einmal richtig Hand anlegen kann. Es ist Samstag, also ist sie bereits bei der Arbeit. Sanft schiebe ich meinen Katzenschal beiseite, schwinge die Beine aus dem Bett und strecke mich, um meine verspannten Muskeln zu lockern.

Danach springe ich schnell unter die Dusche, ziehe Jeans und ein T-Shirt an, schnappe mir Handy, Geldbeutel und Sonnenbrille und laufe zur Tür. Ein orangefarbenes Fellknäuel reibt sich an meinem Bein.

»Miau!«

Mr. Crazypants stellt sich auf die Hinterbeine und stemmt alle zwölf Vorderzehen an mein Bein. Delaney hatte recht – sechszehige Katzen sind unschlagbar.

»Ich bin bald wieder da, Kumpel«, sage ich und kraule ihn zwischen den Ohren.

Er belohnt mich mit einem lauten Schnurren, dann mache ich mich auf den Weg.

Fünfzehn Minuten später stehe ich vor dem Nirvana. Drinnen begrüßt mich Felipe mit einem Lächeln.

»Delaney hat gleich Zeit für dich. Ich bringe dich nach hinten. Keine Sorge, ich weiß noch, dass du nicht auf Bademäntel stehst«, sagt er und führt mich zum Rainfall Room.

»Niemals im Bademantel – das ist mein Lebensmotto.«

Felipe öffnet die Tür, nickt mir freundlich zu und schließt sie dann hinter mir wieder. Während ich mich ausziehe, wandern meine Gedanken kurz zurück zu jenem ersten Mal, vor vielen Monaten. Die Erinnerung zaubert ein Grinsen auf mein Gesicht, denn das war es, was unsere Beziehung wiederbelebt hat.

Sorgfältig falte ich meine Kleider zusammen, lege sie auf einen Stuhl und klettere auf die Massageliege. Mittlerweile kenne ich den Ablauf gut, schließlich plant Delaney regelmäßig Massagetermine für mich ein.

Ein paar Monate nach meiner Striptease-Einlage sind wir zusammengezogen. »Der Kater will es, und ich will es auch«, hatte sie gesagt, nachdem wir einen Sonntagnachmittag durch die Läden und Cafés in Greenwich Village geschlendert waren, nur um wie immer an jeder Ecke stehen zu bleiben und uns zu küssen.

»Wenn Mr. Crazypants mich Vollzeit will, dann muss ich wohl nachgeben«, hatte ich geantwortet.

»Und ich. Ich will dich auch Vollzeit«, hatte sie betont.

Also ist sie bei mir eingezogen und hat meiner Wohnung den letzten Schliff verpasst, der ihr noch fehlte, einschließlich eines wunderschönen kleinen Fliederbuschs neben dem Fenster. Ich habe mich herausgehalten und nur dafür gesorgt, dass sie genug Platz im Schrank hat. Für ihre Kleider und all die neuen Paar Schuhe.

Gerade als ich in Gedanken bei den silbernen Pumps bin, in denen sie neulich in der Küche mit einem Glas Chardonnay in der Hand auf mich gewartet hat, geht die Tür auf. Ich hebe den Kopf und erblicke eine blonde Schönheit in Yogahose und mit einem süßen Lächeln auf den Lippen, das nur mir gilt.

»Hey, mein Engel.«

»Hey, Hübscher.« Sie tritt an meine Seite und küsst mich sanft auf die Wange, wobei ihr Haar über meine Haut streift.

»Hmm«, murmele ich und überlege, sie zu mir auf die Liege zu ziehen, obwohl sie eine strikte Kein-Sex-bei-der-Arbeit-Politik vertritt.

Aber dann lässt sie sich auf die Knie fallen.

Verwirrt stütze ich mich auf einen Ellbogen. »Was ist los?«

Dann begreife ich. Sie kniet nicht einfach nur, sie kniet vor mir nieder. Und in der Hand hält sie eine schwarze Schmuckschachtel.

»Hier haben wir angefangen. Hier bist du aufgetaucht und hast mit einer großen Geste versucht, mein Herz zurückzugewinnen. Und das ist dir gelungen. Jetzt möchte ich dich fragen, ob du bereit für die nächste große Geste bist. Denn ich bin es, das weiß ich.«

Ich schließe kurz die Augen, als ich verstehe, was sie da sagt, und die Bedeutung des Moments mich überwältigt. Sie ist bereit. Sie ist wirklich bereit.

Ich öffne den Mund, um etwas zu sagen, aber sie ist schneller.

»Frag mich noch einmal«, fordert sie mich mit sanfter, aber entschlossener Stimme auf.

Es könnte wohl nicht passender sein, dass ich nackt bin. Ich setze mich auf und ziehe sie nach oben, sodass sie neben mir auf dem Rand der Liege zum Sitzen kommt, dann nehme ich ihr die Schachtel aus der Hand. »Willst du mich heiraten?«

Sie grinst, als sei sie der glücklichste Mensch auf Erden, und hört gar nicht mehr auf zu nicken. »Ja, ja, ja!«

Aufgeregt schiebe ich den Ring auf ihren Finger. Sie hebt die Hand, und der Diamant funkelt im schwachen Licht des Raumes.

Endlich.

Beinahe ein Jahrzehnt hat es gedauert bis zu diesem Moment. Aber wenn du die Liebe deines Lebens erst verlierst und dann das Glück hast, ihr noch einmal zu begegnen, tust du alles, was in deiner Macht steht, um ihr Herz wieder für dich zu gewinnen – auch wenn es bedeutet, zu warten.

Und das habe ich getan. Jeden Tag, Schritt für Schritt. Ich habe uns Zeit gelassen, nicht einmal versucht, abzukürzen.

Doch jetzt hat das Warten ein Ende, denn sie ist die Frau, die ich bis ans Ende aller Tage in meinem Herzen tragen werde.

# DANKSAGUNG

Vielen Dank an Helen Williams für das fantastische Cover der englischen Ausgabe. Vielen Dank an KP Simmon, für alles. Kelley, Candi, Keyanna und Kara, ich bin euch so dankbar für all die Arbeit an meinen Büchern. Großer Dank geht auch an meine Mädels Laurelin, CD und Cristy und natürlich an Lili Valente. Im Zusammenhang mit dem Entwurf der Charaktere stehe ich in der Schuld von Jen McCoy und Dena Marie für ihr geduldiges und immens hilfreiches Feedback. Gleiches gilt für Kim, die das ganze Buch unter die Lupe genommen hat. Vielen Dank an meine Redaktion, Tiffany, Lauren und Janice, und bei diesem Band vor allem auch an Karen. Vielen Dank an meine Familie und meinen Mann und natürlich auch an meine wunderbaren Hunde! Und ein RIESIGES Dankeschön geht an all die Blogger und Rezensenten, die mich unterstützt haben. Aber am meisten von allen bedanke ich mich bei meinen Leserinnen und Lesern. Ich liebe euch!

Xoxo
Lauren

LAUREN BLAKELY

# one Kiss

ROMAN

Aus dem Amerikanischen
von Kristina Frey

**LESEPROBE**

Die Print-Ausgabe ist ab dem 03.06.2019 erhältlich,
die eBook-Ausgabe ab dem 01.02.2019.

KNAUR

Die amerikanische Originalausgabe erschien 2017
unter dem Titel »The Knocked Up Plan«.

Deutsche Erstausgabe Juni 2019
Knaur Taschenbuch

Ein Imprint der Verlagsgruppe
Droemer Knaur GmbH & Co. KG, München

**Dieses Buch widme ich W&W.**

*Mein Plan wart ihr.*

# KAPITEL EINS

## Nicole

Nur mit Mühe kann ich die Tränen zurückhalten, während ich der Anruferin lausche. Ich sitze im Studio einer bekannten Radiostation und halte mir den Mund zu, damit ich nicht meine eigene Show durch herzzerreißendes Schluchzen unterbreche. Ernsthaft, ich bin mir nicht einmal sicher, ob ich es ertrage, zu wiederholen, was dieses Mädchen mir gerade in aller Öffentlichkeit erzählt. Aber das muss ich wohl, denn es ist zweifellos Zeit, Rachel von Murray Hill einen Rat zu erteilen.

Die arme Kleine.

Ist noch nie mit einem Mann zum Orgasmus gekommen.

Hat man je so eine Leidensgeschichte gehört?

Nein. Sagt einfach, das hättet ihr nicht. Denn das, meine Freunde, ist eine absolute Horrorgeschichte.

Die düsterste Erzählung, der ihr je gelauscht habt.

»Wir haben alle Stellungen ausprobiert, die auf der Homepage von Blue Steel angegeben sind, sogar das Kniende Cowgirl, und da stand dabei, dass es auf jeden Fall funktioniert. Hat es aber nicht.«

Als der Name Blue Steel fällt, wird mir plötzlich alles klar. Ich richte mich auf und unterbreche die Erzählung mit nüchterner Stimme. »Eine Frage, Rachel – hat Blue Steel auch die Schubkarre in ihrer Liste der empfohlenen Stellungen?«

»Ja«, erwidert sie, und ihre Stimme klingt aufgeregt. »Woher weißt du das?«

Kopfschüttelnd schließe ich die Augen. Diese Machoseite ist einfach schrecklich. »Hör zu, Süße. Glaubst du wirklich, irgendeine Frau kommt zum Höhepunkt, wenn man sie wie ein dreckiges Gartengerät durchs Schlafzimmer schiebt? Und hey, wenn es da draußen irgendeine Lady gibt, die es schafft, kopfüber im Handstand zu den Sternen zu fliegen, dann verleihe ich ihr hiermit die Ehrenmedaille der Orgasmus-Olympiade.«

Rachel kichert.

»Nein, jetzt mal im Ernst. Die Stellungen, die du auf solchen Männerseiten findest, haben meistens irgendetwas mit Akrobatik und Handschellen am Bettpfosten zu tun. Eine Frau wie du, die Schwierigkeiten hat« – hier wird meine Stimme wieder sanft, Ausdruck meines tief empfundenen Mitgefühls für dieses Mädchen –, »beim Sex den Gipfel der Lust zu erklimmen« – auf wundersame Weise schaffe ich es, die Worte auszusprechen, ohne in erbärmliches Schluchzen auszubrechen –, »sollte sich woanders informieren. Mein Vorschlag wäre, dass du mal ein paar Positionen durchprobierst, die zur Abwechslung dazu gedacht sind, der Frau größtmögliche Lust zu bereiten.«

Schnell spule ich ein paar erstklassige Granatenstellungen runter, wie ich meine fünf Lieblingsstellungen für den weiblichen Höhepunkt nenne. »Aber Rachel«, sage ich dann, stütze die Ellbogen auf den Tisch und stelle mir vor, wie ich die junge Frau mit einem ernsten Blick fixiere, auch wenn mein weiblicher Sidekick Jamie die einzige weitere Anwesende im Raum ist, »wenn du nicht auf den Typen stehst, wirst du das gelobte Land wahrscheinlich nicht erreichen. Liebst du ihn?«

In der Leitung herrscht Totenstille.

Etwas Schlimmeres gibt es quasi nicht im Radio, also versuche ich es noch einmal. »Macht er dich richtig an? Schlägt dein Magen einen Salto, wenn du ihn siehst? Spürst du Schmetterlinge? Werden dir die Knie weich, wenn er dich küsst?«

»Ähmmmmmm …«

Für Ähs und Ähms haben wir bei einer Live-Show keine Zeit, auch wenn der größte Teil meiner Hörerschaft aus Leuten besteht, die am nächsten Tag den Podcast herunterladen. »Ich will, dass du über den Salto-Faktor der Gleichung nachdenkst, Rachel. Frag dich, ob er wirklich der Mann ist, den du haben willst. Wenn du allein bist und die Augen zumachst und herbeiträumen kannst, wen immer du willst – ist es dann er? Kriegst du Gänsehaut, wenn du an ihn denkst? Meiner Erfahrung nach kann dich nämlich nur ein erstklassiger, zertifizierter Gänsehautbereiter über die Schwelle tragen.«

»Natürlich zunächst nur über die Orgasmus-Schwelle«, schaltet sich Jamie von ihrem Platz am Tisch mir gegenüber ein, wo sie hinter ihrem silbernen Laptop sitzt. Grinsend hebe ich eine Hand, und wir imitieren ein High Five, gefolgt von einem kleinen Sitz-Tanz auf dem Bürostuhl. Wir haben es einfach drauf. Wenn wir einen besonderen Treffer landen, schwingen wir sogar manchmal unsere imaginären Lassos in perfekter Synchronisation.

»Ich weiß nicht, ob mir jemals schon mal jemand eine Gänsehaut verschafft hat, Nicole. Aber auf jeden Fall hast du mir so einiges zum Nachdenken gegeben. Vielen Dank, deine Ratschläge sind immer super«, sagt Rachel.

»Vielen Dank, dass du uns zuhörst. Und schon sind wir am Ende von ›Frauen gegen den Rest der Welt: euer Wegweiser für Flirt- und Bettgeschichten‹ angekommen.« Aber bevor wir uns verabschieden, muss ich meine Armee der Hörerinnen noch um etwas bitten.

»Ladys«, fahre ich in ernstem Tonfall fort. »Waffenschwestern im Kampf gegen schlechte Dates, uns vereint mehr als der Hass auf ungewaschene Unterhosen. Lasst uns gemeinsam für Rachel beten.« Ich senke den Kopf. »Wer das Glück hat, mit seinem Partner zum Höhepunkt zu kommen, den bitte ich, einen Teil seiner orgasmischen Energie zu Rachel in Murray Hill zu schicken. Alle meine Mitstreiterinnen der zerwühlten Laken, wir brauchen heute das ganze Kollektiv eurer guten Gedanken, um Rachel zu helfen, den Berg zu bezwingen, der vor ihr liegt, sei es mit ihrem derzeitigen oder mit einem neuen Partner.« Als ich aufblicke, hat Jamie gedankenverloren die Hände gefaltet. »Und denkt immer daran – Sex ist wunderbar, die Liebe ist es auch, und wenn beides zusammenkommt, kann es nichts Besseres geben.«

Was für ein Schlusswort!

Wir verabschieden uns und fahren die Schlussmelodie ab, dann sehe ich Jamie an und ziehe fragend eine Augenbraue hoch. »Und jetzt sag mir nicht, dass du letzte Nacht wieder zehn Orgasmen hattest.«

Lachend steht Jamie auf und kommt um den Schreibtisch herum. »Letzte Nacht waren es nur zwei«, erwidert sie mit einem strahlenden Lächeln, das nicht nur zu ihrem hellblonden Haar und den blauen Augen passt, sondern vor allem auch zu dem Ring mit dem riesigen, funkelnden Diamanten an ihrer linken Hand. Ach, wie schön es ist, so jung und voller Hoffnung zu sein.

Auch meinen Finger zierte einst ein solcher Ring.

Mit geübtem Griff packe ich Notizbuch, Laptop und Handy zusammen und laufe zur Tür. Jamie bleibt für die nächste Show gleich im Zimmer. Gerade als ich durch den Flur von Hanky Panky Love laufe, der Dating-Abteilung des Lifestyle-Mediengiganten, für den ich Kolumnen schreibe und auch *live on air* gehe, ruft plötzlich eine Männerstimme meinen Namen.

»Hey, Nicole.«

Eine raue, verdammt sexy Männerstimme, nur um es erwähnt zu haben.

Im Türrahmen des Studios neben dem meinen lehnt Ryder Lockhart und hält mit einer Hand lässig die Tür auf. Welch glückliche Tür.

Wenn irgendjemand ein Bild für einen Katalog cooler, selbstbewusster Männer braucht, würde die Casting-Abteilung garantiert diesen Mann schicken. Das weiße Herrenhemd über der Wölbung seines attraktiven Bizepses ist an den Handgelenken umgeschlagen und gibt den Blick auf seine muskulösen, anbetungswürdigen Unterarme frei. Nicht einmal die Knopfleiste schafft es, das Relief seiner sexy Bauchmuskeln gebührend zu verbergen. Ich muss den Hersteller des Hemdes wohl dankbar in meine täglichen Gebete aufnehmen. Seine schwarzen Jeans sind faltenfrei und schmiegen sich auf höchst schmackhafte Art und Weise an seine Hüften. Ich bin mir nicht sicher, ob das Wort »schmackhaft« hier gebraucht werden kann, aber falls nicht, werde ich gleich morgen an die Redaktionen aller bekannten Wörterbücher schreiben und sie bitten, diese Lesart mit aufzunehmen.

Vielsagend sieht Ryder mich an. »Ich bin mir sicher, du hast die Schubkarre nur noch nicht mit dem richtigen Mann ausprobiert«, sagt er.

Übertrieben nachdenklich tippe ich mir mit meinem rot lackierten Fingernagel an die Unterlippe. »Du glaubst, das ist das Problem? Nicht die Tatsache, dass ich beim Geschlechtsverkehr auf dem Kopf stehen soll?«, frage ich unschuldig.

Ein unanständiges Grinsen huscht über seine Lippen. Die übrigens auch schmackhaft sind. Dieser Mann leidet einfach ganz allgemein an einem ernsthaften Fall von Sex-Appeal.

»Tatsächlich halte ich das für das eigentliche Problem. Die Stellung beinhaltet nämlich wirklich gewisse Vorzüge für das weibliche Geschlecht, aber man braucht einen Partner, der weiß, wie er zupacken muss«, entgegnet er mit seiner tiefen, rauen Stimme. Wahrscheinlich könnte er das Telefonbuch vorlesen, und es klänge wie ein Vorspiel, denn bei allem, was er sagt, könnte ich schnurren wie eine rollige Katze – auch wenn er nur darüber redet, den Toner im Kopierraum auszutauschen. Ziemlich sicher hätte ich danach einen feuchten Traum von Druckerpapier.

Aber diese Stimme mit dem Potenzial heißer Mitternachtsfantasien ist nur ein Viertel seiner Vorzüge, mit denen er den Ladys den Kopf verdreht. Der Rest besteht aus seinen dichten hellbraunen Locken, den Wangenknochen eines griechischen Gottes, Augen, die einen an ein Bad im tropischen Meer denken lassen, dem durch eiserne Disziplin gestählten Körper und seinem Stanford-geschärften Intellekt.

Zugegeben, das waren jetzt mehr als vier Viertel. Aber egal. Jedenfalls hat er mehr als genug von allem, um die Frauenwelt ins Schwitzen zu bringen. »Willst du mir damit zu verstehen geben, dass du meine Schubkarre gern mal eine Runde durch den Garten schieben würdest?«

Seine Lippen verziehen sich schon wieder zu einem anzüglichen Grinsen. »Nicole, du weißt doch, für dich würde ich jederzeit die Schubkarre aus dem Schuppen holen.« Dann wird er wieder ernst. »Aber Himmel noch mal, was für ein letzter Anruf!« Mit der Hand fährt er sich an die Brust, als leide er an schrecklichen Schmerzen. »Hättest du auch beinahe geweint?«

»Ja, es war wirklich furchtbar, oder?«

»Entsetzlich«, sagt er kopfschüttelnd. »Ich war fast versucht, mich Rachels Problem höchstpersönlich anzunehmen.«

»Wie fürsorglich von dir.«

»Ja, so bin ich.«

»Der gute Samariter der Orgasmen, oder wie?«

»Vielleicht ist das meine wahre Berufung«, antwortet er vollkommen ernst.

»Schutzpatron des Großen O?«

Er schnipst mit den Fingern und zeigt dann auf mich. »Ja! Das drucke ich auf meine neuen Visitenkarten. Vielleicht mache ich sogar Hausbesuche und verkaufe meine eigenen Drogerieartikel.«

Lachend kreuze ich die Hände vor meiner Brust, um ihn abzuwehren. »Du bist der Allerschlimmste. Ehrlich.«

»Aber der Beste beim Tischtennis. Bist du bereit für das nächste Match?«

»Das bin ich immer«, gebe ich zurück und tue so, als schlage ich mit einem unsichtbaren Schläger einen kleinen weißen Ball. Wir spielen zusammen im Firmenteam. Es tritt bei einem Turnier an, bei dem Geld für ortsansässige Kinderwohltätigkeitsorganisationen gesammelt wird. Zusätzlicher Vorteil: Wenn man es richtig spielt, ist Tischtennis ein Sport für den absoluten Knackarsch – wer etwas anderes sagt, hat keine Ahnung. »Zufällig habe ich etwas über unsere Gegner von RBC erfahren. Der eine hat angeblich eine harte, aber so furchtbar ausladende Rückhand, dass sein Partner jedes Mal zur Seite springen muss, wenn er ausholt.«

Ryders babyblaue Augen leuchten auf. »Wenn wir also das Timing richtig hinkriegen, landet der Ball im Nirgendwo, weil der Kerl gerade versucht, nicht von seinem Nebenmann niedergeschlagen zu werden.«

»Ganz genau.«

»Nicht nur schön, sondern auch noch schlau«, sagt er und lässt seinen Blick über meinen Körper wandern.

Er flirtet nicht mit mir, er ist einfach so. Sittsam knickse ich, um meine Dankbarkeit anzuzeigen. »Ebenso.«

»Aber um zum Thema zurückzukommen, es gibt viele Möglichkeiten, einer Frau bei der Schubkarre Lust zu bereiten. Wenn es sich nicht gut anfühlt, macht der Mann etwas falsch.« Mit einem schnellen Schritt kommt er näher, und ich erhasche einen Hauch seines Aftershaves. Er duftet nach Zedernholz. Dann hebt er den Zeigefinger und führt ihn an meine Lippen, als wolle er mich zum Schweigen bringen. »Und ich will nie wieder hören, wie diese schönen roten Lippen das Kniende Cowgirl schlechtmachen.«

Abwertend verdrehe ich die Augen. »Ich sage nur eins: höllische Knieschmerzen.«

»Ach, nicht gleich weinen. Ich wette, so schlimm ist es –«

Jetzt ist es an mir, ihm mit der Hand den Mund zu verschließen und mit einer ausholenden Geste den Schlüssel wegzuwerfen. Dann wedele ich mit den Fingern, um Ryder wieder in sein Studio zu scheuchen. »Verschwinde und beglücke die Welt mit deiner männlichen Weisheit.«

Denn was die Arbeit betrifft, ist Ryder im Grunde genommen, na ja … ich.

Nur eben mit einem Schwanz und den verschobenen Prioritäten, die dieses bestimmte Anhängsel mit sich bringt.

Als er vor etwa einem Jahr angefangen hat, war seine Show eigentlich als lustiges, aber zugleich ernsthaftes Forum für Dating-Fragen von Männern gedacht. In letzter Zeit dreht sich allerdings alles nur noch darum, wie man die Frauen ins Bett kriegt. Die Show ist immer noch lustig, aber irgendwie anders. Ein bisschen derber eben. Vielleicht klingt es so, als sei auch meine Show ziemlich in der Horizontalen verankert, aber das ist sie nicht. Mein Ziel ist es, Frauen bei allen Liebesdingen zu unterstützen, ob es sich jetzt um Dates, Sex, das gemeinsame Leben oder Fortpflanzungsfragen dreht.

»Nein, im Ernst«, sagt er, ganz ohne den prahlerischen Unterton, und sein Lächeln ist aufrichtig. »Deine Show war super. Ich höre immer gern zu.«

Zu meinem Entsetzen erröte ich leicht. »Vielen Dank. Das kann ich nur zurückgeben.«

»Mach weiter so.« Während Ryder wieder in seinem Studio verschwindet, bleibe ich noch kurz im Flur stehen, wechsle den Laptop in die andere Hand und betrachte den Mann durch die Fensterscheibe.

Ich halte mich für eine Frau vieler Talente. *On air* bin ich schlagfertig und witzig, eine bissige Kolumne über die Dos und Dont's der am weitesten verbreiteten Fetische schüttle ich aus dem Handgelenk, bei Sportveranstaltungen bin ich groß im Dumme-Kommentare-Abgeben, und nicht zuletzt bin ich eine absolute Expertin, was die Männerwelt angeht.

Stell dir einen Kunstkenner vor. So einen alten, verstaubten Kerl in einer Tweedjacke mit Flicken auf den Ellbogen und einer Drahtgestellbrille auf der Nasenspitze, der sich die Pinselführung, die Signatur und die Farbtypisierung eines van Goghs ansieht und erkennen kann, ob er echt ist oder gefälscht.

Gefälscht oder echt?

Genau so bin ich, wenn es um Männer geht.

Mit einer schnellen Handbewegung schlage ich das mit Hunden in Weltraumanzügen verzierte Cover meines Notizbuches auf. Dann ziehe ich die Kappe von meinem Stift und mache mir ein paar Notizen.

Markanter Kiefer. *Häkchen.*

Muskulöse Arme. *Häkchen.*

Groß. *Häkchen, Häkchen, Häkchen.* Größe ist irgendwie eine Art Heiliger Gral.

Charmant und liebenswert. *Zwei Häkchen.*

Die Stanford-Ausbildung macht ihn allerdings besonders interessant. Als Datenbasis, natürlich. Schließlich vermerke ich hier nur einige Punkte für mein Forschungsprojekt zur männlichen Spezies.

Zufrieden laufe ich in mein Büro, um an meiner neusten Kolumne über die besten Knoten für Fesselspiele mit einem Seidenschal zu arbeiten, je nachdem, ob man die Handgelenke vor oder hinter dem Körper, über dem Kopf oder auch an einem Bettpfosten, Stuhl oder dem Kühlschrank festbinden möchte.

Kühlschrank-Bondage. Das gibt's wirklich. Wer hätte das gedacht.

Aber als ich mit den Tipps darüber, wie man sich dabei vor Gefrierbrand schützt, fertig bin, wandern meine Gedanken wieder zurück zu meiner Checkliste und all den Eigenschaften, die sich eine Frau für den Mann ihres Lebens wünschen könnte.

Und somit zu Ryder Lockhart.

Lauren Blakelys

# The One-Reihe

rund um befreundete Liebespaare in Manhattan.

**Band 1: One Dream**

Verliebt in den Boss: Die Geschichte des alleinerziehenden Simon und seiner Nanny Abby.

**Band 2: One Love**

Ein gebrochenes Herz vergisst nicht: Die Geschichte der jungen Tierheim-Leiterin Penny und dem Starkoch Gabriel, die sich nach zehn Jahren unverhofft wieder gegenüberstehen.

**Groupie fürs Leben gesucht:**
**Die Rock & Love-Serie von Liv Keen**

**Band 1:**
**Backstage Love** – *Unendlich nah*

Nic ist ein gefeierter Rockstar. Doch sosehr er das Leben im Rampenlicht und auf Tournee genießt – seine beste Freundin Mia vermisst er schmerzlich. Längst ist aus der Freundschaft eine knisternde Anziehung geworden, doch durch Nics steile Karriere und die Schattenseiten seines Ruhms wird die Distanz zwischen ihnen immer größer …

**Band 2:**
**Backstage Love** – *Sound der Liebe*

Nics Schwester Lizzy steckt ganz schön in der Klemme. Mit dem letzten bisschen Geld in ihrer Hosentasche landet sie vor der Haustür der einzigen Person, an die sie sich noch wenden kann: Liam Kennedy, Mias Bruder und Bandkollege von Nic.

**Band 3:**
**Backstage Love** – *Hals über Kopf verliebt*

Lisa hat die Nase voll von Männern. Doch dann läuft sie John, Liams Bandkollegen, in die muskulösen Arme. Je mehr Lisa sich dagegen wehrt, desto mehr verfällt sie Johns Charme. Allerdings hat John bereits Kinder und eine schwierige Ex-Frau. Welchen Platz könnte Lisa in seinem Leben überhaupt haben?

**Willkommen auf der Rinderfarm Paterson Downs in Western Australia: Die Outback-Sisters-Serie von Sasha Wasley**

**Band 1:**

**Outback Dreams** – *So weit die Liebe reicht*

Willow »Banjo« Paterson und Tom Forrest sind auf benachbarten Rinderfarmen in Western Australia aufgewachsen. Sie waren beste Freunde, die sich nie ineinander verlieben sollten, doch für einen von ihnen war es dafür schon viel zu spät. Nach zehn Jahren kehrt Willow in ihre alte Heimat zurück – und trifft auf Tom …

**Band 2:**

**Outback Kiss** – *Wohin das Herz sich sehnt*

Die wilde Free, der Freigeist der Paterson-Schwestern, ist glücklich verliebt in den Cop Finn. Doch dann erfährt sie von einem Bauprojekt, das ihren geliebten Herne River zerstören würde. Und ausgerechnet jetzt kann sie nicht auf Finn zählen, denn als Polizist steht er zwischen allen Fronten. Wird ihre Liebe daran zerbrechen?

**Band 3:**

**Outback Love** – *Wo der Horizont beginnt*

Dr. Beth Patersons Berufs- und Familienleben sind perfekt organisiert … bis zu einer unvergesslichen Nacht mit dem beliebten Countrysänger Brody Knight. Er ist das genaue Gegenteil von ihr – ruhelos, getrieben. Hat ihre Liebe eine Chance?

KNAUR